講談社文庫

誰が千姫を殺したか

蛇身探偵豊臣秀頼

田中啓文

JN018231

講談社

目次

プロローグ——7
第一章——63
第二章——99
第三章——212

誰が千姫を殺したか

蛇身探偵豊臣秀頼

プロローグ

湖面に分厚く張った氷が、凄《すさ》まじい音を立てて一気に割れていった。亀裂は馬が駆けるよりも速く、大蛇が這《は》うように蛇行を繰り返しながら進んでいく。月がその様子を空から見下ろしていた。しかし、見ていたのは月だけではない。草むらに潜んでいた男たちも眼《め》を輝かせてそれを見つめていた。やがて、亀裂は湖のもう一方の端までたどりついた。杖《つえ》にすがってよろよろと立ち上がったひとりの老人は、じっとその亀裂を検分していたが、やがて一同を振り返り、

「ご神託が下った。皆のもの、よう聞け」

男たちは平伏《ひれふ》した。

「四十五年後、魔性のもの降臨し、天下の擾乱《じょうらん》が起きる。それを防ぐため、大坂《おおさか》にて、大明神《だいみょうじん》の憑代《よりしろ》を作れ……とのことじゃ」

ひとりの男が、

「なれど、憑代を作るには秘薬を使い、三十三年の年月がかかりまする。これまでも

たびたび失敗して……」

「これはご神託じゃ。われらに否応《いやおう》はない」

べつのひとりが、

「大坂ならば六郎《ろくろう》がおる。やつにやらせればよい」

老人はうなずいたが、もうひとりが、

「なにゆえ当地ではなく大坂なのだ。われらのなかから選べばよいではないか」

「大坂に、憑代となるにふさわしいものがおるのじゃ。そのものの名は……」

老人はある人物の名を挙げた。

◇

「あれよ……あれよ、東の空をご覧《ろう》じよ！」

夕焼けが大坂城の城壁をあかあかと照らすころ、ひとりの町人が天守閣のうえあたりを指差しながら叫んだ。白く輝く光りものが数個、東の空から西の空に向かって、雲を縫うように飛んでいくのだ。城下は騒然となった。

「流れ星やろ」

「ちがう。あれは鳥や」

「鳥？　鳥があんな風に光るか？」

「なんも知らんのやな。唐土《もろこし》から飛んできて、天変地異とか流行り病《はやりやまい》とかいった禍事《まがごと》をもたらす悪い鳥なんや」

「けど、鳥が光るか？」

「ホタルが光るのや。鳥が光ったかてええやろ。追い払うには、高津《こうづ》神社のお札がよう効くらしいで」

「へえ、詳しいな。あんた、どこのもんや」

「わしは高津神社の神主や」

「なんや、宣伝かいな」

「待て待て。わては鳥やないと思うわ。聞いた話では、歳《とし》を経て神通力《じんずうりき》を得た蝦蟇《がま》が空を飛ぶらしいで」

「羽もないのに飛べるかなあ」

「こないだ比叡山《ひえいざん》の大杉に天狗《てんぐ》さんが降りて、近々浪花《なにわ》の地で災難がある、ゆうお告げをしたらしい。今の光りものも天狗さんとちがうか」

「どっちにしても近頃光りものがよう飛ぶなあ。ほとんど毎晩やないか」

「徳川《とくがわ》さまと秀頼《ひでより》公が和睦《わぼく》なさって、やっと戦《いくさ》が終わったとこや。なんぞ悪いことが起きる前触れやなかったらええけどなあ……」

「そやなあ……おちおち酒も飲んでられへんがな」

「戦が終わった？　なに言うとんねん。徳川さまがなんでお城の堀埋め立てたと思う？　大坂城がなんぼ難攻不落でも、堀がなかったら芝居の書き割りも同然や。つぎに攻められたらひとたまりもないやろ」

「ほな、徳川さまはまた攻めてくるんか？」

「あたりまえやがな。そのつもりで堀を埋めたのや。巻き込まれて殺されたらわやになる。今のうちに逃げる算段しといたほうがええぞ」

「そやなあ。侍はむちゃくちゃしよるさかいな」

「うちのお婆《ばん》も、去年の戦で無茶もんの侍にどつき殺されたのや。あいつら、どさくさに盗人《ぬすっと》、追い剥ぎ、ひと殺し……なんでもしよる」

「早《はよ》う戦のない世の中になってほしいなあ」

「ははは……そんなもん何百年経《た》ってもなくなるかいな！」

「そやろか……人間はそんなにアホなんやろか……」

皆は天守閣を見上げて深いため息をついた。

◇

慶長《けいちょう》十九年（一六一四年）十二月、大坂冬の陣が終結した。

徳川方は三百挺《ちょう》の鉄砲を大坂城目掛けて昼となく夜となく撃ちかけ、また、オランダやイギリスから購入した強力な大砲を放った。大砲の弾は淀《よど》殿が座していた櫓《やぐら》の柱を折り、女中七、八名が下敷きになって死亡した。それまでは敗北を認めず、あくまで抗戦を主張していた淀殿だったが、その無残な死骸を目《ま》の当たりにして恐怖におののき、突然講和の受け入れに転じたのである。

和議の内容は、大坂城の本丸のみを残し、二の丸、三の丸を破却して、すべての堀を埋め立てる、というものだった。徳川家康《いえやす》は、豊臣《とよとみ》方がこの条件を飲めば、淀殿を人質として差し出す必要はなく、豊臣家の領地を安堵《あんど》し、秀頼の身の安全を保証したうえ、城内の将士は譜代、新参の別なく罪に問わぬ、と約した。これで豊臣家は安泰ぞ、あの世の太閤《たいこう》殿下に顔向けができる、と喜ぶ母淀殿に秀頼は言った。

「講和は薄紙のように破られましょうぞ」

秀頼は、世に言われているような柔弱瘦身の若者ではなく、身の丈六尺五寸（約百九十七センチ）、体重四十三貫（約百六十一キロ）の偉丈夫であったが、じつはきわめて聡明《そうめい》で、知将として知られる軍師の真田《さなだ》幸村《ゆきむら》も舌を巻くほどの洞察力があった。

「上さまは家康殿をお疑いか？　いかに家康殿といえど、太閤殿下の恩義を忘れてはおられますまい。諸侯のまえでの誓文を違《たが》えるとは思えませせぬ」

「ならば、なにゆえ堀の埋め立てを講和の条件としたのです？　ふたたび攻め寄せるつもりがなくば、この城の守りを薄くする必要はありますまい」

「我らは諸大名と同じ扱いになりまする。大坂城の守備が堅固すぎるとほかと釣り合いがとれぬからではありますまいか」

秀頼はかぶりを振り、

「城に堀のない大名がおりましょうか。そのような要求は断固退けねば、向こうの思うつぼになりまする」

秀頼は城から外に出ることはなくとも、ひとから話を聞いただけで数々のことを言い当てた。まさに一を聞いて十を知る知者ぶりであったが、その才を知るものは少なかった。淀殿は微笑《ほほえ》んで、

「上さまは世間知らずでいらっしゃる。かかる和睦の場合、堀を埋めると申しても、ほんの形だけのことなのです」

和睦に際して、「破城」「城割」などといって、城の設備を壊す、という条件がつくことはままあるが、たいがいは石垣や土塁の一部を破却したり、堀を少し浅くする程度の形式的なものだった。

「それに、和睦をしても、家康殿がいきなり攻めてくるとは思えませぬ。なぜなら、こちらには千《せん》がおりまするゆえ。家康殿も、かわいい孫娘の命を奪うのは本意《ほい》ではあ

りますまい」

「千を人質にするというのですか」

「もとよりそのつもりで千を上さまの嫁にしたのです」

「お袋さまは甘《あも》うございます。和睦はこの城の命取りになりましょう」

しかし、権力は欲するが同時に戦を嫌い平穏をも望む淀殿は、我《わ》が子の意見に耳を貸さなかった。

そして、講和は結ばれ、ただちに徳川方による大規模な工事がはじまった。大量の人夫が投入され、あれよあれよという間に二の丸、三の丸の土塁、石垣、門、櫓など、守備において重要な設備がことごとく崩され、その瓦礫《がれき》を使って堀が埋め立てられていった。形だけの破却と思っていた淀殿は、

「堀は、一部を埋めるだけ、と思うていた。それに、二の丸、三の丸の工事は当家の手で行うはず……」

と抗議したが、徳川方は講和に基づいたもの、とつっぱねて、工事を強行した。家康は、

「三歳の小児でも上《のぼ》り下《お》りができるように、堀をまっ平《たいら》にせよ」

との命令を下しており、徳川方の大名たちはその言葉どおり、徹底的に堀を埋めた。かくして、南面山不落城とうたわれた天下の名城も両翼をもがれた老鴉《ろうあ》のごとき

情けない姿になった。

そして、家康が鍛冶屋《かじ》に命じて大量の鉄砲や大筒を鋳造させ、海外からも最新式の強力な大砲を買い入れるなど、再戦に向けて動き始めている、という情報が城内にまで聞こえてきた。

淀殿は、ここに来てようやく目が覚めた。家康には豊臣家の存続を許すつもりなどもとからなく、和睦を持ちかけて大坂城を丸裸にしたうえで、一気に圧《お》し潰す腹であったことを悟ったのである。家康にとって、徳川政権樹立のためのもっとも大きな障害となる豊臣家は「滅ぼす」しかない存在だったのだ。

「家康め、ようもわらわをたばかりよったな……！」

淀殿は癇《かん》に障る甲高い声で叫んだ。秀頼が、

「だから何度も申し上げたのです。徳川殿は講和など守らぬ、と……」

「うう……」

「戦は避けられますまい。以前のこの城は天下一堅固な守りを誇っておりましたが、今は見る影もなきありさま。このまま攻められればかならず負けます」

「どうすればよいのじゃ……」

「腹を決めて、敵を迎え撃つのです。鎧《よろい》兜《かぶと》、武器弾薬、馬、食料などをそろえ、兵士を集め、来たるべき『その日』に備えましょう。こちらには真田がおりまする。兵

の数では劣っても、軍略については向こうより一枚うえのはず」

再戦の機運が高まるなか、空に光りものが飛んだ、とか、比叡山に天狗が出現した、とか、近いうちに合戦があるとの大神宮の神託があった、とか、夜更けの大通りを数十個のしゃれこうべが転がっていった、とか不穏な噂《うわさ》が大坂の町に飛び交った。どれも凶兆のように思われた。ほとんどは戦への恐怖感による幻覚、もしくは流言飛語の類《たぐい》と思われたが、なかにはそうとは言い切れぬものもあった。また、帝《みかど》が豊臣家に対し朝敵徳川を討つべしとの勅《ちょく》を出したらしい、とまことしやかに言い立てるものもいた。侍も町人も百姓も皆、迫りくる戦の気配をひしひしと肌に感じていた。

そして、大坂城に家康からの書状が届いた。大坂の領地を明け渡し、伊勢国《いせのくに》か大和《やまとの》国《くに》に国替えするか、もしくは抱えている浪人たちを全員解雇するか、どちらかを選べ、と秀頼に迫る内容だった。もちろん、どちらも選べぬことを承知の無理難題である。あわてて豊臣方は、埋められた堀の一部を掘り返したり、外郭の塀を修繕したり、一万人を超える大勢の浪人たちを金で集めたり、と抗戦のための支度にとりかかったが、時すでに遅かった。

慶長二十年、四月に入ると、家康、秀忠《ひでただ》は大軍を率いて相次いで国をたち、伊勢、美濃《みの》、尾張《おわり》、三河《みかわ》、彦根《ひこね》など譜代の大名たちも鳥羽《とば》伏見《ふしみ》へと進軍を開始した。西国の諸大名にも出陣の触れが発せられた。

大坂城内にも徳川勢の動きは届いたが、いまさらどうにもならない。かつてたのもしく本丸を守護していた二の丸、三の丸はもう存在しないのだ。淀殿、秀頼はじめ豊臣家の武将たちは深い絶望感にとらわれた。徳川方の兵力は十五万五千。それに比して豊臣方は五万五千ほど。しかも、大名は少なく、金で雇われた烏合《うごう》の浪人が大半を占めていた。

「数のうえでは向こうが勝る。武器弾薬、食料の貯《たくわ》えもあちらが勝る。堀のない城にこのまま籠城していてはじわじわ攻め滅ぼされること必定である。かくなるうえは相打ち覚悟で積極果敢に討って出、敵の御大将家康のそっ首打ち落とすよりほかに我らが勝利する手立てはない」

豊臣家の武将たちはそれぞれ死を覚悟して、徳川方が合戦の火ぶたを切るのを今や遅しと待ち構えていた。

そして、ついにそのときが来た。

◇

平野《ひらの》に張った陣屋のなかで、徳川家康は苛立《いらだ》っていた。あと少しで豊臣家を滅ぼすことができるのだ。しかし、そのためにはかわいい孫娘の千姫を犠牲にしなければならない。といって、千姫の命を救うために再度和睦するのは避けたかった。どう考えても戦局は徳川方に有利なのだ。ここで、和議をもちかけるのは、千姫という存在が家康にとってどれほど大きなものかを向こうに知らしめることになり、交渉は足もとを見られる結果に終わるだろう。家康の立場ではそれはできなかった。東軍の総大将である将軍秀忠の手前もあった。大御所としては、

「おまえも娘がかわいかろう。ここまでくれば豊臣を滅ぼすのはいつでもできる。もう一度和議を結んで、千を取り戻してから、料理すればよいではないか」

とは言えなかったのである。家康自身の寿命の問題もあった。壮健とはいえ、もう七十を超えている。野戦の場に身を置くのはそろそろ限界である。

（もし、わしが死んだら……）

その混乱に乗じて豊臣家が盛り返すかもしれぬ。家康の威光が消えると、西軍に寝返る大名も出る可能性もある。早く決着をつけねばならぬのだ。しかし、

（そのために千が死ぬのは嫌だ……）

わがままな男である。家康が苛立っていると、そこに坂崎出羽守直盛《さかざきでわのかみなおもり》が現れた。トカゲに似た顔立ちの坂崎は、かつて宇喜多詮家《うきたあきいえ》と名乗っていた武将で、パウロという洗礼名を持つキリシタンでもあった。無二の親友である柳生但馬守宗矩《やぎゅうたじまのかみむねのり》から、一度、陣中の機嫌伺いに家康に会っておけ、と言われたのでやってきたのだ。

「出羽か」

「大御所さまにはご機嫌麗しく……」

「麗しくもないぞ。わしは不機嫌じゃ」

「なにゆえでございます」

家康は黙り込み、持っていた扇で膝を叩《たた》いた。

「近《ちこ》う寄れ。その方、大坂に屋敷《やしき》があると申しておったな」

「高麗橋《こうらいばし》にございます」

「ならば、大坂の地には詳しかろう。わしの頼みをきいてくれぬか」

「無論でござる。なんなりと仰せつけくだされ」

「城内の大野《おおの》修理亮治長《しゅりのすけはるなが》にひそかにつなぎをつけ、千を城から抜け出させるよう持ちかけるのじゃ。あのものは、冬の陣のあとの和睦を担当しておったゆえ、話が早かろう」

「な、なんと……。それは敵方の心を乱す策略でござるか」

家康は苦い顔をした。

「そうではない。——応じてくれれば、秀頼と淀殿、それに大野修理の命は助けてやる、と申せ。今、正面から申し入れても、淀殿が千を放すまい。それゆえその方に申しつけておくのじゃ。もし、首尾よく千を取り戻すことができたら、恩賞望みに任す。——このことはだれにも言うてはならぬぞ」

「ははーっ！」

坂崎は平伏して御前を下がった。しかし、彼にはなんの腹積もりもなかった。

「柳生殿にでも相談するか」

そんなことを思いながら陣屋のなかを歩いていると、

「直盛……！」

と声がかかった。わしを呼び捨てにするのはだれだ、と顔を向けると、それはある人物だった。彼もおそらく、陣中見舞いに訪れたのであろうと推察された。

「こ、これは……」

「直盛、今、大御所と話をしておったな。なにを言われた。申してみよ」

「あ、いや、それが……」

「申せ！」

その厳しい声音に坂崎出羽守はすくみ上がった。そして、その人物の後ろに立っていたのは柳生宗矩そのひとであった。

◇

慶長二十年五月六日、大きな戦いがあった。それは事実上、夏の陣の勝敗の行方を左右したのである。大坂方の猛将後藤又兵衛《ごとうまたべえ》基次《もとつぐ》は、城に向かって北上してくる東軍を河内平野で待ち受け、その先頭を撃破すれば、そのあたりの地形は狭隘《きょうあい》なので後続の敵は混乱するだろうから、そこを一気に攻める……という作戦を主張した。それが承認され、後藤の軍は真夜中に陣を出《い》で、決戦の場となるはずの道明寺《どうみょうじ》（地名）に向かった。しかし、味方である薄田兼相《すすきだかねすけ》、明石全登《あかしてるずみ》、山川賢信《やまかわかねのぶ》、真田幸村、毛利《もうり》勝永《かつなが》らの軍がどこにも見当たらない。そのうえ、東軍の諸将が先に陣を張っているではないか。その数はおよそ二万である。対するに後藤の手勢はわずか二千八百である。多勢に無勢だが、このまま味方の到着を待っていても、そのまえに討ち取られてしまう。又兵衛は即断し、家臣たちとともに突撃を開始した。決死の覚悟の後藤勢は奮戦し、多くの敵兵を倒したが、ついに一発の銃弾が又兵衛の胸板を貫いた。

　薄田、明石、山川などの西軍の武将がようやくたどりついたのはそのあとであった。彼らは、濃霧に視界を遮られ、道を進むことができなかったのだ。又兵衛の戦死を知った彼らは、必死の反撃を開始した。なかでも後藤又兵衛と並ぶ勇将薄田兼相は獅子奮迅の戦いぶりを見せたが、群がりくる敵のために討ち取られてしまった。そのころになって真田、毛利隊も到着した。戦の場所は道明寺から誉田村《こんだむら》付近へと移り、そのここでも激戦が展開された。

一方そのころ、木村長門守重成《きむらながとのかみしげなり》と長宗我部盛親《ちょうそかべもりちか》らを主将とした軍勢は、八尾《やお》へ向かっていた。東軍を側面から叩こうという意図であった。しかし、これも道に迷ったり、泥地に入り込むなどして進軍が遅れたところを東軍の藤堂高虎《とうどうたかとら》に発見され、開戦となった。長宗我部軍、木村軍ともによく戦った。木村重成は若江村《わかえ》において藤堂軍をほぼ壊滅に追い込んだが、その後井伊《いい》家の大軍勢の猛攻を受け、木村重成は討ち死に、その報を聞いた長宗我部盛親は大坂城へ退却しようとしたが、その過程で軍はほぼ壊滅した。

誉田村で戦いを続けていた真田幸村のところに、八尾・若江での味方敗北の報《しら》せが届いた。幸村は、毛利、明石らとともに天王寺《てんのうじ》方面に撤退した。

こうして五月六日の戦は、徳川方に軍配が上がった。豊臣方、徳川方ともにあわただしく野陣を張り、翌日の決戦に備えた。しかし、戦の行方はすでに明らかのように思われた。もはや豊臣家には勝敗を覆すだけの力は残っていなかった。あとは、最後の捨て身の戦いをどう行い、締めくくりをどうするか、だけなのだ。

しかし、この期《ご》に及んで、東軍の実質的総大将である徳川家康は、まだ決断を渋っていた。

「な、なに……千が死んだと申すか」

陣屋のなかで徳川家康は白く太い眉をぴくりと動かした。「狸親爺《たぬきおやじ》」という仇名《あだな》は、狸はひとを化かすものゆえ、信用ならぬその言動からついたものだ、という説もあるが、狸そっくりのその顔立ちが由来だと口さがなく語るものもいた。両目のまわりが黒く落《お》ち窪《くぼ》み、目と目がつながっているように見えるのだ。

「ただいま、坂崎出羽守より柳生但馬殿を通じて秀忠さまのところに報せがございました。事情はわかりませぬが、城内にてお亡くなりになられたと……」

徳川家譜代の臣である本多《ほんだ》正信《まさのぶ》がそう言うと、家康は手にしていた軍配を膝に押し当て、めりめりとへし折った。

「千……」

床几《しょうぎ》に座った家康は目を閉じ、深く息を吸ったあと、しばらくそのままの姿勢でいたが、

「今までは、城攻めのまえになんとか千を救い出せぬか、と思案を重ねておったが、こうなってはせんなかるまい」

「ご心中、お察し申しあげまする」

「やむをえぬ。これは……戦じゃ。総攻めの触れを出すよう秀忠に伝えよ」

「かしこまりました」

本多正信は、内心の安堵感を家康に悟られまいと神妙な顔を作った。

(やっとお触れが出たわい……)

戦局はあと一歩で大坂方を滅ぼせる、というところまで来ていた。それは、二代将軍となったばかりの徳川秀忠の悲願でもあった。

「智謀《ちぼう》に長《た》けた軍師真田左衛門佐《さえもんのすけ》幸村の立てる軍略は恐ろしいが、数のうえではわが東軍が圧倒的に有利。力攻めで一気に圧し潰せば、われらの損害も少なくはなかろうが、結果として勝てるはずだ」

狸というより狐《きつね》に似た顔立ちの秀忠は、そう主張した。しかし、肝心の大御所家康が最後の決断を下すのをためらっていたのだ。目のなかに入れても痛くないほどかわいい孫の千姫のためである。七歳のとき、政略結婚で大坂城の秀頼に嫁ぎ、今は十九歳になった千姫をなんとか取り戻したいと、この老人は心を砕いていたのだ。そのため、豊臣家との交渉においては、この期に及んでまだ「和睦」の可能性をちらつかせていた。だが、秀忠をはじめ、主だった家臣たちは皆、豊臣家の息の根を止めるのは今をおいてないと考え、何度も大御所に総攻めの命を下すようながしていた。そして、それがやっと実行されたのである。

陣屋から本多正信が去ったあとも、家康は下を向き、

「そうか……千が……千がのう……」

幾度となくそうつぶやき、遥《はる》か大坂城の天守をにらみつけると、

「秀頼め……憎きやつ」

その言葉は、かわいい孫娘を奪った豊臣家への逆恨みにほかならなかった。

◇

慶長二十年五月七日のたそがれのころ、大坂の空は夕陽《ゆうひ》に染まっていた。分厚い雲はまるで血を浴びたように赤かった。怒号と悲鳴、哄笑《こうしょう》と泣き声が沸き起こり、それに鬨《とき》の声《こえ》、陣馬のいななき、法螺貝《ほらがい》の響き、右往左往する足軽たちの足音、金属と金属がぶつかりあう音などが混ざり合い、うわあああ……んという不協和音となって四方に響いていた。まるで魔物の咆哮《ほうこう》のようだった。いや、まことに魔物と言えぬこともない。徳川という巨大なる魔物が牙を剥《む》き、落日の豊臣家に襲いかかっているのだ。

その日の早朝から夕刻にかけて、大坂方の主な武将はほとんどが討ち死にしていた。塙団《ばんだん》右衛門《えもん》、後藤又兵衛、薄田兼相、木村重成……といった豪傑たちである。軍師真田幸村は、逆転を狙った最後の作戦を、明石全登、毛利勝永、大野治房《はるふさ》らととも

に決行したが、あと少しというところで失敗に終わり、西軍勝利の望みはついえた。

「もはやこれまで」

覚悟を決めた幸村は家康の本陣近くまで少人数で接近し、捨て身の攻撃を試みた。もはや勝利は掌《たなごころ》にあり、と油断していた家康目掛けて十数騎の武者たちがしゃにむに突進する。突然現れた真田隊に驚き、あわてふためいて床几から落ちた家康に幸村の槍先《やりさき》が迫った。家康は地面にはいつくばり、四《よ》つん這《ば》いで逃げようとする。あわや串刺し……というところで、旗本たちが身を挺《てい》して家康を守ったため、幸村は千載一遇の好機を逸し、馬上で、

「南無三、しくじったか……！」

と叫ぶと天を仰いだ。

幸村の果敢な突入の報を城内で聞いた大野治長は西軍の総大将である秀頼に、

「今こそご出馬のときでござる。軍の先頭に立って采配をお振るいいただければ、味方の士気も大いに上がりましょう」

と進言した。うむ、とうなずいた秀頼が、具足をつけ、太刀を佩《は》いて身支度を整えていると、聞きつけた淀殿が血相を変えて現れ、

「なにをなさいます。上さまは豊臣家にとってかけがえのない御身。そのような危ない真似《まね》をして、もしものことがあったら取り返しがつきませぬ。この母を見捨てるお

つもりか。上さまに孝心がおありなら、わが頼みをきいてたもれ」

と涙ながらに秀頼の出陣に反対したため、話は立ち消えになった。

やがて、兵力において劣る西軍は次第に押されはじめ、ついには総崩れとなった。

幸村は大坂城への退却を余儀なくされたが、その途上、疲れ果てて安居《やすい》天神社の付近で木にもたれて休息しているところを、徳川方の武者西尾仁左衛門《にしおにざえもん》に発見された。西尾は相手がだれであるか知らなかったが、幸村の方から、

「我《われ》は豊臣方の軍師真田幸村である。この首取って手柄になされよ」

と声をかけ、みずから首を差し出した。西尾が震えながら槍で幸村の脾腹《ひばら》を突き、刀でその首級を挙げようとしたとき、だれかの叫びが聞こえた。

「お城が……お城が……！」

その声に敵も味方も一斉に大坂城に目をやった。いつのまにか天守閣が炎に包まれていた。内通者が火をかけたのだろう。窓という窓から火が凄まじい勢いで噴き上がり、数条の黒煙が生きもののようにうねりながら天に向かって立ち上っている。幸村は、

「これも運命《さだめ》か……」

とつぶやくとこと切れた。

キリシタン大名として知られる明石全登は聖ヤコブの像を描いた旗指物を押し出

し、反撃の機会を狙っていたが、真田幸村戦死の報を受けて、

「もはやこれまで。あとは突撃して、戦場に花散らそうぞ。――続け！」

そう獅子吼《ししく》して東軍西軍入り乱れるなかに飛び込んだ。その勇猛さに徳川方の兵は恐れるばかりだった。禁教令を出した秀吉《ひでよし》や家康に棄教せよと命じられても、明石全登は決して信仰を捨てなかった。西軍に参加したのも、家康による行き過ぎともいえるキリシタン弾圧に反抗したためである。彼の率いる軍勢は、神に命を捧《ささ》げた「覚悟の士」たちである。命を捨てることを恐れない。

槍を交わすこと数百度、多くの敵を倒したが、ついに精魂尽きるときが来た。飛来した矢が首筋に刺さったのだ。それを引き抜いたところをふたりの雑兵に槍で腹を突かれた。雑兵たちは斬り捨てたが、身体《からだ》の力が抜けていくのを感じた明石全登はがっくりと膝を突くと、旗指物を見上げた。聖なる十字架《クルス》が燃えている。

「これまでだな……」

潔《いさぎよ》く腹を切りたいが、キリシタンゆえ自決は禁じられている。だれかいないかとあたりを見渡すと、ひとりの若者が刀を背負い、こちらに向かって走ってくるのが見えた。

「そこのもの、こちらへ参れ」

若者の顔に見覚えがある。目が大きく、鷲鼻《わしばな》で、顎が張った精悍《せいかん》な面構えだ。

「その方、霧隠才蔵《きりがくれさいぞう》ではないか」

「ははっ、いかにも」

才蔵は真田幸村の家来だが、城内でときどき顔を合わせていたので明石全登も名前はよく知っていた。

「よいところに来た。わしはもう助からぬ。キリシタンゆえ腹を切ることもできぬのだ」

「はい……よう存じております」

「ならばわが頼みを聞いてはくれぬか。わしの首を落として、徳川方に奪《と》られぬように持ち去り、どこかへ埋めてくれ。見つかったら殺されるかもしれぬ危険な任だが……」

「かしこまりました。かならずお望みどおりにいたします」

目を閉じた明石全登の後ろに回ると、

「えいっ！」

忍刀を一閃《いっせん》させた。明石全登の首は音もなく落ちた。才蔵はその首を布に包んで小脇に抱えると、混乱する戦場のただなかを走り去っていった。

石垣の石が火にあおられて真っ赤に焼け、ぎらぎらした灼熱《しゃくねつ》の光輝を放っている。徳川方に押されて逃げ場を失った大坂方の兵士たちは、石垣に取りついて逃れようと

した が、その身体はたちまち焼けただれ、黒焦げになった。庭園の木々も、屋根瓦も、多くの曲輪《くるわ》も、武家屋敷も、ことごとく灰になった。堀の水は熱で蒸発し、追われて飛び込んだ城兵たちは皆命を失った。侍だけでなく、城に仕える女どもも犠牲となった。雑兵たちによって忌まわしい目に遭いたくなければ、みずから死を選ぶしかなかった。

「兄者、生まれたときはべつであったが、死ぬときは一緒じゃ。手をたずさえてあの世に参ろうではないか」

筋肉の塊のような背高《せいたか》の坊主が押し寄せる敵兵のまえに薙刀《なぎなた》を持って立ちはだかった。炎がてらてらと頭を光らせている。

「うむ、こやつらの十七、八人も土産《みやげ》にしてな」

額が突き出た、大兵肥満の坊主が大槍をかまえてうなずいた。真田十勇士のうちでも豪傑として知られている三好清海入道《みよしせいかいにゅうどう》、三好伊三入道《いさにゅうどう》の兄弟である。ふたりは大勢の足軽たちの真っただ中に暴れ込むと、手あたり次第になぎ倒し、串刺しにしていった。

「矢だ！　矢を射かけよ！」

やがておびただしい返り血を浴びたふたりの入道は、全身に矢を受け、笑って立ち往生した。

「かかれ！　かかれ！　あとひと息ぞ！」

東軍の大将のひとりが馬上で軍配を振りかざして叫んでいる。その馬が突然棹《さお》立ちになった。馬の尻を槍で深々と刺したものがいる。

「なにものだ！」

「真田十勇士のひとり、由利鎌之助《ゆりかまのすけ》見参なり。徳川方の侍大将と見た。尋常に勝負に及べ」

鎌之助はすでに兜鉢《かぶとばち》は割れ、鎧《よろい》の草摺《くさずり》や佩楯《はいだて》はちぎれ、あちこちに矢を受けている。

「かねて聞き及ぶ由利鎌之助とはその方か。相手にとって不足なし」

徳川方の侍は馬から降りると、槍を構えた。鎌之助はにやりと笑い、

「死に場所を探していたが、ようやく見つけたわい。――参れ！」

「おう！」

激しい打ち合いが続いたが、鎌之助がどう隙を見つけたか相手の脇腹に槍を突っ込んだ。敵がうめいた瞬間、ダダダダン……という鉄砲の音がした。由利鎌之助は背中に数発の弾を浴びてその場に倒れた。

同じく十勇士の筧十蔵《かけいじゅうぞう》と海野六郎《うんのろくろう》も奮戦していた。城中目指して押しかける敵を大手門のまえで迎え撃つ。相手は本多忠朝《ただとも》の軍勢である。ふたりは強弓を弓手《ゆんで》に持

ち、槍を構えて突進してくる足軽たちに矢を放った。足軽たちは面白いようにつぎつぎと倒れていく。やがて、筧十蔵が言った。

「海野殿、弓の弦が切れ申した」

海野六郎も、

「わしは矢が尽きた」

ふたりは燃え盛る城を振り返ると、

「もうこのあたりでよかろう」

その場に座すと腹を切った。それと同時に城内に武将たちが突入した。殺到する徳川勢を防ぐ手立ては、もはや大坂方にはなかった。そして、戦はついに終わった。

とにかく見渡すかぎり死骸の山、山、山だった。目や胸、喉などに矢が生け花のように突き刺さった足軽の死体、刀を手にして倒れている首のない武者の死体、両手を合わせて慈悲を乞う姿勢のまま槍で突かれた小者の死体、火縄銃で撃たれて額に大穴のあいた侍大将の死体、頭蓋を鉄棒で叩きつぶされた小童《こわっぱ》の死体……などが転がっている。硝煙の臭いが立ち込め、血が川のように流れ、おびただしい火の粉が舞うこの世の地獄を徳川方の兵たちは生き残りがいないかと捜しまわる。

「いたぞ！」

倒れた馬の陰に身を潜めていた武者が引きずり出された。

「わ、わしは豊臣のものではない。金目のものはないかと入り込んだ地侍でござる。どうかお見逃しくだされ」

徳川の雑兵たち四人はせせら笑い、

「嘘《うそ》をつけ、腰抜けめ。その鎧、その刀……いずれは侍大将と見たがどうじゃ」

「ちがう。名もないものじゃ。首取ってても手柄にはならぬぞ」

「ははははは……おまえがだれであろうと関係ねえ。わしらの目に入ったが運の尽きぞ」

それを聞いた武者は脇差しを抜いて斬りかかったが、雑兵のひとりが笑いながらその左胸を槍で串刺しにした。武者は、どうと倒れた。死体に群がった雑兵たちはそのふところを探り、金子を見つけると、

「あったあった。大漁じゃわい」

「どうせあの世へは持っていけぬ金じゃ。わしらが代わりに使うてやるゆえ、成仏せい」

そう言い捨ててその場を去ろうとした。そのとき、

「姫さま、こちらでござる!」

鎧をがしゃがしゃ鳴らしながら、大柄な侍が早足でやってきた。ざんばら髪で、顔は血にまみれているが、目には決死の思いが宿っている。右手に抜き身の刀を持ち、

左手でひとりの娘の手を引いている。娘は白地に葵《あおい》の丸の被衣《かずき》を被《かぶ》って面体を隠しているが、その身なりから相当の身分と推察された。彼らの後ろには、城勤めの女房らしきやや若い女が手に短槍を持って従っている。

四人の雑兵は、

「またしてもよき獲物じゃ」

顔を見合わせてにやりと笑い、

「そこのものども、待て」

と行く手に立ちはだかった。彼らが引っさげている刀についた血糊《ちのり》をちらと見た大柄な侍は、

「我ら、大野修理さまの命を受けたもの。先を急ぐゆえまかり通るぞ」

「そうはいかねえ。その女の被りものを取って、しっかり顔を拝ませてもらおうか」

「その方どもの相手をしている暇はない。道をあけよ」

「抜かしゃがれ。どこのお姫《ひい》さまか知らねえが、売りゃあ相当の金になるだろう。こっちへ寄越せ」

「下がれ！　貴様らごとき身分のものが軽々しく声をかけてよいお方ではない。控えよ！」

「むかつくことを言いやがる。——おい、殺《や》っちまえ！」

侍は娘に一礼し、

「姫さま、しばしそちらでご見物くだされ」

娘は無言でうなずくと、女房の後ろに身を隠した。向かってくる足軽たちに侍は刀を振るった。先頭の男が頭を割られ、血煙を上げて倒れた。

「この野郎、ちいと強いぜ。気をつけろ」

残った足軽たちは左右から挟むようにして侍との間《ま》を詰めていく。ふたりが同時に斬りかかってくるのをかろうじてかわし、ひとりを袈裟《けさ》懸《が》けに斬り倒したが、もうひとりの力任せの打ち込みを避けきれず、右腕に深手を負った。嵩《かさ》にかかった足軽が、

「死ねやっ」

刀を振りかぶったところを、まえに進み出た女房が槍を繰り出した。足軽は刀で払おうとしたが間に合わず、槍の穂先はずぶりと彼の下腹に突き刺さった。足軽は悲鳴を上げて倒れた。あとのひとりは、侍が刀を左手に持ち替えてなんとか仕留めた。槍を使った女が、

「堀内《ほりうち》殿、大事ございませぬか」

堀内と呼ばれた武者は、

「刑部 卿 局《ぎょうぶきょうのつぼね》さまの手練《てだ》れの技にて命拾いいたした。かたじけのうござる」

「お恥ずかしゅうございます。なれど、お手当てをいたさねば、血がこのように

「……」

「なんのこれしき。今は千姫さまを無事に城外にお連れするのが先。さ、参りましょうぞ」

額に玉の汗を浮かべた侍は歯をくいしばった。三人は死骸の山のあいだをかいくぐって進んだ。ようよう大手門から三の丸の外に出ると、道端に質素な輿《こし》が一台置かれていた。そのかたわらに立つ武士が、

「遅かったな。もう来ぬかと思うたぞ」

「南部氏《なんぶうじ》か。ちと手間取った」

「姫さまはご無事か」

「うむ、このとおりだ」

堀内は、南部と呼ばれた侍に被衣を被った娘を見せた。南部は、

「被衣を取っていただこうか」

刑部卿局が、

「南部殿、姫さまに対し、無礼であろう」

南部は笑って、

「姫さまでないものを連れていったら拙者が坂崎さまに叱られるわい」

刑部卿局はしぶしぶ娘の被りものを取った。下から現れた顔は血なまぐさい戦場に

あっても﨟長《ろうた》けて、輝いているように見えた。娘は大きな目で南部をひたと見据え、

「南部とやら、出迎えご苦労。造作をかけてあいすまぬ。わらわはどうしてもお祖父《じい》さまにお会いして、わが夫《つま》の助命を願わねばならぬのじゃ」

それを聞いて南部は顔を引き締めて頭を下げ、

「ご無礼の段、ひらにお許しを……」

「では、疑いは晴れたのじゃな」

「そのお器量といい、内からあふれる気品といい、大御所さまのお孫さまに間違いございませぬ」

「ならば急いでたも」

「承知つかまつりました。さあ、この輿に……」

「担ぎ手はおるのか」

「拙者と、堀内殿が担ぎまする」

千姫を輿に乗せると、南部が先棒、堀内が後棒を持ち上げた。

「では、参るぞ」

千姫を乗せた輿は、燃え上がる大坂城から次第に離れていった。だが、ひとつの影が地面から立ち上がり、輿のあとを追いはじめたことにだれも気づかなかった。

◇

大坂城を包む凄まじい火炎は遠く京都からも見え、公家《くげ》たちは清涼殿《せいりょうでん》の屋根に上って見物したという。城内のものだけでなく、近隣の町人たちも犠牲になった。徳川方の兵たちは、混乱に乗じて商家に押し入り、金品や食料を略奪し、男は殺し、女には乱暴した。老人や子どもにも容赦はしない。押し入った家に火を放つので、城下にも火災が広がった。雑兵たちに罪の意識はない。戦のときはそれが当たり前だと思っているのだ。豊臣方の浪人たちや町人のなかにも真似をするものがいた。いくら厳重に戸締まりをしても、丸太で叩き割られ、鉄砲を撃ちかけられては抗《あらが》いようがない。大坂は無法地帯と化していた。

「もう、大坂はおしまいや」

「そのうち太閤さんの祟《たた》りがあるで」

そんな声が聞かれるなかを、一挺の輿が進んでいた。行く手には篝火《かがりび》を焚《た》いた陣屋があった。幕のなかから数人の侍が現れ、

「そこの輿、止まれ。いずれへ参る」

輿はその場におろされ、後棒を担いでいた侍が、

「坂崎出羽守殿のご陣屋とお見受けいたす。それがしは、豊臣家に仕える堀内氏久《うじひさ》と申すもの。また、これなるは同じく豊臣の臣南部左門《さもん》。我ら、坂崎殿に急ぎの用これあり、お取り次ぎを願いたい」

侍たちはぎょっとした。無理もない。豊臣方、つまり、敵の突然の訪問なのだ。刀の柄《つか》に手をかけた侍たちに、輿に従っていた女房が言った。

「わたくしは刑部卿局と申して、千姫さまの侍女でございます。この輿には千姫さまがおいでゆえ、ご無礼なきよう願いまする」

「な、なに……？」

侍たちのひとりが坂崎出羽守に注進した。トカゲのような顔をした坂崎は、その報を聞いて蒼白《そうはく》になった。

「千姫さまがおいでだと……？　そ、そんなはずはない。わしはたしかに、千姫さまは城内にてお亡くなりになられた、と聞いたぞ」

「どなたにお聞きになられたのです」

坂崎はそれには答えず、

「いかん。秀忠さまに『死んだ』と知らせてしもうた。これは大しくじりじゃ！」

そう叫んで頭を抱えた。

「いかがなさいます」

「とにかく千姫と名乗る女、ここへ連れてまいれ。まことの千姫さまかどうか、わしが検分してくれる」

　やがて、堀内氏久、南部左門、刑部卿局の三人に先導されて、千姫が現れた。おのずと醸される気品やあたりを払う威厳を身にまとったその姿をひと目見るなり、坂崎はその場に平伏し、

「はじめて御意を得まする。それがし、坂崎出羽守直盛と申すもの。千姫さまにはご機嫌うるわしく……」

「坂崎とやら……時間《とき》がない。挨拶は無用じゃ。わらわは、一刻も早う父上やお祖父さまに目通りし、お義母《かあ》さまやわが夫《つま》秀忠さまの命乞いをせねばならぬ。そなたがひそかに大野修理に、わらわを大坂城から脱出させられぬか、という書状を送ってきたこと、聞き及んだによって、こうしてそなたを頼ってまいったのじゃ」

「この坂崎、身命を賭しても、千姫さまをお守りし、お父上のところへお連れいたしまする」

「頼むぞ」

　千姫は坂崎に微笑みかけた。大きな目で見つめられ、坂崎はぶるっと震えた。

「ところで、坂崎。わが侍女によると、さきほどその方の家来が、わらわが城内で落命したはず、と申していたそうだが、どこからそのような噂を聞いたのじゃ」

「そ、それがその……大坂城の事情を探るために送り込んでいたわが手のものからの報せにて……」

「ほほほほ……わらわが死んだと申したか。うかつなものよのう」

「ははっ……まことにもって面目次第もございませぬ」

「父上にもそのこと知らせたか」

「は……はい……」

「ならば、父上もさぞお嘆きであろう。もしかするとお祖父さまの耳にも達しておるかもしれぬ。早う安堵させてさしあげねばならぬのう」

「さっそく秀忠さまのところに伺い、先ほどの報せは誤報であったと言上いたしまするゆえ、姫さまもよしなにお取り成しをお願いいたしまする」

坂崎は冷や汗を拭った。

◇

「どういうことだ。その方、たしかに千姫は死んだと申したではないか」

蠟燭《ろうそく》の火が揺らめくなか、ある人物が言った。野太く、よく響く声だ。

「そのように聞いていたが……どうやら間違いだったようだ」

ある人物が答えた。おどおどしているのが声でわかる。

「むむ……戦のさなかに誤報はつきものだが……」

「どうすりゃよかろう」

「ううむ……」

「あのお方はわしに、千姫を亡きものにせよ、と命じた。わしはおぬしの助言を入れて、あやつにその役目を与え、どのような手を使ってもよいから千姫を殺せ、と厳命した……」

「そして、殺した、と……」

「あやつがそう申したのだ」

「千姫は大事の人質ゆえ、淀殿が片時も側《そば》を離れぬと聞いていた。おそらく近づくことは容易ではなかろう、と思うていたが……」

「わしは、あやつの口から、いかにして千姫に近づき、命を絶ったか、も聞いた。わしはそれを信じたのだ……」

「そのものが裏切った、ということか」

「わからぬ。たれよりも信用できる同志、と思うていたが……」

「しくじったゆえ、嘘の報告をしたのかもしれぬな」

「あやつが、か。うーむ……信じられぬ」

「この世に信じられるものなどない」

「いや……ある。ひとつだけある。天にましします……」

「またその話か。今はよせ。聞きたくもない」

「とにかく千姫は生きていたのだ。今いちど、千姫にべつの刺客を差し向けるべきであろうか」

「無理であろう。千姫はわれらの手の届かぬところで庇護《ひご》を受けておる。それに……もはや千姫を殺害する意味がなくなった。すでに戦局はあのお方の思うとおりに動いている。いまさら千姫を殺してもなににもならぬ。生かしておいた方が大御所さまも喜ぶ。いや……あのお方も……おそらく……」

「だが、わしはどうなる。たとえ意味がなくなったとしても、わしがしくじったことに変わりはない。わしの立場は……」

「落ち着け。わしがなんとかとりなそう。ただし、それはこの戦がお味方大勝利で終わってからのことだ」

「よろしくお願いいたす。わしはどうしても大御所に頼みたいことがある。そのために千姫の殺害を引き受けたのだ」

ある人物はある人物に頭を下げた。

◇

天守と本丸が焼け落ちたあと、秀頼と淀殿は大野治長、毛利勝永、真田大助《だいすけ》、望月《もちづき》六郎《ろくろう》……といった重臣たちとともに、火災を避けて山里《やまざと》曲輪にある狭い蔵に籠もっていた。女房どもや女中たちも含め、総勢三十人ほどである。夏の暑さと周囲の火災のため、蔵のなかはたいへんな熱気で、呼吸も苦しいほどだった。汗や糞尿《ふんにょう》の臭いが鼻をつき、蠅《はえ》や蚊、蚤《のみ》なども大量に発生して、皆を悩ませていた。治長の母大蔵卿《おおくらきょう》の局《つぼね》、嫡男治徳《はるのり》、南禅寺《なんぜんじ》の住職、そして女たちも、声をひそめ、身じろぎもせず、抱き合うようにして過ごしていた。彼らは、秀忠のところに赴いた千姫の命乞いの結果を待っていたのである。

外界から遮断されているのでどれほどの時間が流れたかもわからぬ。大半のものは身体にのしかかってくるような暑さのせいで、ほとんど朦朧《もうろう》として横たわっていた。淀殿は、

「水を……水をたも」

女中のひとりが、

「お袋さま、水はもうございませぬ」

「一滴もか」

「はい……」

「喉が焼けるように痛む。唾も出ぬ。干潟の魚同様じゃ。このままでは死んでしまう！　たれか……たれか水を……」

秀頼が、

「お袋さま、私の水を差し上げましょう」

そう言って、茶碗《ちゃわん》に汲《く》んであった水を差し出すと、淀殿はひったくるようにしてひと息に飲み干し、

「まもなく徳川から助命の報せがまいるはず。それまでの辛抱じゃ……」

大野治長が、これも苦しそうな顔つきで、

「坂崎出羽守よりひそかに、千姫さまを城から逃がしてほしい、そうしてくれれば戦後、一命を助け、恩賞を与える、と書かれた家康からの書状が参ったことがございました。無論、そのときは一笑に付し、破り捨てて火中に投じましたるなれど、家康が千姫さまを大事と思うておることは間違いござらぬ。その縁もあって、坂崎の陣屋に送り出したのでござるが……」

　そのとき、蔵の戸をコツコツと外から叩く音がした。一同は、徳川方の捜索か、とあわてふためいたが、じっと耳を澄ましていた秀頼は、その音が「トン・トトトン・

ト・トトントン……」という一定の律動を繰り返していることに気づいた。

「これは闇雲に叩いておるのではない。だれかが我らに合図を送っているのじゃ。声を出さぬのは、徳川の兵をはばかってのこと。ならば、こちらの味方、おそらくは真田の手のものであろう。——大助、どうじゃ」

そう言われた真田大助はしばらく音に耳を傾けていたが、

「ご一同、ご案じめさるるな。これはわが党のものでござる」

そう言って桟《さん》をすべらせ戸を開けた。入ってきたのはぼさぼさの髪を無造作に縄で束ねた小男だった。二十歳前後と思われたが、額には深い皺《しわ》が刻まれている。

「猿飛《さるとび》佐助《さすけ》ではないか」

秀頼はうれしそうにそう言った。真田十勇士の一人《いちにん》である佐助はへこへこと頭を下げながら秀頼のまえにまかり出ると、

「千姫さまのご様子、見届けてまいりました」

居合わせたものたちはどよめいた。秀頼の推量が当たったからだ。淀殿は、

「さすがは上さま……太閤殿下の血を継ぐ慧眼《けいがん》ぶりにおわします」

秀頼は照れたように、

「将たるもの、いかなる場所、いかなる時、いかなる境遇にあっても頭は明晰《めいせき》に保たねばならぬ、と過日真田に忠言を受けました。——で、佐助、首尾はいかに」

「千姫さま、堀内氏久、南部左門、刑部卿局の三名とともに坂崎出羽守の陣屋に着いたるのち、六十名ほどの警固の侍に囲まれて、岡山の秀忠の陣屋に向かいましてございます」

岡山というのは、茶臼山《ちやうすやま》の東、平野川《ひらのがわ》近くの場所である。

「ご苦労。して……秀忠殿の返答は？」

「それはまだでござる。おそらくは一存では決めかね、家康にうかがいを立てるはず。返答があるのはおそらく明朝かと……」

淀殿が呻《うめ》き声を発して、

「朝までかかる穴倉で待たねばならぬのか。あの娘……いや、千はなにをしておる。家康めの足にすがってわれらの命乞いをせよ、と命じたというに……ううう……うう……」

「お袋さま、気をお静めくだされ。あの千めはきっと役目を果たすことでございましょう」

秀頼がそう言うと、淀殿はなにか辛辣な言葉を口にしようとしたようだが、なにも言わなかった。秀頼は佐助に向かって、

「佐助、家康の陣屋に赴き、ひそかになかの様子を探ることはできるか」

「忍びの術を使えばたやすきこと」

「ならば、助命が叶《かな》うかどうか見届けてまいれ」

「承知つかまつりました。──では、身どもはこれにて……」

佐助は秀頼に一礼し、姿を消した。真田大助が大野治長に向かって心配そうに、

「まさか……露見するようなことはありますまいか」

武将に似合わぬ整った顔立ちの治長は疲れた声で、

「わからぬ。わからぬが……今はあのものにすべてを託すしかあるまい」

そう答えた。

◇

「千が……千が生きておったただと？　そりゃまことか！」

太った身体を揺するようにして床几から立ち上がった家康は、興奮した口調で言った。岡山の陣屋から駆け付けた将軍秀忠じきじきの言上である。篝火《かがりび》に照らされて、家康と秀忠は床几に座り相対している。家康の後ろには、護衛であろうか、壮年の武士がひとり、油断なく周囲に目を光らせながら立っていた。

「それがしも驚き入りました。大野治長の指図を受けて大坂城を抜け出し、まずは坂崎出羽守の陣屋に向かい、そこから坂崎ともどもわが陣屋に参ったとかで、それがし

も顔を見ましたが、たしかに千でございました。今は、同行してまいった堀内氏久、南部左門、刑部卿局の三名とともにわが陣屋にて休息させておりまする」

「そうか……そうか。刑部卿局と申さば千の侍女にて、大坂城でも長くかたわらに仕えておる女ゆえ、間違いではあるまい」

「ははは……それがしが我が子を見誤るとお思いか」

「とにかくめでたい。千が無事戻ってきて、これで心置きなく戦を進められるというものぞ」

「めでとうございましょうか。それがしは、一旦豊臣に嫁いだうえは秀頼とともに死ぬが武家の女の道なるに、なにゆえ生きて戻ったか、と叱りつけましたが……」

「まあ、そう言うてやるな。千は、われらと豊臣の狭間《はざま》で苦しんできたのだ」

「はあ……。とにかく千が城中で死んだ、などという誤報を伝えた坂崎は仕置きせねばなりますまい」

「待て待て。考えてもみよ。千は無事であった。わしは、千を救うために、今一度講和を結ぶつもりであったのじゃ。豊臣家を滅ぼすのは千を取り返してからでよい、と思うておった。なれど、千が死んだのならばその必要もなくなった、と総攻めを命じ、結果として我らは勝ちを得た。それは坂崎の誤報のおかげではないか。なんとも運の良きことじゃ」

家康はこのうえなく上機嫌であった。秀忠は苦笑して、

「言われてみれば、たしかにめでとうございますな」

「ははは……この戦の総大将はそなたじゃ。わしがそなたに祝着至極と申さねばならぬ」

「ところで、千は大野修理からの言伝《ことづて》を携えてきております。いかがはからいましょうや」

その内容は、山里曲輪の蔵に籠もっている豊臣秀頼と淀殿の助命嘆願であった。

我々は降伏するが、秀頼と淀殿の命を助けてくれるならば、大野治長以下家臣一同は腹を切る、というものだった。家康は顔をしかめ、

「太閤殿下の世継ぎであった秀頼が、狭き蔵に籠もり、我らの返事を待って震えておるとは……戦国の世のならいとはいえ、運命というのはなんともむごたらしいものじゃのう」

「では、お助けなさるおつもりでございますか」

「たわけたことを……。いまさら遅いわ。城が落ちるまえならともかく、ことここに至って、助命などあろうはずもない。あのふたりを生かしておくのは、戦の種を撒《ま》くのも同じこと。笑止の沙汰ではないか」

「御意。それがしも父上と同じ意見でござる。とは申せ、我らが手を下すのはいささ

か気が引けまするな」

「わしもそう思うが、ここは将棋で申さば『詰め』の場面。駒が汚れていても、手に取らねば勝ちは得られぬ」

「ならば、さっそく軍勢を山里曲輪に差し向け……」

それまで黙って聞いていた壮年の武士が、

「あいや、ご両所、お待ちくだされ。それがしによき思案がございます」

秀忠が、

「なんじゃ、宗矩」

宗矩と呼ばれた武士は、

「そのような手間はかけずとも、その蔵に鉄砲や大砲を一斉に撃ちかければ、相手方も助命の儀は叶わなかったと悟り、あきらめて自決することでござりましょう」

秀忠は、

「なるほど。それならばこちらの手を汚すこともない。手間もかからず、兵も失わぬ。さすが宗矩じゃ」

そう言って笑った。その会話を幕の外でじっと聞いているものがいた。猿飛佐助である。

(やはりダメであったか。まあ、そうなるとは思うていたが……)

佐助は悄然《しょうぜん》としてその場を離れた。さすがに家康の陣屋だけあって警固は厳重すぎるほど厳重だが、佐助はどうにか隙を見つけて潜り込んだのである。見つかったら命はない。まさに死を覚悟した任務だった。

「おい、佐助……」

後ろからわが名を呼ばれた佐助はぎくりとして忍刀の柄に手をかけた。それは、忍び声といって、常人の耳には聞き取れない、くぐもった声である。相手が忍びのものであることは明らかだ。

「だれだ」

「わしだ。忘れたか」

闇のなかから現れたのは縄抜《なわぬ》け惣右衛門《そうえもん》という伊賀《いが》の忍びだった。佐助は、ほう……とため息をつき、

「なんだ、おまえか」

「なんだとはなんだ。かつて同じ武将のもとで働いたこともあるが、今は敵味方だぞ」

「わしは急ぎの身だ。ここに千姫さまが秀頼公と淀殿の命乞いに来ておる」

「知っている。わしらはそれで警固に駆り出されているのだ」

「見逃してくれい。もう豊臣家はおしまいだ。最後にわしは上さまに、命乞いは叶わ

なかった、と知らせねばならぬ。秀頼さまに恥ずかしくない最期を迎えていただくためだ」

「わかった。行け。だが、ひとつ教えてくれ。才蔵は息災か？」

「おまえは霧隠才蔵の竹馬の友であったたな。才蔵が今どうしておるか、わしにはわからぬ。左衛門佐（幸村）殿の隊に加わり、天王寺口での戦いに参戦したが、左衛門佐殿は討ち死になさったと聞いた。それが昨日のことだ。以来、才蔵の消息は聞いてはおらぬ」

「そうか……あやつほどの忍びがそうたやすく討たれるとは思えぬ。どこかで生き延びていてくれれば、いずれまた会えるのだが……」

「うむ。おまえも達者でおれよ」

「おまえもな」

「わしは……わからぬ。最後の仕事が残っておる。——では、せいぜい千姫さまの警固をしてくれ。さらばだ」

　佐助の姿は闇に溶けた。

◇

トン・トトトン・ト・トトントン……。ふたたび蔵の戸が叩かれた。籠もっているものたちは皆、脱水症状で倒れていたが、真田十勇士のひとり望月六郎はそれが合図だと気づいて身体を起こした。戸を開けると、佐助が立っていた。起き上がった淀殿は、望月六郎を押しのけて詰め寄った。

「秀忠殿はなんと申しておった。わらわと秀頼は助かるのか」

「いえ……助命は……叶いませなんだ。城が落ちるまえならともかく、今頃千姫さまを返してもろうても遅い、と……」

一同の口からあえぐような声が漏れた。淀殿は泣き崩れ、女房や女中たちも泣き始めた。しばしの沈黙のあと、秀頼が言った。

「さもあろう。徳川殿が豊臣家滅亡の絶好の機会を逃すはずもない。所詮は無理な交渉であった」

佐助は頭を下げ、

「柳生宗矩の進言により、まもなくここに鉄砲や大砲が撃ちかけられるはず。逃れる術はございませぬ」

淀殿はなおも、

「嫌じゃ嫌じゃ、死ぬのは嫌じゃ。なんとかならぬのか」

淀殿お気に入りの重臣大野治長が、

「もはやご武運もこれまで。敵の捕虜となって見苦しきさまを晒《さら》すより、潔くご自害なされませ。我らもお供いたしまする」

そう言って懐剣を淀殿の手に押し付けた。淀殿がそれをじっと見つめていたとき、突然、落雷のような音とともに蔵が揺らいだ。徳川方の大砲が蔵のすぐ脇に命中したのだ。それが合図だったかのように、

「ご免！」

とひと声叫んで大野治長は刀を腹に突き立てた。速水甲斐守《はやみかいのかみ》、毛利勝永らもつぎつぎと腹を切った。淀殿付の女中たちも懐剣でたがいに喉を刺しあって死んだ。二十数名の死骸が狭い蔵のなかに折り重なった。残ったのは淀殿、秀頼、真田大助、望月六郎、そして猿飛佐助の五人だった。秀頼が淀殿に、

「お袋さま、それではお先に参ります。──大助、介錯《かいしゃく》を頼む」

真田大助が震える手で刀を振り上げたとき、

「お待ちあれ」

声をかけながら蔵に入ってきたのは、ひとりの武士だった。鎧には矢が刺さり、顔は血だらけで、右目が潰れ、手や足には無数の刀傷、槍傷があった。真田大助が悲鳴のような声で、

「ち、父上……！」

それは真田幸村だった。淀殿が、

「安居天神で死んだと聞いておったが……」

皆が驚愕《きょうがく》するなか、ひとり泰然としていたのは秀頼だった。

「余は生きておると思うておった。そちの性格ならば、最後の最後まであきらめず、生き残って反撃する機をうかがうはずじゃ。みずから名乗って、首を差し出すなど、およそそちらしゅうないからのう」

満身創痍《そうい》の幸村はニヤと笑い、

「さすがは上さま、お見通しでおられましたか。安居天神で死んだのは、十勇士のひとりにてわが影武者穴山小助《あなやまこすけ》でござる。お味方総崩れになったるを見届けたうえで、それがしは急いでここへ立ち戻らんとしましたが、徳川方の囲いは二重三重。蟻《あり》も這《は》い出せぬほどの強固さで、抜けるのに今までかかったる次第……」

「なにか策はあるのか」

「策は尽き果てました。あとは、おふたかたの身を一時安全な場所に移し、捲土重来《けんどちょうらい》を期すしか手はございませぬ。生きてさえおれば、かならず徳川に一矢を報いる機は来るものとそれがしは信じております。――さいわいこの大坂城には太閤殿下がひそかにほどこしたからくりがあるらしゅうございます。じつはこれなる望月六郎が城内検分をしておりましたる際、古き葛籠《つづら》のなかより山里曲輪の一角から地下へと続く通路の絵図面を見つけたのでござる。それがしはそのことを今まで秘匿しておりましたが……ついにそれを試すときがまいりました」

淀殿が、

「でかした、左衛門佐。さすがは太閤殿下じゃ。かかる難儀を見越してからくりを用意してくれておいでとは……」

秀頼が、

「それは噂に聞き及ぶ抜け穴のことか？　城から大川へ抜け出せる秘密の通路がある、とまことしやかに言い立てるものがいたが……それがまことならば、船で西国へ落ち延びることもできよう」

「まさにその抜け穴でござる。詳しいことはそれがしも知らず、ただ絵図面を見たのみゆえ、どこへつながっているのかもわかり申さぬが、図面には『黄泉《よみ》への抜け穴』とのみ記されておりました。どうやらこの城の地下には、我らには想像もつかぬ通路が広がっておるようでございます」

淀殿が、

「黄泉とはあの世のことではないか。そのような抜け穴に入って、大事なかろうか」

「それがしにもしかとはわかりかねまするが、今はそれに賭けるしかございませぬ」

ふたたび大砲が撃ちかけられ、轟然《ごうぜん》たる音とともに蔵は大きく揺れて天井や壁が剝

がれ落ちた。淀殿がひきつった声で、

「早う……早う抜け穴へ連れていってたもれ」

「かしこまりました。では、こちらに……」

六人は蔵の外に出た。時刻は昼に近く、火勢はやや衰えてはいたが、天守や本丸を包む黒煙はいまだ太陽を隠さんばかりに立ち上っている。

「さあ、あちらでござる……」

手負いの幸村が必死になって先導しようとしたとき、遠くから鉄砲がばらばらと撃ちかけられた。幸村は大助と佐助に、

「すまぬがおまえたちは盾となり、鉄砲隊を防いでくれ。わしはおふたりとともに抜け穴に向かう。望月、おまえもわしとともに来てくれ」

「かしこまりました」

望月六郎が言った。望月六郎は、幼いときから幸村に仕えてきた真田家股肱《ここう》の臣だが、甲賀《こうが》流忍び五十三家筆頭望月家の出身で、忍びの術を心得、とくに火術の名手でもあり、また、幻術や毒薬の扱いも心得ていた。幸村は大助の手を握り、

「おそらくこれが今生の別れであろう。あの世で会おうぞ」

「父上……！」

淀殿が金切り声で、

「なにをしておる。ぐずぐずしていて逃げ遅れてはなににもならぬ！」

幸村は大助に、

「さらばじゃ、大助」

そう言うと、秀頼と淀殿を連れて、望月六郎とともに山里曲輪の東側へと向かった。それを見送った大助と佐助は後ろを振り返ると、

「やるか！」

「やりましょう！」

押し寄せる徳川方の鉄砲隊に向かって刀を抜いた。

◇

秀頼と淀殿が潜んでいた蔵が突然爆発炎上した、という報が家康のもとに届いた。大砲や鉄砲を撃ちかけられ、助命の嘆願が受け入れられなかったと悟り、自決したうえで火をかけたものと思われた。

かくして戦は終わった。豊臣家は滅亡したが、徳川方も多大な犠牲者を出した。豊臣方の死者は一説に二万人というが、十万人や十二万人と書かれている資料もある。家康は、検分役に秀頼たちの死骸を探させたが、爆発の衝撃でほとんどの死骸は木っ

端みじんになって原形をとどめておらず、そのうえ火災によって黒焦げになっているので、どれが秀頼や淀殿のものか特定するのは不可能だった。しかし、蔵に潜んでいたものたちが全員死亡したことは間違いないと思われた。

徳川方は、豊臣の残党狩りを徹底的に行った。見つかったものは皆斬首された。何千人もの落ち武者の首が、見せしめのために街道に並べられた。秀頼には、側室とのあいだに国松《くにまつ》という八歳になる子どもがいた。国松は火災にまぎれて守り役とともに城を脱け出し、京に潜んでいたが、十日ほどののちに捕まり、家康の眼前で首を斬られた。豊臣家に味方した武将たちもつぎつぎと死刑になった。それは一族郎党にまで及び、豊臣家に対する家康の憎しみの深さを感じさせた。真田幸村の妻も紀州に潜んでいるところを発見され、徳川方に引き渡された。

秀頼と淀殿の死骸が見つからなかったことから、「秀頼は生きている」という噂が立ち、徳川家がいくら否定しても消えなかった。なかにはまことしやかに、

「秀頼さまが死んだ？　なにを言うとんのや。秀頼さまは、知者の真田幸村がかねて用意の抜け穴を使《つこ》て城外へ落ち延びはった。ふたりは山伏に姿を変えて船に乗り、鹿児島へ逃げたのや。そこに国中から浪人を集め、豊臣家復興ののろしを上げる支度をしてはる。今に大坂へ攻めのぼってくるで」

などと言うものもいた。戦が終わってまもない時分、京童のあいだで、

「花のようなる秀頼さまを、鬼のようなる真田が連れて、退《の》きも退いたり加護島《かごしま》（鹿児島）へ」

という俗謡が流行ったこともあって、徳川家は夏の陣のあとも数十年にわたって豊臣の残党に目を光らせ、探索を続けた。その範囲は遠く琉球《りゅうきゅう》にまで及んだというが、秀頼や淀殿らの生存の可能性につながる証拠は見つからなかった。家康は、これで完全に豊臣の息の根を止めた、と確信した。

かくして徳川の御代《みよ》となり、すべての大名は徳川の家臣となった。ほとんどが焼け野原となった大坂の地も、新たな支配者である徳川家の手による復興が始まった。二度と大坂を戦の発火点にしてはならぬ、と考えた家康は、同地に色濃く残る太閤以来の「豊臣贔屓《びいき》」の風潮を消し去ることにした。それには、豊臣家の象徴である大坂城が焼け落ちたのをさいわいに、「徳川家の大坂城」の建設が不可欠であった。

夏の陣の一年後、家康が鯛《たい》の天麩羅《てんぷら》を飽食して逝去したあと、二代将軍秀忠は城づくりの名人として名高い藤堂高虎に新たな大坂城の築城を命じた。

「豊臣色をことごとく払拭し、徳川の色に染め変えるのだ」

秀忠の命令どおり、豊臣時代の城の遺構を地中に埋め、そのうえに新しい盛り土をして、石垣も本丸も天守閣もすべて築き直すという前代未聞の大工事がはじまった。天下普請といって、全国の大名のうち六十四家が築城にあたり、総指図役には藤堂高虎が任命された。工事は秀忠が家光《いえみつ》に将軍職を譲ってからもまだ続き、着工以来九年の歳月をかけてやっと完成した。全国の大名を動員し、莫大《ばくだい》な金と労力を費やして作られた新大坂城は、豊臣家の大坂城に比べ、堀の深さも石垣の高さも二倍という威容を誇り、天守も本丸も豪壮かつ堅牢《けんろう》なものとなった。

大坂の陣以来、戦というものがこの国から消えた。秀忠が将軍職を家光に譲って隠居し、その秀忠が没したとき、「戦国時代」は終わった。かくして豊臣の時代は過去のものとなり、大坂に暮らす武家も町人も、秀吉や秀頼、淀殿、大坂の陣で散った多くの武将のことを話題にすることもなくなった。ひとびとは泰平に慣れ、大坂の陣の二十二年後、島原《しまばら》の乱《らん》が起きたときも、遠方の地での出来事としか思わなかった。

「九州でキリシタンが一揆《いっき》を起こしたらしいで」

「どうせすぐに鎮められるやろ」

「宮本武蔵《みやもとむさし》ゆう豪傑が徳川方に加わって出陣したらしい」

「ああ、あの二刀流の……活躍したんか」

「それが、戦がはじまってすぐに足を怪我《けが》して、あとはずっと見物してたらしいわ」

「あかんやっちゃなあ」

しかし、徳川家にとってこの乱は大きな意味合いを持っていた。過酷な年貢の取り立てに耐えかねた農民たちが領主に対して起こした一揆なのだが、その農民のほとんどがキリシタンであり、総大将の天草四郎《あまくさしろう》という若者が「神の子」と称されていたこともあって、世間的には「弾圧を受けたキリシタンによる反乱」のような印象を持たれていた。しかし、実際に一揆を扇動していたのは小西《こにし》家など旧豊臣家の家臣たちであった。公儀にとっては、すっかり過去のものと思っていた豊臣家の影が突然、蘇《よみがえ》ったのだ。しかも、天草四郎には「大坂の陣の後、真田幸村とともに九州に逃れた秀頼のご落胤《らくいん》である」、という噂もあり、いまだに豊臣家の人気が衰えていないことを徳川家は思い知らされたのである。

しかし、島原の乱が国内最後の戦となった。その後はひたすら平穏が続いた。武士たちは刀の使い方、鉄砲の撃ち方、馬の乗り方を忘れ、「豊臣の残党」や「キリシタン」という言葉がひとびとの口の端にのぼることもなくなった。

以上が、「大坂夏の陣」に関する表向きのあらましである。

そして長い月日が流れた。徳川秀忠もその子家光も、宮本武蔵も柳生宗矩もすでに亡く、大坂の陣というものがすでに遠い「歴史」のひとこまとなったある日、とんでもない出来事が起きた。

第一章

万治《まんじ》三年（一六六〇年）六月十八日。その日は朝から雲が垂れ込め、大坂の町はうえから蓋をされたようなどんよりとした日和《ひより》だった。昼過ぎから雨になった。降り始めのうちは、

「ええ暑気払いになるで」

と喜んでいた大坂の町人たちも、雨脚が次第に強くなるにつれ、その口をつぐんだ。雨は土砂降りとなって、とうとう雷まで鳴り出した。暮れ六つ（午後六時頃）の鐘が鳴るころ、大坂城代を務める内藤忠興《ないとうただおき》は、大坂城本丸御殿にある御用部屋で町奉行所から提出された帳面に目を通していた。六十九歳の高齢だが、大坂城代を拝命するのはこれで二度目である。四角い顔で、眉毛が太く、書面を見るときに眉毛をひくひくと動かすのが癖だ。大酒飲みで、非番の日は朝から飲むこともあった。執務をしながらも、考えているのは今夜の酒の肴《さかな》はなににするか……ということだけである。

窓から外を見やると、稲光が数条、空を引き裂くように走っている。忠興は顔をし

かめた。雷は、高いところに落ちる。城の天守閣などは恰好《かっこう》の標的なのだ。これまでも、天下に名だたる名城の天守が、敵兵ならぬ空からの伏兵によって炎上している。

忠興は雷が大嫌いだった。

「雷さまだけは防ぎようがないゆえ、な」

大坂城代は、大坂城になにかあったときは全責任を負わねばならぬ重職であった。将軍家直属の役職であり、城内に広大な上屋敷を拝領し、大坂城の管理、大坂にいる役人衆の監督、西国大名監視などを任されている。五、六万石以上の譜代大名から選ばれるが、忠興は陸奥《むつ》磐城平《いわきたいら》七万石の城主である。

「たれかおるか」

忠興は手を叩いて、控えの間にいる家臣を呼んだ。襖《ふすま》が開き、近習《きんじゅ》の侍が座していた。忠興お気に入りの家臣、杉原矢十郎《すぎはらやじゅうろう》である。大坂城代は、国許《くにもと》から妻子や家臣を呼び寄せることが許されていた。杉原もそのひとりである。若いが武芸に優れ、一刀流免許の腕前である。

「火事に気を付けるよう定番、大番、加番に申し伝えよ」

定番、大番、加番は老中支配で、小大名や直参旗本から選任され、大坂城代を補佐し、大坂城の主要な門を分担して警固するのが役割である。

「かしこまりました」

杉原矢十郎が立ち去ろうとしたそのとき、外がにわかに白く輝いたかと思うと、百万の太鼓を打ったような凄まじい音が轟《とどろ》いた。忠興は思わず声を上げそうになったが、矢十郎の手前、威厳を保ち、

「落ちたな。言わぬことではない。なにごともないかどうか……見てまいれ」

と言おうとしたとき、今の轟音《ごうおん》に倍するとてつもない大音響とともに、部屋が上下左右に激しく揺れた。床が斜めになり、忠興は横倒しになった。

「ひえぇっ」

威厳の消し飛んだ忠興は叫んだ。壁に亀裂が走り、漆喰《しっくい》が落ち、柱がギキキ……と不気味な音をたてて軋《きし》んだ。天井の板が数枚、割れて落下した。

「大地震《おおない》か？」

落雷と地震が一度に起きたのかと思ったのだ。壁をつかむようにして立ち上がった矢十郎が窓から外を指差し、

「殿、あれを……！」

忠興がよろけながらもそちらを見ると、北東の方角に天守閣と同じぐらいの太さの黒煙が空に向かって噴き上がっている。煙のあちこちにちろちろと炎が見える。忠興が咄嗟《とっさ》に思ったのは、戦が始まったのではないか、ということだ。忠興は四十五年まえの血気盛んな若武者のころ、大坂夏の陣に参戦した経験があるが、そのときの敵味

方の放つ大砲の威力は身に染みて覚えていた。しかし、この泰平の世に大砲を撃つものがいるとは思えない……。

続いてすぐ、耳をつんざくような爆発音がして、ふたたび部屋は痙攣《けいれん》するように揺らいだ。畳が陥没し、天井がべろりと剝がれて落ちてきた。ほとんどの襖が敷居《しきい》から外れてその場に倒れた。

「そ、そうか……焔硝蔵《えんしょうぐら》に雷が落ちたのだ……」

青屋口近くには、約二万二千貫の火薬、約四十三万発の弾丸、約三万六千本の火縄などが収蔵されている火薬庫がある。そこに火が入ったら、爆発はすべての火薬がなくなるまで止まらないだろう。

「いかん、このままでは城が吹き飛ぶぞ」

忠興が震え声でそう言ったとき、また爆発が起きた。怒号や悲鳴、泣き喚《わめ》く声などが沸き起こり、まさに戦のようであった。なにかが飛んできて窓の格子を突き破り、部屋のなかに落ちた。それは割れた瓦だった。忠興は震え上がった。直撃していたら命はなかっただろう。

「殿……殿！　いかがいたしましょう」

矢十郎が声をかけたが、忠興はその場にうずくまったまま身動きしなかった。

◇

落雷による焔硝蔵爆発の被害は甚大であった。大坂城内だけで二十九人が死亡し、約百三十人が怪我を負った。天守閣をはじめ、本丸、二の丸、西の丸、櫓、多聞《たもん》、屋敷、石垣、橋、米蔵などが凄まじい爆風によって崩れ落ちた。木っ端みじんになった建物もあった。青屋口近くの石垣の巨大な石がいくつも城内を斜めに飛んで大手門のあたりに落下し、また、青屋口の橋が吹っ飛んで空中でばらばらになり、そのうちのひとつが大川を越えて天満《てんま》に落ちるなど、まさに想像を絶する大爆発であった。巨石は天守閣の二重目を粉砕し、本丸の屋根の瓦や天井を貫いた。被害は城下にも及び、千四百八十一軒の町屋が倒壊した。多くの家の屋根瓦が吹き飛ばされ、穴が開いた。役人屋敷、与力同心屋敷なども損壊した。青屋口の門扉が遥か三里半（約十四キロメートル）先の生駒山《いこまさん》の暗峠《くらがりとうげ》まで飛んだ、という記録も残っている。

城代内藤忠興は、老中に継飛脚で書状を送り、大番二名を報告のため江戸表へ出立させた。六日後に江戸から上使二名が到着し、将軍徳川家綱《いえつな》の上意が城代、定番、町奉行に伝えられ、現場の検分が行われた。焔硝蔵は跡形もなく、地面は火の玉が落ちたかのように黒く焼けただれ、縦横六間（約十一メートル）、深さ四間（約七メートル）ほどの穴が開いていた。
「城内外の被害を細かく調べ、破損個所《かしょ》をただちに修繕して、大坂城にもとの威容を取り戻さねばならぬ」

忠興はそう意見を述べた。というのは、この落雷はただの自然現象ではなく、豊臣秀吉の祟りではないか、という噂が大坂の町に広がっていたからである。秀吉が亡くなったのは八月十八日だから、六月十八日は月命日にあたる。

「自分のお城のうえに徳川がお城を建てたさかい、太閤さんが怒りはったのや」

「無理もないわ。秀頼さまや淀殿がお亡くなりになった場所に我が物顔で城を建てとるのやからな」

徳川家は大坂の陣終結ののち、神格化している秀吉像を消し去るため、秀吉に対して贈られた「豊国大明神《とよくにだいみょうじん》」の神号を朝廷に諮って取り消させ、京都の豊国廟《びょう》も破却した。そして、大坂天満には家康を祀《まつ》る川崎東照宮《かわさきとうしょうぐう》が建てられたのである。

大坂城代としては、大坂の地にふたたび「太閤贔屓」の風潮が広がるのは避けねばならぬ。滅びたはずの「豊臣」という幻影を蘇らせてはならないのだ。傷ついた大坂城をできるだけ早く復興し、「秀吉の祟り」なるものが妄言に過ぎぬことを大坂の民に知らしめる必要があった。

数日後、老中からの奉書が届いた。そこには、忠興に天守閣の修復を、丹波篠山《たんばささやま》の松平《まつだいら》家、摂津尼崎《せっつあまがさき》の青山《あおやま》家、摂津高槻《たかつき》の永井《ながい》家にその他の建造物の修復を命ずる、とあった。忠興は、材木奉行を呼び寄せた。材木奉行は、具足奉行、弓矢奉行、鉄砲奉行、蔵奉行、金奉行と並ぶ大坂城六役のひとつで、城の造営や修繕を担当する役職であった。定員は二名で、現在は寄居又右衛門《よりいまたえもん》と佐村荘八《さむらしょうはち》がその任についていた。いずれも旗本である。

「おまえたちふたりで修復工事の監督をせよ。大名たちが派遣してくる黒鍬《くろくわ》（土木作業専門の集団）のものたちを取り仕切るのだ」

年嵩《としかさ》の佐村は、

「はは……かしこまりました」

と平伏したが、若い寄居は胸を張って、

「お任せくだされ。この寄居又右衛門、見ん事に城の修繕の大役、果たしてみせまする。爆発前に比べても見違えるような仕上がりになること請け合いまするべい」

かくして四大名家による工事が始まったのである。そのときは、まさか「あのようなもの」が見つかろうとはだれひとり思ってもいなかった。

に当たったのだ。

鍬で地面を掘り返していた人足のひとりが言った。鍬の先が平たい石のようなもの

「なんじゃい、これは」

◇

「わからんけど、相当大きいもんらしいな」

ほかの人足も集まってきた。爆発のせいで青屋口にできた穴を平らにする作業を十人ほどで行っていたのである。

「これをどけんとどうにもならんで。斜めになってしもとるさかいな」

「けど、これは難物やで。かなり分厚いのとちがうか。幅もどれくらいあるか……」

そこに通りかかったのは材木奉行の寄居又右衛門であった。二十七歳の若さだが、江戸から材木奉行として赴任したばかりで、大坂地付（地元の侍）の手代五人、同心二十人、蔵番六名を部下に持つ身となり、先輩である佐村荘八にいろいろと教えを受けながら、大坂城修復という大事業をやり遂げようと張り切っていた。背が高く、がっしりした体格で、江戸にいたころは「吉屋組《よしやぐみ》」という旗本奴《はたもとやっこ》の集団に所属し、傾奇者《かぶきもの》として奇妙奇天烈《きてれつ》な風体で料理屋や飲み屋の支払いを踏み倒したり、町人に言いが

かりをつけて暴力をふるったり、裕福な商家を脅して金を巻き上げたり……とさんざん乱暴狼藉《ろうぜき》を働いた鼻つまみものだった。家督を継いだのをきっかけに素行を改めたのだが、今でもときどき、「わんざくれ（どうにでもなれ）」とか「ほじゃく（言う）」といった奴詞《やっこことば》を使ってしまう。

「どうした。なにかあったのか」

「へえ……ここを掘ってたら妙なもんが出てきましたのや。これをどかさんと、この先の工事がでけへんさかい困っとりまんねん」

寄居に従っていた大工頭の山村与助《やまむらよすけ》が、

「ははあ……お奉行さま、これはおそらく豊臣時代の石垣やと思いますわ」

与助は五十過ぎの男で、大坂三町人のひとりとして諸大工の束ねをし、城内修繕のときは概算の見積もりをしたり、大工たちの手配をするのが仕事であった。腕はいいし、目利きでもあるが、生来の粗忽《そこつ》もので、佐村荘八からもたびたび小言を食らっている。

「それはいかなるものだ」

「今のこのお城は、大坂の陣でまえのお城が焼けたあとに新しく造り直したもんでおますけど、そのとき、まえのお城の石垣は盛り土をして埋めてしもたんだす。それが爆発でうえの土が吹っ飛んださかい、出てきたのやないか、と……」

「なるほど。ならばもう一度埋め直せばよいではないか」

するとと人足のひとりが、

「ところが、爆発のせいで斜めになってしもとりまして、どけるにしてもまっすぐにするにしても一旦は掘り出してしまわんとこのうえに土が盛れまへん」

与助が、

「とりあえずどのぐらいの広さと深さがあるのか確かめなあかん。丸ごと掘り出すのが無理なら、くさびを打ち込んでいくつかに割るか、火薬を使《つこ》て砕いてしまうか、いうことになるな」

人足たちはため息をついて、

「おおごとやなあ。これでまた工事が遅れるわ」

ぶつぶつ言いながらも、石のうえの土を取り除きにかかったが、

「おい、ここに切れ目みたいなもんがあるで」

平たい石の中央部に、縦横三尺（約九十センチメートル）ほどの四角い切れ目が入っているのだ。

「これ、蓋になってるのとちがうか」

人足たちは、ノミを差し込んで蓋状のものを持ち上げてみた。蓋を取り除くと石の内部は空洞になっていることがわかった。

「なんじゃ、これ。石段になっとるで」

うえからのぞき込んだだけではよくわからないが、石段はあきらかに人工のもので、地下へと続いているようだった。

「下りてみよか。──晋作《しんさく》、おまえ、行け」

「わし、嫌や。途中で崩れたら死んでまうがな」

「大丈夫や。石でできてるから頑丈や」

「ほな、おまえ、行けや」

「わしか。わしも嫌や。地の底に化けものがいたら怖いやないか」

「そんなもんおるかいな。おってもモグラの化けものぐらいや」

人足たちがそんなことを言い合っているのを聞いていた寄居又右衛門は、

「よし、拙者が下りてみるべい」

山村与助が、

「やめたほうがよろしいで。こいつらの言うとおり、なにがあるかわかりまへん。それに、こういうところには悪い気が溜《た》まってて、吸い込んだら死んでしまうこともおます」

そう言われると、旗本奴だった寄居はあとには引けぬ。

「大げさなことをほじゃくな。どうせ地下の蔵かなにかに通じているのだろう。もしかすると捕虜を入れておく地下牢《ろう》だったのかもしれぬ」

人足のひとりが、

「戦のときに逃げるための抜け穴かもしれまへんな」

寄居はうなずいて、

「ありうる話だ。豊臣時代の大坂城には、真田幸村の手で脱出用や奇襲用の抜け穴がいくつもあった、という噂も聞いておる。――与助、明かりを持ってきてくれ」

「ほんまに入りまんのか？　危のうおまっせ。手代衆か同心衆にやらせたほうがええのとちがいますか」

「拙者もこの城の修理の責任者として、この石段がなんであるか我が目で確かめぬうちは埋め直すわけにはいかぬのだ」

しかたなく手燭《てしょく》を取ってきた与助に、

「さあ、行け」

寄居の言葉に与助は驚いて、

「行け、て……わしも入りますのか」

「当《あ》ったり前だ。大工頭としてこういうものは検めておかねばなるまい。――おまえが明かりを持って先に進むのだぞ」

「うわあ、えらいことになった。わし、怖がりだすのや……」

不承不承、与助は穴のなかに入った。寄居は人足たちに、

「なにかあったらご城代に知らせてくれ」

そう言い置いてから、与助に続いて石段を下りはじめた。外のうだるような暑さに比べ、地下はひんやりとしていた。

「うう……冷やっこいのう……」

寄居は震えながら言った。手燭の放つ丸い明かりが一丈（約三メートル）ほど先を照らすが、そのなかに浮かぶのは土ばかりである。石段は途切れることなく続いており、さすがの寄居又右衛門も不安になってきた。与助が、

「長い石段やなあ。このままやったら蠟燭が燃え尽きてしまいまっせ」

「ううむ……このように深いとわかっていたら両刀を置いてくればよかったな……」

左右の壁は土なので、ふたりが下りていく震動でぱらぱらと落ちてくる。今、地震でもあったらひとたまりもないだろう。寄居は、自分が今感じている寒さが、地下の気温のせいか恐怖のせいかわからなくなっていた。与助も同じようで、

「寒《さむ》っ……」

そう言って身体を震わせる。そのたびに明かりがゆらゆらと揺れる。やがて、やっと石段が途切れ、ふたりは広い場所に出た。与助が手燭を掲げて周囲を照らす。突き当たりの壁の地面から一丈ほどのところに幅一尺（約三十センチメートル）ほどの丸

い穴が開いているのが見える。その穴から、ぼんやりとした燐光《りんこう》のような輝きが漏れている。

「やっぱり地下牢だすやろか」

「かもしれぬな……」

ふたりは吸い寄せられるように燐光に近づいていった。与助が手燭で穴を照らそうとしたとき、突然、穴のなかになにかが現れた。それは……顔だった。

「ひゃああっ、化けものっ」

与助は悲鳴を上げた。寄居が与助の手燭をひったくると、おそるおそるその顔に向けた。それは二十歳《はたち》ぐらいの若い男だった。白粉《おしろい》を塗ったように白く、皺《しわ》はなく、つるりとしていて、能面をかぶっているように見えた。髪の毛や眉毛は抜け落ちたのか一本もない。唇が上下ともきわめて薄く、ほとんどないに等しかった。首がやたら長いが、肩から下はその穴からは見えぬ。

「ひとじゃ……ひとが来た……何十年ぶりであろうかのう……」

若い男は、つぶやくような声でそう言った。

「ははは……ははは……声が……出た……ははは……」

「貴様は……なにものだ！」

寄居は声を振り絞って叫んだ。

「余か。余は……豊臣朝臣藤吉郎秀頼《あそんとうきちろうひでより》である」

男はそう言った。

「う、嘘だ。秀頼は淀殿とともに山里曲輪の蔵で自決したはず……」

「淀殿とはお袋さまのことか。お袋さまならここにおるぞ。真田左衛門佐が我々をひそかに蔵から連れ出し、抜け穴を使ってこの場所まで導いてくれた。以来、余はこの地下の穴ぐらに潜み、捲土重来を期しておったのじゃ」

寄居は秀頼と名乗る人物をじっと見た。顔の白さのせいか、思わず食い入るように見つめてしまう。淡々と話すその様子は狂人とは思えなかった。

「秀頼と淀殿が抜け穴を通って城外に逃れ出、船で鹿児島へ渡ったという噂はあったというが……」

「抜け穴は城外ではなく、城の真下に……我が父太閤殿下が設けておられたこの地下室に通じておったのじゃ。——教えてくれ。今の世は徳川の天下か、それとも……」

「もちろん徳川家が天下さまだ。豊臣家は滅びたわい」

寄居は、男の顔の位置が気になっていた。下から一丈とは、背が高すぎるではないか。台かなにかに乗っているのか、それとも内側は地面がここよりも高いのか……。

「やはりそうか。余は太閤殿下との約束を破った家康に復讐《ふくしゅう》するため、ふたたび豊臣の御旗を大坂の地に翻さんと思うていたが、ある日、大地震があって、土くれが大量に天井から降り注ぎ、土壁のように入り口を塞いでしまった。ここから出ようにも出られぬまま幾星霜が過ぎたが……先日、地上で爆発かなにかがあったらしく、大きな音がしたかと思うとその震動で土くれが少し崩れて穴が開き、こうして外の様子が見られるようになった。そこに、おまえたちが来た、というわけじゃ」

声とともにどこからか、ずるずる……ずるずる……という音がする。

「そんなアホな。夏の陣から四十五年も経っとるのやで。食べものや水はどないしてたのや」

与助が言った。

「この穴の壁に生えておる苔《こけ》を食うておった」

「苔やと？」

「さよう。燐光を放つ苔じゃ。このあたりには大量に生えておる。余はそれを食らうて生き延びた。はじめのうちは不味《まず》うて不味うて、食べては吐き戻していたが、死ぬよりはましと食べ続けた。そのうちに慣れて、なんとか喉を通るようになった。水は長年飲んだことはないが、苔のなかに水気が含まれておるためか、喉の渇きを覚えたことはない。また、その苔の放つ燐光のせいでものはぼんやりと見えるのじゃ」

また、ずるずる……ずるずる……となにかを大きなものを引きずっているような音が聞こえた。寄居がかぶりを振り、

「にわかには信じがたい。察するにおまえはこの地下に迷い込んだ盗賊かなにかで、落盤に遭《お》うて出られぬゆえ、拙者をたばかって自由の身になろうとしておるのだろう」

「余も豊臣秀頼じゃ。そのような小賢《こざか》しいことはいたさぬ」

「もし、おまえが秀頼ならば歳は七十に近いはず。おまえの顔には皺ひとつなく、若者のようではないか」

「さようか。余はおのれの顔が今どうなっているかを知らぬ。苔を食ろうておるせいで、余の身体には変調が起きたようなのじゃ。顔が若いときのまま、というのも苔のためであろう。——そちは武士のようだが、豊臣か徳川か、それとも他家のものか」

「拙者は徳川家の直参の家臣にて、ただいまは大坂城の材木奉行を仰せつかる寄居又右衛門と申すもの。大坂城の焰硝蔵が落雷によってぶっ飛び、甚大な被害が出たゆえ、その修復の指揮を執るためにこうして各所を検めておったべい」

「やはり爆発があったのか。——又右衛門とやら、そちはもとは傾奇者であろう」

寄居はぎくりとした。

「な、なぜわかる」

「ははは……このようなことは初歩じゃ。——傾奇者なる連中は六方詞《ろっぽうことば》と申して独特の言葉を使う、と江戸から来た家来が申しておった。なんでもわざと『ぶっ飛ぶ』

『つっ走る』『かっかじる』といった具合に言葉の頭を撥《は》ねたり、言葉尻に『べい』をつけるようなしゃべり方をする、と聞いたぞ。余は生まれてからずっと上方住まいゆえ、珍しく思うたものじゃ」

「お、恐れ入ったべい。たしかに拙者は昔、傾奇者を気取っていたが、家督を継いだ折に組を抜けたのだ。今でもそのときの名残《なご》りで、たまに六方詞がぶん出ることがあって困っておる。それにしても、二言三言言葉を交わしただけで拙者がもと旗本奴と見抜くとは……」

「ほかにも言い当ててやろうか。——そこのもの」

男は、与助に顔を向けた。

「そちは昼にうどんを食したであろう」

「ええっ……！」

「図星か。余は、穴ぐら暮らしが長いためか、目が疎うなったかわりに、やけに鼻が利くようになった。そちの口から昆布出汁《だし》とネギの匂いが漂ってくるゆえ、うどんではないかと推量したまでじゃ。それだけではないぞ。その方はよい歳をしておるが、無妻じゃな」

「へえ……いまだ独り者だすけど……」

「そちの羽織の紐《ひも》が片方ちぎれかけておるが、それを縫うた手際がいかにも不細工じや。そちが自分で繕ったものであろうゆえ、妻はおらぬと思うたのじゃ。しかも、粗忽ものという評判であろう」

「なんでそれを……」

「着物のまえ合わせが左まえになっておるではないか。粗忽にちがいないわい」

「ほ、ほっときなはれ！」

寄居が、

「おまえの聡明なことはようわかったが、それだけではおまえが秀頼だという証拠にはならぬ」

「では、証拠を示さん。眼《まなこ》を見開いて、よう見よ」

そう言うと白い顔の男はずるずる……という音を立てて後ろに下がり、姿が見えなくなった。しばらくするとふたたび穴から顔をのぞかせたが、口になにかをくわえている。なぜ手で持たないのか、と寄居は疑問を抱いた。なんらかの事情で手が使えないのかもしれない。寄居は手を伸ばしてそれを受け取った。金蒔絵《まきえ》の施された印籠だ。寄居は古道具の目利きではないが、かなり高価な細工物と思われた。そして、裏側には同じく金蒔絵による桐《きり》の紋があった。桐は豊臣家の紋所である。

「こ、これは……」

「余が、父上からちょうだいしたものじゃ」

それは、ただの桐の紋ではなかった。秀吉の家臣なら桐の紋のついたものを所持していてもおかしくはないが、その印籠の紋は「太閤桐紋」だった。織田信長《おだのぶなが》から拝領した「五三の桐」でも朝廷から拝領した「五七の桐」でもない。「太閤桐紋」は秀吉みずからが意匠を考えたという特別な紋所で、軽々しく他者に与えたことはないはずのものだった。寄居は言葉もなく、手の中の印籠を見つめた。

「余が秀頼であると納得してくれたか」

男は高みから寄居を見下ろしながらそう言った。

「いや……その……むむむ……」

信じがたいことではある。しかし、太閤桐紋の印籠はたしかにここにある。しかも、所持していたのは、だれも入ることのできぬはずの場所にいた人物なのである。寄居はその男を秀頼であるかもしれぬ、と半ば認めざるをえなかった。秀頼は、徳川家にとって存在を許すまじき「宿敵」であり、生きていたとなればたいへんなことである。

「余をここから出してくれい。外の世界が見たいのじゃ」

「出たくば勝手に出るべい」

「事情があってそうは参らぬ。この土壁を崩してくれぬか」

寄居に、与助が言った。

「こいつが秀頼さまであれほかのだれであれ、お城の地下にひとが住んでたのやさかい、ご城代にお知らせせなあかん。それに、この穴ぐらのなかを調べたら、いろいろわかることもありますやろ。出してやったらどないだす」

「そ、そうだのう……」

寄居は与助にノミと金槌《かなづち》で土壁を壊すよう命じ、自分は手燭を持って与助の手もとを照らした。白い顔の男は奥へ下がった。堆積した土は長い年月のあいだに鉄のように硬くなっていて、なかなか崩れなかったが、与助が汗の一升も掻《か》いたころ、ようやく全体に亀裂が走った。与助はなおも金槌をふるう。やがて、一部が崩壊し、穴が大きくなった。そこからは寄居も手伝って、ついに穴ぐらを塞いでいた大量の土砂を取り除くことに成功した。

「やったぞ……！」

寄居は穴ぐらのなかに入った。与助もそれに続く。穴ぐらのなかはかなり広くて二十畳ほどもあり、天井までの高さも二丈（約六メートル）ほどもあった。そして、その壁面全体と天井に苔がびっしりと繁茂し、ぼんやりとした燐光を放っていた。そのさまはまるで夢を見ているように寄居には思えた。寄居は、男の姿を探したが見当たらない。

「おい……どこにおるべいいいい……」

寄居が発した声は穴ぐらのなかに反響する。

「ここじゃ……ここにおるぞおお……」

奥の方から声が聞こえた。やはり反響して、うわ……んと長い尾を引いている。

「暗《くろ》うてよう見えん。こちらに来てくれええ……」

「うむ……参る……」

ずるずるずるずる……と、またしてもなにかを引きずるような音がした。そして、その音は寄居たちのすぐ近くで止まった。寄居は手燭を掲げた。幅が五、六寸（約十五〜十八センチメートル）ほどの、木の幹のようなものがそこにあった。表面には横《よこ》縞《じま》の模様がついている。寄居は手燭でその木の幹のようなものを下から上に照らしていった。その光のなかに浮かび上がったのは、男の白い顔……そして……。

「ひぎゃあああああっ……！」

寄居は絶叫した。寄居の悲鳴はわんわんと反響して、穴ぐら中に響き渡った。与助は白目を剥いて卒倒した。

男の顔の位置は地面から一丈ほどのところにあり、その首の下には、縦に長く「胴体」がつながっていた。木の幹のように見えたものは胴だったのだ。ぬめぬめと光る鱗《うろこ》に覆われたその胴はどれほどの長さがあるのかわからない。途中からとぐろを巻いていたからだ。

「へ、蛇……！」

寄居は恐怖で硬直した。男は蛇体だったのだ。男は長い胴をしなやかに曲げ、顔を寄居に近づけた。

「驚かせてすまぬ。余は、この苔を食べ続けているうちに身体が変化しはじめた。身体に鱗が生えだし、胴が長く伸び、四肢が縮んで消失した。そして、三十年ほどでかかる大蛇の姿となった。あさましきことよのう……」

寄居はそろそろと後ずさりし……なにかを足で踏みつけた。がしゃっ、という音。手燭で足もとを照らした寄居は思わず「ひいっ……！」と叫んで飛《と》び退《の》いた。それは、人間のものとおぼしき頭蓋骨だった。よく見ると、人間ふたり分の全身の骨格がそこに横たわっていた。骨には苔が生え、骸骨の形に燐光を放っていた。

「それはわがお袋さまと真田左衛門佐の骨じゃ。余とともにこの場所に閉じ込められたが、ふたりは苔が身体に合わなかったとみえ、まもなく死んでしまった。余ひとりが生き延びたのじゃ……」

寄居は幻のように光る淀殿と真田幸村の骨を呆然《ぼうぜん》と見つめながら、母や家臣に先立たれた秀頼がこの地下の空間でひっそりと暮らしてきた四十五年の歳月を思った。想像を絶する孤独と絶望のなかで、彼は苔を食べながら生き続けてきたのだ。それは、常人ならば精神に異常をきたすような状況であろう。その凄まじい苦悶《くもん》が秀頼の肉体を変形させ、ついにはこのような異形の姿にしてしまったのではないか……寄居はそんなことを思った。寄居は、目のまえの人面の大蛇が豊臣秀頼に違いない、と確信したのだ。

「秀頼……いや、秀頼殿、あなたさまには大坂城代と会《お》うていただくことになりますべい」

寄居は、大坂の陣によって天下が徳川のものとなってから今に至るまでのこの国の動きを簡単に説明した。焼け落ちた大坂城の土塁は地下に埋められ、そのうえに新しい大坂城が建造されたこと、その城の主《あるじ》は徳川将軍であり、その名代を大坂城代なるものが務めていること、豊臣の残党狩りは一段落し、この世から豊臣色はほぼ消え失《う》せていること、将軍はすでに四代となり、徳川家綱の御代であること等々……。

「残念ながら今のこの国にはあなたさまの居場所はございますまい。秀頼さまがご存命とわかれば、無事ではすまぬと思われます。なれど、拙者は役目として、あなたさまをご城代と対面《たいめ》させねばなりませぬ」

「なにゆえその城代とやらに会わねばならぬのじゃ」

「あなたさまの素性を検めるためでございます」

「今の城代は、なんと申す」

「内藤忠興さま、陸奥磐城平七万石の大名であらせられます」

「七万石？　余はかつて二百二十万石を所領しておった。関ヶ原《せきはら》合戦のあと領地を家康によって減らされたが、それでも六十五万石の大名であった。たかだか七万石の木っ端大名が余を検分すると申すか」

「秀頼さま、もはやあなたさまは領地も城も家来も持たぬ身。それをお忘れなく……」

「うーむ……」

「ご城代は目付役、町奉行など同席のうえで、あなたさまがまことの秀頼さまであるかどうかの吟味を行い、その結果を江戸のご老中方に報告なさるでしょう。そして、あなたさまの処分が決するのを待つことになると思われます」

「わかった。忠興とやらに会うてやる。案内《あない》いたせ」

秀頼は太い蛇体を引きずりながら前方に……石段の方に進もうとした。寄居はあわてて押しとどめ、

「お待ちあれ。秀頼さまのそのお姿、衆人のまえに晒すととんだ騒動になりますべい。ここは拙者にお任せあれ。ご城代をこちらに呼んでまいりまするゆえ、しばしお待ちを……」

そう言うと、寄居は気絶したままの与助を揺り動かした。目を覚ました与助は、

「あ、お奉行さま……わし、今、気色悪い夢見てましたのや。顔は人間やけど、身体

が大蛇の化けものがいて……」

秀頼は、

「化けものとは余のことか」

与助がふたたび目を回しそうになったので、寄居はその横面を張り飛ばし、

「しっかりせよ。――与助、その方は今から地上へ立ち戻り、ご城代にこのことお知らせ申し上げるのだ。ほかのものには話してはならぬ。ご城代に直にお伝えいたせ。わかったな」

「理由も伝えんと、ご城代が会うてくれますやろか」

与助は秀頼を横目でちらちら見ながら言った。寄居はふところから半紙と矢立てを取り出し、

「火急の書状にて失礼いたし候。焔硝蔵の爆発により豊臣時代の石垣が露出、地下に通じる通路を見つけ候。通路の先に豊太閤の隠し部屋あり、そのなか検分の過程において信じがたきものを発見いたし候。あまりに影響甚大なれば、余人には内密にし、まずはご城代直々にご覧いただきたく存知候。詳細は大工頭山村与助におきき願いたく存じ候。与助に地下通路を案内させ、隠し部屋までお越しくだされたく候。一刻を争う火急の事態ゆえ、余事を脇に置き疾《と》く疾くお越しを願い奉り候。なお、くれぐれもこの一件他所に漏れることなきよう取り扱い慎重を期していただきたく存じ候。ま

た、手勢も連れず、できうればご城代さま一人《いちにん》にてお越しいただきたく存じ候。材木奉行寄居又右衛門」

そうしたためると、

「これを持っていけ。今ならご城代は下城して、城内の屋敷においでのはずだ。門番、玄関番、用人、家老……用件についてたとえだれに問われても、言上の中身はご城代に直に申し上げねばならぬ、と寄居が申していたとつっぱねよ。もし、使者としての役割果たせぬならばこの場で腹を切る、と申せ。よいな！」

「うへえ……どえらいことになってしもた」

「嫌ならここに残り、秀頼さまの番をせよ。どちらがよいかよう考えてみるべい」

「わかったわかったわかりました。お使いに参じます」

与助はよたよたと石段を上っていった。

◇

穴ぐらで蛇体の秀頼と相対した大坂城代内藤忠興は腰を抜かして座り込み、両手で這うようにして後ろに下がりながら絶叫して、

「ひえええっ……ば、化けものじゃ。矢を射れ！　鉄砲を撃ちかけよ！」

寄居の書状には「一人《いちにん》にて」とあったが用心深い忠興はふたりの家来を連れていた。ひとりは鉄砲を、一人は弓を携えていたのである。寄居又右衛門は両手を広げて立ちはだかり、

「お待ちくだされ。どうか武器はご無用に願います」

忠興は寄居に、

「なぜ止める。城の地下に化けものが住んでいた、とわかった以上、捨て置くわけにはいかぬではないか。化けものは退治せねばならぬ」

「与助にお聞きいただいたとおり、これなるお方こそ豊臣秀頼公なのでございます」

ようやく立ち上がった忠興は声を震わせながら、

「この蛇が秀頼だというのか。ひとが蛇になるわけがない。こやつは妖怪だ」

秀頼は悲しげな顔で、

「忠興とやら、そちの目には余は化けものに見えるかもしれぬ。だが、余もかつてはそちと同じ人間であったのじゃ」

与助が、

「そうだっせ。わしもはじめは怖かったけど、首がわしらよりちょっと長いだけや、と思うたら怖くなくなりました」

寄居が、

「食するものが払底し、壁に生えた苔を食べたため、身体に変が起きたのだそうでございます。それに、この太閤桐紋のついた印籠がなによりの証拠……」

忠興はかぶりを振り、

「そのようなもの証拠にはならぬ。その印籠が本物だとしても、持ち主を食い殺して奪ったのかもしれぬではないか」

「なれど、少なくとも秀頼公に近しかったお方であることはまちがいありますまい」

「そうかもしれぬが……」

忠興は頭を抱え、

「おぬしがいらぬことをしたためにかかる厄介ごとを背負い込むことになった。——そうだ、なかったことにしよう」

「どうなさるのです」

「こやつを殺し、この地下を元どおり埋め直してしまうのだ。ご老中には、なにも知らせぬ。わしとおぬしさえ黙っておれば、ことは公にはならぬ」

「それはよき思案とは申せませぬ。豊臣家の跡継ぎであらせられる秀頼公がご存命だったとなれば、徳川家にとって、これは容易ならざる事態。このお方がまことの秀頼公かどうかの吟味もせず、臭いものには蓋とばかりに殺してしまっては取り返しがつきませせぬ。ひとの口に戸は立てられぬと申しますべい。秀頼公と名乗る人物が城の地下から現れたが、後難を恐れ、大坂城代が一存で殺してしまった、ということがどこからか漏れ、ご老中のお耳に入ったら、恐れながらご城代は切腹、内藤家は取り潰しになりましょう」

「せ、切腹……」

「拙者考えまするに、ご城代の取るべき道は、このものを厳重に詮議し、その一部始終をご老中に報告し、その指示を仰ぐこと……それしかありませぬ。たしかに、このことを公にすると、大騒ぎになりましょう。豊臣恩顧の外様《とざま》大名のなかにはよからぬ企《たくら》みを抱くものも現れるかもしれませぬ。それゆえできるだけ秘密裡《ひみつり》にことを運ぶ必要があるかと思われます」

「わしが直々に取り調べるのか……」

「ご城代は冬の陣、夏の陣ともに参陣なさったと聞き及びます。吟味には適任かと……」

忠興はしばらく考えていたが、

「うむ……わかった。おぬしの申すこといちいちもっともだ。この件、わし一人《いちにん》にて裁くにはあまりにことが重大すぎる。評 定所《ひょうじょうしょ》はもとより、上さまのご裁定を仰ぐ必要があるかもしれぬ。わしとおぬしでこのものを取り調べ、物書き役として祐筆《ゆうひつ》一名を置く。ほかに、弓、鉄砲を持った警固のものを数名……」

秀頼が、

「余はその方を傷つけるようなことはいたさぬ。約束する」

忠興は鼻白んで蛇体の秀頼を見つめ、

「とは申せ、その、やはり……」

「武士に二言はない。余は家康とは違《ちご》うて、ひとをたばかるようなことは言わぬ」

「さ、さようか……。ならば、警固のものは不要といたす。明朝からさっそく取り掛かることとしよう。わしは、表向きは病気ということにして公務を休む。それでよいか」

秀頼は、

「余を問いただすならば、そのまえに夏の陣以降の世のなかの移り変わりを詳しく教えてもらおうか。先ほどざっとしたことは寄居から聞いたが、余は四十五年ものあいだ地上を留守にしておったのじゃ。その空白を埋めるには、なにも知らぬ小児にものを言うように講じてもらわねばならぬ」

「承知した。えーと……なにから話せばよかろうか」

「まずは、大坂の陣のことじゃ。余は大将とは申せ、お袋さまの言いつけに従い最後まで城から出なかったゆえ、外の様子は家来どもから聞くのみであった。その方は冬の陣、夏の陣ともに寄せ手に加わっていたそうじゃな。ならばよう知っていよう。また、戦後、わが近親のものたちがどうなったかも知りたい。まずは、我が子ふたりがどうなったか、から申せ」

忠興は言葉に詰まった。秀頼が側室とのあいだにもうけたふたりの子のうち、女児は尼となり、男児は召し捕られて首を斬られた。

「我が口から申すにはあまりに畏れ多きことも多数あり、その儀は堪忍願いたい」

「よい。かまわぬ、申せ。余はなにもかもただまことのことを知りたいのじゃ」

「なれど……」

「苦しゅうない。そちが申したことで余が傷ついたとしても、それは真実ゆえ仕方がない。真実を知らされぬ身はつらいぞ。余は、家臣たちから、なにもかもうまく運んでおります、戦局はお味方有利、かならずや勝利いたしましょう……などという甘い話ばかり聞かされていた。まことのことを申せ、と言うてもだれも教えてくれぬ。上さまはそこにお座りになっておられればよい、あとのことは我らにお任せあれ、と言うばかり。余が、周囲のものごとをことこまかに検分し、それをもとになにがまことでなにが嘘かを推し量る性質《たち》になったのは、そのためじゃ」

忠興は逡巡《しゅんじゅん》のすえ、顔を上げた。

「ならば申しあげる。秀頼公のふたりのご子息のうち、男児国松君は京都伏見に落ち延びておられるところを京都所司代によって捕らえられ、車引き回しのうえ、六条河原にて首を斬られたと聞いている」

「むむ……国松は死んだか……」

　秀頼の声は暗かった。

「また、女児も同じく京にて召し捕られたが、千姫さまが養女になされたゆえ助命が叶った。天秀尼《てんしゅうに》の法名で仏門に入られたが、たしか十五年ばかりまえにご病気で亡くなられたとか……」

　秀頼はいきなり顔を忠興に近づけ、

「待て……今、千姫と申したな！」

「千姫さまはご存命だ。今はご出家されて天寿院《てんじゅいん》と名乗られ、江戸城の竹橋《たけばし》御殿にお住まいになっておられる」

「なに……？　そんなはずはないが……あの女、そのまま千姫として徳川家に入り込んでおるというのか。なんとしたたかなやつじゃ」

「どういうことだ」

「千は……死んだのじゃ」

「なにを言う。千姫さまは堀内氏久、南部左門、刑部卿局の三名の手引きで大坂城から落ち延び、坂崎出羽守の陣屋にたどりついて……」

「それは偽者の千じゃ。本ものの千は大坂城で死んだ。殺されたのじゃ」

秀頼は遠い目をしてそう言った。寄居が忠興に、

「それがまことなれば一大事。書き留めておくべきと心得まするが……」

「そ、そうだな。聞き取りは明日からと思うておったが、すぐに祐筆を呼びよせよう」

忠興は家来のうちのひとりに、

「丸橋新平太《まるばししんぺいた》を呼んでまいれ。紙と筆、墨、硯《すずり》、文机《ふづくえ》など一式持参せよ、と伝えよ。やつなら日頃おのれの豪胆ぶりを自慢しておるゆえ、なにを見ても騒ぎ立てることはあるまい」

家来が石段の方に向かおうとすると、

「あ、待て。ここでおまえが見聞きしたことは丸橋に申してはならぬぞ。ただ、わしが用がある、とだけ伝えればよい。もちろんほかのものにも他言無用だ」

やがて、丸橋新平太という祐筆の侍がやってきた。顔が馬のように長く、垂れ目で、口が小さい。彼は秀頼をひと目見るなり悲鳴を上げて逃げ惑った。忠興は仏頂面で、

「なんだ、丸橋。おまえはいつも、おのれは肝《きも》が据わっておると申しておるではないか。情けないやつめ」

「し、しかし、これは……」

「たわけ。わしを見よ。武士たるもの、いかなるものに相対しても動じてはならぬのだ。そんな臆病なことで、戦場でのご奉公ができるか！」

忠興は、さっきの醜態を忘れたかのように言った。

「この仁が今から話すことを、おまえは逐一書き留めるのだ。よいな」

「この蛇がでございますか」

「蛇ではない。豊臣秀頼公だ」

「まさか……」

「よいからそこへ座れ」

丸橋は文机を置いてそのまえに座ったが、目は秀頼から外さない。

「題は『豊臣秀頼公吟味書留』といたせ」

丸橋は筆を取ったが、手が震えてまともな文字が書けない。

「祐筆ならばしっかり書かぬか、馬鹿者！」

「ですが……怖くて怖くて……」

「怖いならば、目を閉じておけ」

「はい……ですが、目を閉じたら字が書けませぬ」

秀頼は笑って、

「余の姿かたちが恐ろしいなら、後ろを向いて座るがよい」

丸橋は、

「申し訳ございませぬが、そうさせていただきまする」

そう言って額の汗を拭い、秀頼の姿が目に入らぬように座り直した。

「あれは、寄せ手が八方から城に攻め寄せ、我らの敗色が濃厚となった時分であった……」

そう前置きしてから秀頼が話し始めたのは驚くべき物語だった。

第二章

話は慶長二十年五月七日にさかのぼる。まだ夜が明けるまえ、大坂城、千畳敷《せんじょうじき》大広間の上段には総大将豊臣秀頼、その左には母堂淀殿、大野治長、大野治房、大野治胤《はるたね》の三兄弟が並び、右側には名軍師真田幸村、その子大助をはじめ諸将が座している。下段には近習や侍女、僧たちが控えている。しかし、なぜか秀頼の正室千姫の姿はなかった。

燭台《しょくだい》の火が揺れるなか、重苦しい雰囲気が漂い、だれも言葉を発しない。それもそのはずで、前日の道明寺の戦いにおいて後藤隊が壊滅し、猛将後藤又兵衛、薄田兼相らが討ち死にしたのだ。また、八尾・若江の戦いにおいては長宗我部盛親、木村重成の軍が大敗を喫した。木村重成は討ち死にし、豊臣方は撤退を余儀なくされ、秀頼、淀殿をはじめとする豊臣家の面々は眠れぬ一夜を過ごした。皆の顔には疲労が色濃く表れ、なかには負傷しているものもいた。真田幸村は毛利勝永、明石全登らとともに軍議のために一時陣を家臣に任せ、大坂城に戻ってきていた。それは重大な、おそらくは最後の軍議となるはずだった。

「徳川勢の布陣はいかに」

淀殿が軍師真田左衛門佐幸村にきいた。

「おそらくは夜明けとともに進軍し、天王寺口、茶臼山、岡山口の三方に分かれて陣を張ると思われます。家康は天王寺口のもっとも後方に陣取り、秀忠は岡山口に本陣を置くのではないかと……」

そこまで言ったとき、近くで爆発音が轟いた。淀殿が金切り声を上げ、

「ひいいっ、徳川方の大砲じゃ！」

幸村は立ち上がり、

「いや……今のは本丸のなかから聞こえたような……」

「た、たれぞ見てまいれ！」

淀殿の言葉に、近習のひとりが広間を出た。蒼《あお》ざめた顔で震える淀殿を秀頼がなぐさめていると、近習はまもなく立ち戻り、

「大砲による砲撃ではなく、おそらく城内に置いてあった鉄砲の火薬が破裂したのであろう、とのことでございました」

皆は口々に、

「なんだ、驚かすでない。胆《きも》が冷えたぞ」

「破裂させたものを処罰せねばならぬな。粗忽なやつだ」

など言い合って座り直したが、幸村は一同を見渡し、

「火薬の破裂ごときで見苦しくうろたえるようでは、本日の決戦はとてもおぼつきませぬぞ」

淀殿が、

「左衛門佐の申すとおりじゃ。この城は太閤殿下がお造りになられた難攻不落の要害。十年籠城しても持ちこたえることができる。機を待てば、かならず勝てるはず……」

幸村はかぶりを振り、

「十年籠城できるというのは堀があったときの話。もはやお味方の数も減り、残ったものの疲れも極みに達しておりまする。このまま籠城を続けても負け戦は必定。こちらから一か八かの最後の攻撃をかけて家康の首を取るしか道はございませぬ」

幸村の言葉に淀殿は、

「して、そのための策はいかに」

「それがしの隊と毛利豊前《ぶぜん》殿の隊が家康の陣まえに陣取って左右から撃ちかかります。応戦しようと出てきた家康の軍勢を四天王寺《してんのうじ》の狭き場に誘い込み、ほかの大名と切り離したところに明石掃部《かもん》殿率いる決死隊が突撃いたしまする。明石殿の軍勢は皆

キリシタンゆえ、神の御旗のもとに殉教することを恐れませぬ」

「首尾ようまいるであろうか」

「戦場において、作戦がうまくいくか否かは時の運。なれど……たとえ成功しても我らも多くの犠牲が出ること必定の捨て身の策。それゆえ、かくなるうえは上さまおんみずからのご出馬を賜りとう存じます」

淀殿は幸村をにらみつけ、

「なにを申すのじゃ、左衛門佐。多くの犠牲が出る危険な策だと言うたではないか。上さまをそのような危険な目に遭わせること、この母が許すと思うか！」

「まだそのようなことを……。お言葉なれど、我らも無事に戻れるとは思うておらぬ最後の戦い。上さま直々に先頭にお立ちくだされば、全軍の士気も上がり、お味方勝利の機運も高まりましょう」

「黙れ！　わらわは承服できぬ。たとえ味方が勝ったとて、上さまが死んでしもうたらなににもならぬ」

それまで黙って聞いていた秀頼が、

「お袋さま、西軍勝利のためなら秀頼は命を投げ出す覚悟でございます。たとえこの身に幾本矢が刺さろうともひるむ秀頼ではございませぬ」

「そのようなことを申して、母を悲しませるでない。わらわにとっては、味方の全員の命よりも上さまのお命の方が大事なのじゃ」

それを聞いた幸村はそっとため息をついた。淀殿は、

「幸村、総大将を危うき目に遭わせるよりも、我らが助かるもっとたしかな道を探すのが軍師としての務めであろう」

「それは……もう遅すぎるかと……」

「なに？」

「冬の陣で和睦を急ぐあまり、堀を埋めさせ、二の丸、三の丸を破却させたのがそもその誤りにて……」

「誓約を破ったのは向こうじゃ。我らではない」

「家康にとって誓約など紙よりも薄きもの」

「言うな。家康をひとかどの弓取りと思うておったわらわが浅はかであった。なれど……我らには切り札がある」

「切り札？」

淀殿はにやりと笑い、

「千じゃ。千がこちらの手にあるからは家康とてたやすく手は出せまい」

秀頼が、

「お袋さま……千を人質としてお使いなさるおつもりか」

「知れたこと。なんのために千を胡蝶《こちよう》の間に住まわせておると思いなさる。そもそも家康の孫を上さまの嫁にしたるは、かかる事態に備えてのこと。わらわは家康に、千の命が惜しくば和睦せよ、との使いを送るつもりじゃ」

淀殿は、和睦の切り札である千姫を、数日前から本丸奥御殿にある小部屋に幽閉していた。三方は壁で、廊下に面して襖がある。その襖はすべて鎹《かすがい》で止められており、一ヵ所だけ猫が通るような狭い扉をつけて、食事や水などはそこから出し入れしていた。用便もおまるにさせて、その扉から侍女が受け取るという徹底ぶりだった。無論、風呂にも入れず、髪も梳《す》けない。また、部屋のまえにはつねにふたりの侍が見張り番として立っていた。人質である千姫が逃げ出さぬように、と淀殿が指図したのである。

「お袋さま、千を人質にするなど卑怯《ひきよう》の振る舞い。こうなったうえは千を徳川家に返し、正々堂々と戦うべきではございませぬか」

秀頼はそう言った。千姫の命を救いたいのだ。秀頼と千姫の仲の良さは有名で、殺伐とした城内においても、ふたりの仲むつまじさがその空気をほぐすことがたびたびあった。しかし、淀殿はせせら笑い、

「なにを申される。上さまは若《わこ》うて世間知らずでいらっしゃる。大事な大事な人質……わらわはけっして千を手もとから放しませぬぞ」

そして、大野治長に向き直ると、

「修理、千に家康への書状を書かせよ。われを愛《かな》しと思うならば、ただちに全軍を撤退させ、和睦に応じよ、さもなくばわが命は落花のごとく散ることになろう……とな。それを持って、家康の陣屋に使いを出すのじゃ」

大野治長は、淀殿がもっとも信頼を寄せる家臣である。武骨ものの多い諸将のなかで、茶道など風流の心得もあり、かんばせも涼しく、淀殿だけでなく、大坂城の女房どもの評判も上々であった。秀吉に仕えていたころからの親友である真田幸村を軍師にすえたのも治長であった。しかし、淀殿の覚えめでたさのあまり、なかには淀殿と不義密通しているだの、秀頼は秀吉の胤《いん》ではなくじつは治長の子であるだのといった噂を流すものもいた。

「恐れながらお袋さまは家康のことを見誤っておいででござる。あの狸めはこちらが千姫さまを人質にしたとて、おのれの野心を曲げるようなことはないと考えまする。たとえ此度《こたび》、一時の和議がなったとて、かならず再び戦を仕掛けてまいることは間違いありますまい。ここは真田殿の申すとおり、秀頼公に陣の先頭に立っていただき、全軍の士気を高め……」

「そちまでがそのようなことを申すとは情けなや。わらわの言うことがきけぬのか。千姫に手紙を書かせよと申したのじゃ」

秀頼が、

「お袋さま、千がそのようなものをしたためるとお思いか。千は、駆け引きの道具に使われるぐらいならば、城とともに死することを選ぶに相違ございませぬ」

「もし、手紙を書かぬとゴネたならば、刀で脅してでも言うことをきかせよ。――修理、よいな……」

「はっ……」

大野治長は秀頼の顔色をうかがいながらも、淀殿に向かって一礼し、千畳敷の間を去った。

「淀のお方さま、ひとりの女房が顔を上げ、

「淀のお方さま、わたくしもご一緒してよろしゅうございますか」

「おお、刑部卿局か。侍女であるその方が口添えいたさば千の心もほぐれよう。修理とともに手紙を書かせるのじゃ」

「かしこまりました」

刑部卿局と呼ばれた若い女房は立ち上がって治長のあとを追った。

◇

「いいいい一大事《いちだいじ》にございます！」

大野治長は転がるようにして大広間に戻ってきた。端整な顔がひきつり、目に涙さえ浮かべている。

「なにごとじゃ、騒々しい」

秀頼の言葉に治長は平伏した。遅れて刑部卿局が着座したが、これも顔面はこわばっていた。治長はなにかを言おうとしたが思い直し、

「恐れながらおひと払いをお願いいたします。上さま、お袋さま、真田左衛門佐殿のみお残りいただき、余人は退席を願いたてまつる」

名の挙がらなかった武将たちは顔を見合わせた。城内でも重きを置かれている毛利勝永、明石全登らは憤然として、

「なんの密談か知らぬが、なにゆえ我らまでが席を立たねばならぬのだ」

また、大野治房、治胤も、

「兄弟も同席できぬとは水臭いではござらぬか」

と抗議したが、治長は断固として認めなかった。真田幸村自慢の臣、真田十勇士に名を連ねる筧十蔵、望月六郎、由利鎌之助の三名と幸村の息子大助は無言で席を立った。ひと払いが完了したのを見計らって、治長は秀頼と淀殿の近くににじり寄ると、

「申し上げます。千姫さま……お亡くなりでございます」

残ったものたちはぽかんとした。無理もない。昨夜まではなにごともなく過ごして

いたのだ。淀殿は、

「戯《たわむ》れを申すな。千が死ぬはずがない」

「かかる大事、どうして戯れを申しましょう」

治長の真剣な表情を見てまことのことと察した秀頼が、

「病か？　それとも……」

みずから命を絶ったのか、と言おうとしたが、その言葉は口にしなかった。しかし、豊臣家と徳川家の板挟みになって自害する、ということは十分考えられることだった。敵方総大将の娘という立場の千姫は、城のなかでは孤立した存在であった。周囲は千姫を人質として遇するか、憎むべき家康の孫として遇するかどちらかで、千姫に愛情をもって接しているのはひとにぎりの侍女たちと秀頼だけであった。秀頼はいつも千姫には、

「そなたは我が妻じゃ。なにがあろうと余がそなたを守ってみせるゆえ、いらぬ気を使わずともよい」

と申し聞かせていた。

「いえ……病でもご自害でもございませぬ。殺されたのです」

「なに……！」

さすがの秀頼も声を荒らげて立ち上がった。

「なんと申す！　千が……千が殺されたと？」

「ははっ……ただいまそれがしと刑部卿局が千姫さまの部屋に参りますと……」

部屋のまえにはふたりの侍が左右に立って寝ずの番をしていた。

「変わったことはないか」

治長が言うと片方の侍が、

「まだお休みかと存じます。まもなく御台所から朝餉《あさげ》が運ばれてまいりますゆえ、お起こし申し上げるつもりでございまするが……」

「事情があって、ただちにお目覚め願わねばならぬ。襖の錠を外して、なかに入れてくれい」

「それは淀のお方さまもご承知でございますか」

「無論だ。お袋さまのお指図なのだ」

「かしこまりました」

ふたりの侍は襖に打ち付けられた錠を外した。かなりの時間がかかった。

「姫さま……大野修理さまがお越しでございます」

治長は廊下に座して、

「千姫さま、修理にございます。淀のお方の言いつけにて参上つかまつりました。入室してもよろしゅうございまするか」

返事がない。やはり寝ているようだ。治長はやや声を大きくして、もう一度同じことを言った。しかし、部屋のなかからはなにも聞こえてこぬ。

「火急の用件ゆえ、襖を開けさせていただきまする。——ご免」

治長は襖を開けた。目に飛び込んできたのは、布団のうえで血だらけになっている千姫の姿だった。

「姫さま……！」

治長と刑部卿局は部屋に駆け込み、白い寝巻を着た千姫を抱き起こしたが、すでに息は止まっていた。左胸の乳房の下あたりからの出血がひどく、寝巻に穴が開いている。治長は千姫の胸もとを左右に押し開いた。深い傷があった。たった今刺されたらしく、血はどくどくと流れ出している。

「心の臓を槍でうえからひと突きにされたようだな」

治長がそう言うと刑部卿局は、

「なれど、この部屋にはそれらしきものはございませぬ」

治長は小部屋のなかを見渡した。たしかに槍はおろか懐剣の類もない。かみそりや櫛《くし》、かんざしすら見あたらぬ。食事の際も箸を使わず、匙《さじ》で食べていたという。淀殿が、千姫の自決を恐れて、刃物として使えそうなものは与えなかったのである。燭台に蠟燭が二本、灯《とも》されていたが、それとて蠟燭を差す部分は針ではなく、竹で作られていた。
「貴様ら、なにをしておったのだ！」
治長は、遅れて入ってきたふたりの番人を叱りつけた。
「い、いえ……我らは夜通し部屋のまえにおりました」
「ふたり揃《そろ》うて居眠りでもしておったのだろう」
「滅相もございませぬ。ひとりが用便に参るときも、もうひとりはかならず残ってお
りました。ふたり一緒に持ち場を離れたことは一度も……」
「だれかが夜中に訪ねてくるようなことはなかったか」
「はい。どなたもいらっしゃいませんでした」
「ううむ……」
治長は唸《うな》った。この部屋は三方が土壁で、窓もなく、四枚の襖が廊下に面したとこ
ろにあるだけだ。しかも、その襖は十数個の鎹で厳重に封鎖されている。鎹はそれぞ
れの襖を連結しているだけでなく、壁にも打ち付けられている。食事などを出し入れ
する小扉はいちばん端の襖の最下部にあるが、人間がそこから出入りすることは不可
能である。また、襖のうえには長押《なげし》と鴨居《かもい》、そして欄間《らんま》がある。欄間は換気のため透
かし彫りになっているが、くりぬかれている部分はどれも三寸（約九センチメート
ル）ほどしかない。つまり、この部屋は「閉じた場」……密室なのである。

「だれかがこの部屋に入り、千姫さまを槍で突き刺し、出ていったのだ。しかし、どこから入り、どこから出ていったのか……」

刑部卿局が、

「襖の下にある扉から槍を差し入れたのではございますまいか」

「無理であろう。どんな長い槍でもあそこから千姫さまの褥《しとね》までは届くまい。それに、そのような長い槍を持って廊下に立っていたら、見張りが気づくはずだ。それに、この傷は明らかにうえから刺したもので、扉の位置からではこのようにはならぬ」

「では、欄間の穴から……」

治長はかぶりを振り、

「同じだ。それには廊下で台か梯子《はしご》を使わねばならぬし、なんとかしてあそこから槍を突っ込んだとしても、千姫さまのところまではおよそ十四尺（約四メートル二十センチ）ほどもある。普通の槍の倍ほどの長さの槍があればべつだが、それこそ目について仕方あるまい。それに、そんな長さだと廊下の幅を超えてしまう。とても操れまい」

「槍を投げたのかもしれませせぬ」

「よけいにむずかしかろう。投げ入れたなら、それが首尾よく刺さったとしても、そのあとどうやって抜き取り、手もとに取り戻したのだ」

治長は寝ずの番にたずねると、ひとりが言った。

「小扉には錠がかかるようになっております。その鍵はこれこのとおり……」

番人は腰から下げた鍵を治長に見せた。もうひとりが、

「それに、我らは槍を持ったような曲者《くせもの》を見かけたこともございませぬ。誓って申し上げまする」

「そうだ。先ほど城内の火薬の爆発かなにかで破裂音が聞こえたであろう。そのときここを離れなかったか」

「たしかに、砲撃かもしれぬと思い、この者をここに残し、それがしだけが音がした方角に向かいましたが、三間ばかり向こうまで行っただけ。すぐに砲撃ではないと気づき、お役目大事ゆえここに戻りました」

治長は腕組みをして、

「ということは……千姫さまを殺したものは、まだこの部屋におるのかもしれぬ」

「えっ……！」

四人は小部屋のなかをくまなく探したが、曲者は見つからなかった。そもそも隠れる場所などない部屋なのだ。念のため、天井も調べたが、この部屋の天井は長い板を並べ、竿縁《さおぶち》で押さえたもので、一部だけを剝がせぬ作りになっている。もちろん剝が

したり穴を開けた様子もない。治長はふたりの番人に、

「このことは他言無用だ。だれにも話してはならぬぞ。もし漏らしたら斬り捨てるゆえそう思え」

「ひえっ……申しませぬ申しませぬ」

「この部屋はもとのとおり錠で止めてしまえ。入ろうとするものがおれば斬り捨てよ。よいな」

そう言いおいて、戻ってきたのだという。淀殿は、

「まことなのじゃな。ひと違いであるとか、死んだ真似をしておるとかではないのじゃな」

「何度も確かめましたが、亡くなられたのは千姫さまに間違いございませぬ。また、脈も止まっておりました」

秀頼は立ち上がり、

「信じられぬ。余がこの目で確かめる」

そう言うと広間から出ていこうとしたが、淀殿が叫んだ。

「だれか、上さまをお止め申せ！　千に会わせてはならぬ」

真田幸村が秀頼を押さえつけた。

「なぜじゃ。なぜ止める。千は……余の妻じゃ」

幸村が、

「お袋さまは、上さまが千姫さまのあとを追うのではないか、と恐れておられるのです。対面は、今少し時が経ち、お気持ちが落ち着きなされてからになされませ」

それを聞いて秀頼は身体の力を抜き、その場に座り込むとはらはらと落涙した。真田幸村が、

「なにものの仕業であろう。戦局がここまで我らに不利となると、城内には家康の孫だということで千姫さまをお恨み申しておる輩《やから》がおるとは思うが……」

大野治長が、

「先年、成田勘兵衛《なりたかんべえ》の家来がそれがしを闇討ちしたことがあったが、あれは意見の相違からであった」

大坂冬の陣のあと、和睦を主張した大野治長に対し、成田は徹底抗戦を主張し、その対立から起きた事件だった。黒幕は、治長の弟治房だという説もあるが真相はいまだ闇のなかである。淀殿が、

「どうすればよいのじゃ！　大事な人質と思うたゆえ、だれにも手出しできぬよう小部屋に閉じ込めておいたのじゃ。死んでしもうてはもはや取り引きに使えぬではないか！」

幸村が淀殿に、

「このこと、徳川方に知れたら、ここぞとばかりに総攻撃をかけてまいりましょう」

「秘するのじゃ。千が死んだこと、だれにも知られてはならぬ。ここにおる五人だけの秘密にいたせ」

「なれど、いつまでも隠し通せるものではございませぬ。部屋の番侍に口止めをしたとしても、噂は広がるもの」

「番人は殺してしまえ」

「それだけではむずかしゅうございます。死体をいつまでも部屋に置いておけば廊下に臭いが流れ出ますするゆえ、いずれは取り片づけねばなりませぬ。そうなると、食事や用便の始末がなくなることで、不審に思うものは出てくるはず……」

それまで黙っていた刑部卿局が淀殿に、

「ひとことよろしゅうございますか」

「なにかよき思案があれば申せ」

「よき思案かどうかわかりかねまするが、食事や用便については、あの部屋にだれかを千姫さまの代わりに入れておけばよろしいのでは？」

「なるほど、千の替え玉か。これはよいところに気が付いた。なれど、いつまでも欺きとおすというわけにはまいるまい。それに、千が亡くなった今、そのものに千の声音などを真似させることもむずかしかろうし、また、稽古の時間もない」

刑部卿局は声をひそめ、

「じつは……わたくしが徳川家から連れ来たる侍女どものなかに、千姫さまの影武者がおりまする」

「なに？　千の影武者とな？」

淀殿は身を乗り出した。

「千姫さまは徳川家からこの豊臣家に嫁がれたただひとりのお方。なにかあっては取り返しがつきませぬ。それゆえ万が一に備えて、千姫さまがこちらにお輿入れなされたときに、わたくしの一存にて、千姫さまに顔かたち、背格好などがよく似た娘を侍女に加えておいたのです。日頃、千姫さまのお側近くに仕えておりましたゆえ、言葉遣いや声、立ち居振る舞いなどもよう知っておりまする」

「なんと……。それはうってつけではないか。もし、徳川方に千を返すことになったとしても、千が大坂城に来たのはまだ七歳の折のことじゃ。あれから十二年も経つ。秀忠や家康、かつて世話役だったものたちの目もごまかせよう」

「わたくしは千姫さまの侍女としてあのおかたが生まれたときから側近くお仕えしてまいりましたが、そのわたくしでさえときに見分けがつかぬほど瓜二つ《うりふた》つ。たとえ実父の秀忠公でもお気づきにはなりますまい」

「そのようなものがいたとはついぞ知らなんだ。わらわは一度も見かけたことはないと思うが……」

刑部卿局は白い喉を見せて笑い、

「千姫さまがおふたりいらっしゃると騒動になりまするゆえ、普段は化粧を変えさせ、あまり表に出さぬようにしておりました。ただいま呼んでまいりましょうほどに、しばしお待ちくださいませ」

そう言うと刑部卿局は広間から出ていったが、まもなくひとりの女人を連れて戻ってきた。その娘は淀殿のまえに両手を突き、

「千でございます……」

淀殿はハッとした様子でしばらく無言でいたが、やがて笑い出すと、

「せ、千じゃ。千がここにおる。声もそっくりじゃ」

大野治長も目をこすり、

「信じられぬ。先ほどそれがしが見たのは夢だったのではないか……」

淀殿はその娘に、

「立ち上がって、ぐるりと回ってみせよ」

娘は言われたとおりにした。

「ほほほ……千じゃ、千じゃ、千姫じゃ。これなら家康、秀忠もたばかられよう。

——上さま、ご覧くだされ。千が生き返りましたぞ」

しかし、悲しみに打ちひしがれている秀頼は顔を上げようとしない。淀殿は、

「上さま、このものが千の影武者として通用するかどうかは、此度の戦における肝心かなめのところ。夫である上さまにその目でお確かめいただかぬと話が先に進みませぬ」

秀頼はいやいやながらも顔を上げたが、思わず「おお……」と吐息まじりの声が出た。刑部卿局が、

「いかがでございましょう」

「千じゃ……」

秀頼はつぶやいた。淀殿が莞爾《かんじ》と笑い、

「これで決まった。毎夜褥をともにされておられた上さまがそうおっしゃるならば、この娘、人質として使えよう」

聞きようによってはずいぶん下品な言葉である。それを聞いて秀頼はふたたびうなだれた。似てはいてもそれは愛する妻ではない。ただの他人なのだ。刑部卿局は、

「このものは登世《とよ》と申し、わたくしがさる田舎の百姓家で見いだして、千姫さまの侍女として奉公させました。卑しき出自ながら、以来、わたくしが付ききりで武家の妻としての作法ひととおりを教え込み、また、千姫さまの声、しゃべり方、振る舞い、文字の書き癖に至るまで真似をするよう仕込んでございます。それゆえ手紙を書

いたとしても、徳川方ではそれを千姫さまの手（筆跡）と思われるはず……」

淀殿は上機嫌で、

「でかしたぞ、刑部卿局。なにからなにまで周到じゃ」

「おそれいります」

淀殿は一同に言った。

「このこと、我ら六人のみの大秘事じゃ。けっしてよそに漏れてはならぬ。今からこの娘は登世ではない。千じゃ。皆、千として接するようにいたせ。――上さまも今宵《こよい》からお褥をともになさるよう……」

「なにを申される！」

秀頼は声を荒らげた。

「このものは姿かたちは似ていようが千ではない。魂はちがう人間じゃ」

「その魂までも千と同じにするために同衾《どうきん》するのです。よろしいな」

「お断りいたします！」

大野治長が、

「まあまあ、お袋さま。少し気が早すぎまする。上さまにもおいおい慣れていただきましょう。それよりも、下手人を探す方が先決でござる」

真田幸村も、

「さよう。下手人は、この千姫さまを見て、しくじったと思い込み、ふたたび襲撃してくるかもしれませぬ。早急にこの千姫さまを小部屋に戻し、警固のものを増やすことが肝要かと……」

「それもそうじゃな。まずは小部屋の遺骸を取り片づけよ。ひとに見られてはならぬ。葛籠《つづら》かなにかに入れて運び出し、庭の隅にでも埋めてしまえ」

秀頼が気色ばみ、

「そのようなこと許されませぬ。千は余の妻。それにふさわしい扱いをしてくだされ！」

「上さま、なにかにつけて妻、妻とおっしゃいますが、今は戦の駆け引きの方が大事。感傷はお捨ていただかねばなりませぬ」

秀頼は母親の言葉に呆然としたが、

「な、ならばせめて最後の別れをさせてくだされ」

そう言って立ち上がり、淀殿が止めるのも聞かず、大広間から出ていった。淀殿が大野治長に目配せし、治長は秀頼のあとを追った。淀殿はため息をつき、

「上さまはまるで駄々っ子じゃ。死んだものが生き返るわけでもあるまいに……」

◇

秀頼は足音荒く廊下を歩き、本丸奥御殿の小部屋に向かった。部屋のまえにはふたりの番人が立っていた。秀頼が、

「ここを開けよ!」

番人のひとりが、

「大野修理さまに、入ろうとするものあらば斬り捨てよ、と命じられておりまする」

「馬鹿め! 余はこの城の主じゃ。主の言うことがきけぬと申すか」

少し遅れて治長がやってきた。

「よいのだ。鎹を外せ」

ふたりの番人が鎹を外しているあいだ廊下の壁際に下がった秀頼は、右足の裏に違和感を感じた。足をどけてみると、妙な物体が落ちていた。十文字の一寸ほどの金属片である。よく見ると、両手を広げた人間の像が彫刻されている。

(ロザリオじゃ……)

以前、明石掃部頭に見せてもらったことがある。明石掃部頭全登はジョアンの洗礼名を持つ敬虔《けいけん》なキリシタンで、秀吉や家康による禁教令が発布されても信仰を捨てな

かった。明石全登を信仰の道に引き込んだのはいとこの坂崎出羽守で、彼はパウロの洗礼名を持っていたが、家康に仕えるようになるとあっさり信仰を捨ててしまったという。

（まさか明石が……）

秀頼はそれを拾い上げるとふところに入れた。錠が外され、襖が開けられた。ぷーん、と血の臭いがした。蠟燭の明かりに、千姫が朱に染まっているのが見えた。布団のうえでまっすぐうえを向き、目を閉じている。その顔はまるで人形のようだった。秀頼は駆け寄り、衣服に血がつくのもかまわず抱き起こして、

「千……千……！」

と何度も叫んだ。窓もない部屋は真っ暗で、昼間でも蠟燭の明かりがなければ暮らせなかっただろう。じめじめとしてかび臭く、用便の臭いが鼻についた。

（かかるところに千は住み暮らしていたのか……）

秀頼は、母親である淀殿の仕打ちに怒りがこみ上げてきた。

◇

「これが顚末《てんまつ》じゃ。千は殺された。その日、城は落ちた。真田左衛門佐の決死の作戦

もうまく運ばず、左衛門佐は天王寺口で討ち死にしたとの報が伝えられた。余は幾たびも軍の先頭に立ちたいと進言したが、母に止められ、果たせなかった。余とお袋さま、大野修理、毛利豊前、その他の侍従や女房、女中たちは燃え盛る城から脱出し、山里曲輪にある小さな蔵に籠もった。大野修理は偽者の千を刑部卿局とともに落ち延びさせ、坂崎出羽守の陣屋に向かわせた。残ったもので、その千が登世であることを知るのは、余とお袋さま、修理、そして左衛門佐の四人だけのはずじゃ」

真田幸村も討ち死にしたとの知らせが届いていたが、のちにそれは誤りであることがわかった。幸村は蔵に現れ、秀頼と淀殿、望月六郎を秘密の地下室に導いたのだ。そして、淀殿と幸村は死んだが、秀頼ただひとりが苔を食べ、蛇体となって生き残ったのだ……。

あまりに奇怪な物語に、城代内藤忠興と材木奉行寄居又右衛門は声もなく聞き入っていた。書き物役の丸橋新平太はひたすら秀頼の言を書き留めていたが、その筆跡は震えていた。忠興は、

「今、江戸においでの千姫さま……天寿院さまが偽者ということになればこれは一大事。ご老中に申し上げねばならぬが……」

寄居は、

「そのようなこと、言上しても信じるものはありますまい。天寿院さまは今、権勢を

ほしいままにし、大奥を牛耳っておいでのお方。それを確かな証拠もなく偽者だなどと誹謗《ひぼう》しても我らが罰を受けましょう」

「だが、知ったるうえはこのまま放っておくわけにはいくまい」

「神君家康公も秀忠公もすでに亡くなられ、夏の陣を往来した諸将もほとんどがこの世のものでない今、はるか昔のことをいまさら蒸し返しても得をするものはおりませぬ」

「しかし、天寿院さまはご存命だし、刑部卿局も生きておる。けっして遠い昔の話とは言えぬ」

秀頼が鎌首をもたげ、

「だれが得をするとかしないとかそのようなことはどうでもよい。余は真実が知りたいのじゃ。真実はひとつしかない。それは、今江戸におる千は替え玉だということじゃ。それを隠蔽するのは許されぬ。まことの千は大坂城にてなにものかの手で弑《しい》され、その遺骸はこのあたりのどこかに埋められたのじゃ。千に成りすました女のことを暴きたてねば、千は浮かばれぬであろう」

寄居が、

「だと申して……なんの証拠もなく訴え出たとて、無礼者呼ばわりされて首を斬られるだけでござろう」

「余が江戸に赴き、千と対決し、その化けの皮を剝がしてくれる」

「馬鹿を申されるな。そのような蛇……いや、お姿でいかにして江戸まで参られるおつもりか」

「余が江戸に行けぬならば、たしかな証拠とやらを示すしかない。それをそちたちが余から聞き取った文書とともに差し出せば、徳川の役人どもも納得するであろう」

「うーむ……」

寄居は唸った。秀頼の一途《いちず》な思いが響いたのである。

「それと、余は誰が千を殺したのかをつきとめたい。これも真実を知りたいという渇望のゆえじゃ。なるほど、あれから四十五年も経っておるならば、誰が殺したかを今頃詮索しても意味はないかもしれぬ。だが、真実が埋もれてしまう。千は、誰も入れぬ、そして誰も出られぬ部屋で槍で突かれて殺された。余はこの暗い地下に閉じ込められた四十五年のあいだ、ずっとその謎について考えていた。しかし、解けなかった。誰かどうやってなんのために千を殺したのかを突き止めるまでは死んでも死にきれぬ。それが、余が苔を食い、かかる姿になっても生きてきた理由じゃ」

寄居が、

「秀頼さまのお考えはいかがですか」

「わからぬ。あのとき、千を亡きものにしたいと思うものは敵味方にいたかもしれぬが……余はそやつを許すことができぬ！」

秀頼は蛇体を大きく震わせた。穴ぐらの天井がぱらぱらと落ち、内藤忠興が頭を抱え、

「秀頼さまのお考えはようわかり申した。続きは明日、ということにいたしましょう。まことに申し訳ないが、秀頼さまには、ここからお出ましになってはいただけませぬ。どうかこの地下におとどまりいただきまするようお願い申し上げまする。本日からは、三度の食事もこちらに運ばせまする。湯あみもできるようにいたしまする。それゆえ、なにとぞしばらくのあいだこちらでご辛抱を……」

「四十五年、この地下でひとり耐えたのじゃ。いくらでも辛抱はいたそう。なれど……それもみな、真実を知りたいがゆえのこと」

「わかっておりますべい」

寄居は頭を下げた。

◇

落雷によって焔硝蔵が爆発した大坂城内では、修理のために雇われた大勢の人夫が忙しげに働いていた。公儀からの命を受けた諸大名が差し向けたものたちだが、ほと

んどは瓦礫を運び出す作業に追われていた。砕け散った石片が石垣や壁などに突き刺さり、それを取り除かないと本格的な修理にかかれないのである。そんななかで土塁に面した松の木の剪定《せんてい》をしている老人がいた。はたから見ると呑気《のんき》なようだが、毎日植木の手入れをするのが、この老人の仕事であった。額に深い皺の刻まれた小柄な老人は、梯子《はしご》など使わぬ。歳はすでに七十を超えていように、高い松の木に猿のようによじ登ると、太い枝に腰かけ、鋏《はさみ》を使って剪定をする。爆発があろうが、火災があろうが、そこに植木があるかぎり老人は仕事をするのだ。

「佐助殿、ご精が出るのう」

ひとりの侍が下から声をかけた。顔が長く、垂れ目で、ひと目見たら忘れられぬ面相である。手足は細く、長いが、筋肉質で、贅肉《ぜいにく》はかけらもない。佐助と呼ばれた老人はちらと侍を見下ろし、

「新平太か。なにかあったのか」

「おおありでござるぞ。まずはそこから降りてこられよ」

「そこからでも十分声は聞こえる」

「内密の話でござる」

佐助はするすると松の木から降り、地面に立った。

「例の爆発のからみか？」

「豊臣時代の大坂城の石垣が出てまいったのはご存じで?」

「聞いておる」

「そこに地下につながる石段があり、材木奉行の寄居又右衛門殿が下りていくと、なんと秀頼公がご存命でおわしました」

「なに?」

佐助は目をぱちぱちとしばたたいた。

「そのようなこと……あろうはずがない!」

「まことでございます。拙者もこの目で見ました。秀頼公の口述を筆記する役を仰せつかりましたもので……」

「わしをたばかるのではなかろうな」

「老人をたばかっても益はございませぬ」

佐助は左胸を押さえた。

「下に降りてから聞いてよかったわい。枝に腰かけていたなら驚いて落ちたにちがいない」

「それがしも、はじめに聞いたときはとても信じられませんでした」

「間違いなく秀頼さまなのか」

「ご本人がそうおっしゃっておいででした」

「どうやって四十五年ものあいだ、地下で暮らしていたのだ」

「苔を食べておられたそうでございます」

「…………」

「もっと驚くことがございます。――秀頼さまは首から下が蛇になっておいでした。苔を食うたるむくいだそうで……」

「嘘をつけ。ひとが蛇になったりするものか」

「お疑いなら佐助殿もその目でご覧になればよろしい。口述筆記はしばらくのあいだ続くらしゅうございますゆえ、機会はいくらでもございましょう。それがしは秀頼公の顔を存じませぬが、佐助殿ならひと目でおわかりになるかと……」

「苔を食ろうて蛇体とは……」

「日も差さぬ地の底に四十五年もおられたのです。この世には信じがたきことが起きるものでございますなあ」

「そう言えば、かつて信濃国《しなののくに》の甲賀《こうが》三郎《さぶろう》なる地頭が地下で住み暮らすうちに蛇体となった、という言い伝えを聞いたことがあるわい。甲賀三郎は兄弟の奸計《かんけい》によって地下の人穴に閉じ込められ、鹿の生き胆で作った餅を千日のあいだ食べ続けるうちに蛇になったらしい。おとぎ話の類だと思うていたが……このこと知っておるものは誰々だ」

「城代と二人の家来、材木奉行の寄居殿、あとは、大工頭の山村与助。それに拙者の六名でござる」

佐助は鋏を持った右手をだらりと垂らし、

「まことであればこれはたいへんなこと。同志たちに知らせねばならぬ」

「まずは、大助さまに、でございまするな」

「うむ、大助もさぞ喜ぶであろう。——とにかく秀頼さまと久々に対面したい。すべてはそれからだ。手配りを頼む」

「承知」

丸橋新平太は小声で言った。

◇

翌朝、丸橋新平太は地下の秀頼のところに膳を運んだ。飯と豆腐の味噌汁《みそしる》、大根の漬けもの、イワシの丸干しを焼いたものという献立である。

「美味《うま》そうじゃな。このようなまともな食事は四十五年ぶりじゃ。長いあいだ苔しか食しておらぬゆえ、な」

秀頼はそう言った。新平太は、

「拙者が食べさせてしんぜましょう」

「なあに、行儀は悪いがこうすればよい」

秀頼は首を伸ばして膳に顔を近づけた。しかし、イワシをかじったとき、顔をしかめ、

「む……これは食えぬ」

「不味でございましょうか」

「いや……そういうことでは……」

秀頼は茶碗に盛られた飯もひと口食べたが、

「これも食えぬ」

結局、味噌汁や漬けものも少しずつ口に入れただけで食事をやめてしまい、そのあと壁に向かって盛大に嘔吐《おうと》した。新平太が、

「大丈夫でございますか」

「うむ……背中をさすってくれ」

どこが背中かわからないがとにかく首のすぐ下あたりをさすった。秀頼は荒い息をつき、

「苔しか受け付けぬ身体になってしもうたようじゃ。情けないことよ」

「仙人は、穀を断ち、薬草や松の実のみを食して、身体を軽くすることで昇天すると申します」

秀頼は苦笑いし、壁から苔を前歯でむしって食べた。

「不味じゃが、これでよい。これが余の命をつないでおる」

新平太は膳を片付けながら、

「秀頼さまは、かつての豊臣方の生き残りにお会いしとうはございませぬか」

「なに……？　そのようなものがまだ残っておるのか」

「わずかながら……」

「ううむ……だとしても会うことはかなうまい」

「拙者の骨折り次第ではもしかするとお会いになれるかもしれませぬぞ」

「なに？　そちはただの祐筆かと思うていたが……何者じゃ」

新平太はその質問には答えず、

「大坂の陣から四十五年……徳川家は豊臣の残党はすべていなくなったと思うておるようですが、二十年ばかりまえ、島原で圧政に耐えかねたキリシタンが蜂起したとき、乱を指揮したのはキリシタン大名であった小西行長《ゆきなが》さまの旧臣たちでございました」

「ほほう……」

「また、ほんの九年まえ、江戸にて由井正雪《ゆいしょうせつ》なる有徳の軍学者が難民救済のために乱を計画したときに同調したるものどもは、関ヶ原合戦や大坂の陣で西軍にお味方したがために改易された大名家の浪人たちでございまする。由井正雪の乱は、残念ながら失敗に終わりましたが、その高い志はあとに続くものたちに受け継がれておりまする。徳川家の政《まつりごと》に不満を持ち、太閤殿下の時代の再来を望むものはまだまだ多数おるとか……」

「ほほう……」

「もし、秀頼さまにそのお気持ちがあれば、皆の先頭に立ち……」

「言うな。余はもはやそのような考えは持たぬ。この身体を見よ。寄居又右衛門の申すとおりじゃ」

「いえ、そのご立派なお姿、多くのものが神として崇《あが》め奉りましょう」

「丸橋とやら、そちの素性を当ててみようか」

「いくらご賢明な秀頼さまでもそれは無理かと存じます」

「由井正雪なる軍学者のことをたいそう持ち上げたが、その口ぶりで察した。その方、由井正雪の縁に連なるものか、もしくはその門人ではあるまいか。しかも、ただの門人にあらず、乱を起こさんとした同志の一人《いちにん》ではないか？」

　丸橋は顔をこわばらせた。

「そ、それは……そのようなことはござりませぬ。天下を覆さんとした極悪人由井正雪の門人であったなど……ははは……はははは……」

「丸橋、もうこの件についてはなにも申すな。余は戦に加担するつもりはない。あの日、大坂城が焼け落ち、何千何万という敵味方が無駄に死ぬのを止めることもできなかった。あれはすべて余のせいなのじゃ。余の名前のもとに大勢が命を失った。このようなあさましき姿になったのはその報い……神罰であろうと余は思うておる。もう、豊臣も徳川もない。担がれて戦を起こすのはご免じゃ。余はあのとき城とともに死んでいくべきであった。城主であったのだからそれが当然じゃ」

丸橋はうつむいて、

「そのお気持ちもわかりまする。二度と口にしませぬゆえ、お許しくだされ」

「余が恥をさらしながらも死ななかったのは、昨日も言うたが、まことのことを知りたい……その一心ゆえであった。あのときなにがあったのか、千がどうやって殺されたのか、だれに殺されたのか……四十五年のあいだ、暗い地の底でそのことばかりを考えていたがわからなかった。こうして壁が崩れ、ひとと会うことができた以上、かならず真相をつきとめねばならぬ。そして、もうひとつ……今江戸におる偽者の千はなにをしようとしているのか……」

「千姫さまのお恨みを晴らしたいのでございまするな」

「それもあるが……とにかく余は知らぬことを知りたい。海の果て、空の果てになにがあるのか。ひとは死ぬとどうなるのか。同じように、閉ざされた部屋で千をどうやって槍で突き殺し、どうやって逃げたのか……すべてが知りたい」

「秀頼さま、もし秀頼さまさえよければ、会わせたき仁がふたりおりまする。もしかすると、千姫さまが亡くなられた折の謎を解く手助けをしてくれるかもしれませぬ」

「それはだれじゃ」

「真田大助さまと猿飛佐助殿でございます」

「なに！　大助と佐助が生きておるのか！」

「はい、どちらも達者でございます」

「それは会いたい。余とお袋さまが真田幸村の手引きで蔵を抜け出したとき、ふたりは我らを逃がすために徳川の兵を防いでくれたのじゃ」

秀頼は遠い目をしてそう言った。

「大助と佐助ならば、千の死の真相についてもなにか知恵を出してくれるかもしれぬわい」

「城代や材木奉行の手前、すぐにはむずかしゅうございまするが、折をみてかならず……」

「うむ、頼んだぞ。ただし、会うたからというて、豊臣家再興云々《うんぬん》の話を承知したわけではないぞ」

そのとき、石段を下りてくる足音が聞こえてきた。丸橋は早口で、

「ただ今拙者が申しましたること、大坂城代や材木奉行にはくれぐれもご内密に……」

「わかっておる」

丸橋はにこにこ顔で内藤忠興と寄居又右衛門に一礼し、

「おはようございまする。秀頼さまは普通のお食事は食べられぬようでございます」

秀頼が、

「せっかくの心づくしじゃが、吐いてしもうたわい。余はもう苔しか受け付けぬ身体になったようじゃ」

さばさばした口調でそう言った。

「では、秀頼さま、本日も聞き取りの続きをはじめましょう」

内藤忠興が言うと秀頼はうなずいた。

◇

夜には昼間の暑さも少しは和らいだが、その分湿度が増し、じめじめとして寝苦しかった。諸大名が手配した人足たちは宿泊小屋に帰り、配給された酒の勢いで高いびきをかいて眠っていた。城勤めの役人たちもそれぞれの屋敷に戻り、起きているのは夜番たちだけだった。彼らが曲輪から曲輪へと巡回している明かりがときどき見える。

大坂城の城主は本来徳川将軍だが、将軍がやってくることなど皆無に等しかった。秀忠は徳川家による大坂城が完成してまもなく逝去したし、家光も大坂城を訪れたのは生涯たった三度だけ。その三度目が今から十五年以上まえである。そして、現将軍家綱は十一歳という若さで将軍職に就いたが生来の病弱で、大坂までの長い道中には耐えられないと思われた。つまり、将軍のために用意された豪奢《ごうしゃ》な広間、寝所、湯殿、台所、そして調度の数々は実際に使われることはないのである。

そんな静まり返った夜の大坂城山里曲輪を三つの影が行く。先頭に立っているのは祐筆丸橋新平太である。あとのふたりのうち、ひとりは植木屋の半纏《はんてん》を着た老人……佐助である。もうひとりも老人で、蓬髪《ほうはつ》で髭面《ひげづら》、真っ黒に日焼けしている。衣服はぼろぼろで物乞いのごときだが、その眼光は鋭く、手足の筋肉も盛り上がっている。刀を差してはいないが、侍の風格が感じられた。三人とも明かりは手にしていない。城内は夜通し篝火が焚かれているので月がなくとも真っ暗闇ではないが、かなり暗い。しかし、三人はまるで昼間のごとく、するすると道を取る。

「まことに秀頼さまがご存命なのか。丸橋、その方、その蛇の妖怪にだまされておるのではないだろうな」

蓬髪の男が言った。

「大助さま、蛇身ではございますが、たしかに秀頼さまと拙者は信じております。唐土《もろこし》の最初の神、伏義《ふくぎ》は蛇身人首であったと申します」

「それはよいが……秀頼さまに我らの同志になっていただけぬか、という話をするのは早急すぎましたな」

蓬髪の男は真田大助だった。

「重大な秘密ではないか。軽々しく他人に話してはならぬことだ。しかも、ここは敵地……大坂城のなかだぞ」

佐助は昼間の植木仕事のあと、庭に身を潜めていた。真田大助は城下の荒れ寺を隠れ家にしている。普段ならば夜間、城に忍び込むのは難しいが、焔硝蔵爆発による塀の崩れ目からたやすく入城できたのである。

「まあ、そうおっしゃらずに。お会いくだされば、あのおひとが秀頼さまだとおふたかたもおわかりになられるでしょう」

佐助は半信半疑な様子で、

「そのうえ、千姫さまが替え玉だったとは……。あのときわしは城から坂崎出羽守の陣、そのあと徳川秀忠の本陣まで千姫さまご一行を見送ったのだ。あれが偽者だったなどとにわかには信じられぬ」

丸橋が立ち止まった。地面に何枚か莚《むしろ》が敷いてある。それをめくると、平たい石があり、中央には縦横三尺ほどの四角い切れ目が入っている。

「これが蓋になっております」

丸橋が蓋を開けると、石段が見えた。

「暗いゆえ、足もとにお気をつけくだされ。今、明かりをつけると見回りに見つかります」

佐助は、

「わしは夜でもものが見えるゆえ、先頭に立とう」

三人は地下道に入った。真っ暗で、まるで墨のなかに入っていくようだった。石段をしばらく下りたあたりで佐助がふところから小さな龕灯《がんとう》を取り出し、蠟燭に火を点《つ》けた。三人は無言で石段を下りた。少し経ってから佐助が、

「かなり深いのう。それに寒い。今から蛇に会うと思うと、薄気味悪いわい」

丸橋が、

「お静かに。聞こえますよ」

「む……」

やがて、三人は底に着いた。壁や天井に生えた苔が燐光を放っている。

「秀頼さま……秀頼さま」

丸橋が呼びかけた。なにかがずるりと動く音がして、佐助と蓬髪の男はびくりとした。

「おやすみですか。丸橋新平太めにございます」

「そちか」

闇の奥から声がした。佐助はそちらに龕灯を向けた。白い顔が浮かび上がった。佐助がなにかを言おうとする先に、ずるずる……という音とともにその顔がものすごい速度で彼らの方に近づいてきた。

「へ、蛇だ！」

佐助が叫んだ。明かりのなかに蛇腹の胴体が見えたのだ。丸橋が、

「秀頼さまは蛇になられたと申し上げたはずですが……」

「そ、それはわかっとるが、この目で見るとなあ……」

そう言いながらふと隣を見ると、真田大助がその場に両手を突いている。

「上さま……！」

大助は泣いている。

「おお、大助か。久しいのう」

「まさか生きておいでとは……！　夢のようでございまする」

「余もうれしいぞ。そちも死んだものと思うておった。落城当時十六歳だったそち

も、髪に白いものが混じっておるではないか」

「お恥ずかしゅうございます」

「そこにいるのは猿飛佐助か。いくつにあいなった」

「七十一歳でございます」

「そちも達者そうでなによりじゃ」

佐助は呆然として、

「秀頼さまだ……間違いない。お顔もお声も昔とちいとも変わらぬ。なんということだ……」

佐助も涙と鼻水で顔をぐしゃぐしゃにして、

「蛇になられようと上さまは上さまだ。このようなめでたきことがあろうか」

秀頼も涙ぐみ、

「佐助、ほかの十勇士の面々はいかがした。存命のものはおるか」

「ははっ……真田左衛門佐さまの影武者であられた穴山小助、根津《ねづ》甚八《じんぱち》の両人は幸村さまの身代わりとなって討ち死に、三好清海入道、三好伊三入道兄弟は獅子奮迅の活躍をいたしましたが、これもついには討ち取られ、由利鎌之助、筧十蔵、海野六郎の三名も落城とともに華々しく戦死なさいました。今も生き残っておるのはわしと霧隠才蔵のふたりのみのはずなれど、才蔵とも長いあいだ会うてはおりませぬゆえ、もしかするともうこの世にはおらぬかも知れませぬ。──望月六郎殿はどうなされました」

「望月六郎はのう、余やお袋さま、真田左衛門佐とともにこの地下の穴蔵に参ったのじゃが、急に姿が見えなくなった。地下の横穴にでも迷い込み、さまよっているうちにどこかで死んだのであろう……」

「望月殿は真田家譜代の重臣なれど、忍びとしての腕も上々ゆえ、そのご最期は残念でござる」

佐助は下を向いた。霧隠才蔵は伊賀流の忍びだが、望月六郎と佐助は甲賀流である。しかも、望月六郎は甲賀流上忍五十三家の筆頭望月家の出身なのだ。

「それにしてもよう訪ねてきてくれた。城が焼け落ちたあと、余は左衛門佐の案内でここに身をひそめたのじゃが、落盤によって表に出られず、そのうちにお袋さまも左衛門佐も骨となり、ひとりで生きてきた。それもこれも千の死の謎を解き明かしたいという一心であった。図らずも今、おまえたちと再会できたのは望外の喜びじゃ。謎解きを手伝《てつど》うてくれ」

「我々でできることなればなんなりと……」

「うむ……まずは千が殺されたときの様子を思い出してみたい。あのとき、一番に見つけたのは……」

真田大助が、

「大野修理さまと刑部卿局殿でございます」

「そのふたりが、お袋さまの指図で千が閉じ込められている部屋に赴き、番をしていたものに襖の鎹を抜かせて、なかに入ったのじゃ。そこで、千が槍のようなもので刺されて死んでいた……」

「拙者は直には見ておりませぬが、そのように聞きました」

丸橋新平太が、

「もしや、幽閉された千姫さまを部屋から連れ出すための狂言では……？　千姫さまに偽の血糊を使って死んだふりをさせ、大騒ぎをして運び出すのです」

秀頼が、

「ということは、千を奪還しようとした徳川方の仕業ということじゃな。だが、余も自分の目で見たし、千を抱き起こした。たしかに胸には深い傷が穿《うが》たれており、脈が止まっておったぞ。治長もそう申しておった」

佐助が、

「忍びの術に仮死の法と申すものがございまする。脇の下を強く押さえることで一時的に脈を止めるのでございます。なれど、それほど長いあいだ止めておくというわけにはまいりませぬ」

「胸の傷は本物であった。心の臓をひと突きにされていた。千はまちがいなく死んでおった」

真田大助が、

「それに、結局、錠がもとどおり打ち直され、千姫さまの死体は部屋から持ち出されることはございませんでした。それが徳川方の企みだったとすれば、失敗に終わったのです」

佐助が、

「つぎに考えられるのは、千姫さまがご生害《しょうがい》なされたのでは、ということでございます。家康の孫として嫁いできた大坂城が今にもその家康のために陥落しそうだ、という厳しい状況に耐えかねて、おん自ら命を絶たれたのでは……？」

秀頼が、

「ならば、凶器がその場にあるはずじゃ。また、千も死ぬなら我らとともに、と考えていたであろう。その説は取れぬ」

丸橋が、

「千姫さまが亡くなることで利を得るものは誰でございましょう」

秀頼が、

「わからぬ……。そのようなものがいたとは思えぬが……」

大助が、

「たとえば、お恐れながらご母堂淀のお方さまはいかがでしょう」

「なに？」

「淀殿は嫉妬深いお方でございました。上さまと千姫さまがあまりに仲むつまじいのに嫉妬して、つい……」

「手に掛けてしもうたと申すか。それはあるまい。いかにお袋さまでも、みずから千を突き刺すなど……」

「家臣の誰かに命じてやらせたのかもしれませぬ」

「誰かとは？」

「たとえば淀殿が信頼を寄せておられた大野修理さま。千姫さまが死んでいるのを最初に見つけた、とのことでしたが、錠を外して部屋に入ったとき、まだ千姫さまは生きておられ、修理さまが手で口を塞ぎ、隠し持っていた短槍で千姫さまを……」

「もし、そんなことをしたら修理はたっぷりと返り血を浴びているはず。それに、刑部卿局が一緒だったではないか。ごまかせるはずがない」

「その刑部卿局が怪しいのです。偽の千姫さまとともに今もお暮らしなのでございまするぞ。大野修理さまと口裏を合わせて……」

秀頼はかぶりを振り、

「たしかに刑部卿局がなにを考えておるのかはようわからぬが、あのものが千を殺したということはあるまい。刑部卿局はたしか伊予国松山《いよのくにまつやま》の生まれにて、千が生まれたときから侍女として仕え、以来、苦楽をともにした間柄じゃ。それに、お袋さまは千を徳川方への人質として使い、おのれは生き延びる腹であった。あのお方が、嫉妬ごときで大事の人質を殺すとは思えぬ。——わが母が怪しいと申すなら……」

秀頼は佐助を見やり、

「おまえも怪しいと言わねばならぬ」

「な、なんと……！」

「出入りのできぬはずの部屋に誰にも見られず忍び込み、千を殺して、ふたたび立ち去るような芸当ができるのは、忍びのものをおいてあるまい。どうじゃ」

佐助は当惑したような顔で、

「たしかに我ら忍びは体術には優れておりまするゆえ、天井に張りつくことぐらいはやってのけまするが、妖術を用うるわけではございませぬ。錠で封印され、見張りもふたり立っているような部屋に入る術《すべ》は、このわしにはわかりかねまする。それに、忍びはわしだけではない。霧隠才蔵や望月六郎もたいへんな術士にて……」

「わかっておる。おまえの忠義の強さはひと一倍じゃ。こじつければ皆怪しいということが言いたかったのじゃ。忍びのものなら可能だというなら、徳川方にも服部半蔵《はっとりはんぞう》をはじめとして忍びはいくらでもおる」

真田大助が、

「千姫さまは、お輿入れに際して、秀頼さまを亡き者にするという密命を帯びていた、というのはいかがでござろう。いよいよその刻来《きた》れり、ということで、徳川方の忍びが千姫さまのところに参り、上さまを弑《しい》したてまつれと命じたのですが、千姫さまは言うことをきかぬ。そこで押し問答となり、はずみで千姫さまを殺してしまった……」

秀頼は笑って、

「千が余のところに来たのは齢《よわい》七つの折じゃ。密命など申し聞かされる歳ではないわ」

大助は頭を掻いた。秀頼が、

「余はあのとき、部屋のまえの廊下でこれを拾うた。いまだに大事に持っておるのだが……見てくれ」

秀頼が口にくわえて差し出したのは、小さな金属製の十字架だった。

「これは……？」

佐助が言うと、秀頼は答えた。

「ロザリオと申してな、耶蘇教《やそきょう》の信徒、つまりキリシタンが身につけておるものじや。見張りの侍はふたりとも気づかなかったらしい。たまたま余は踏みつけたので気づいたのじゃ」

ロザリオというのは、コンタツともいい、長い数珠《じゅず》のようなものに十字架がついた聖具である。数珠の部分の珠《たま》を数えながら、サンタマリアを讃《たた》える祈り（アヴェ・マリア）を繰り返す。

「おそらくロザリオから十字架が外れて、落ちたのであろう。落としたものはそのことに気づかなかったか、気づいていても取り戻す暇《いとま》がなかったのだ。余は、千を殺したものとこのロザリオに関わりがあるのではないかと思うておる」

佐助からロザリオを受け取った大助が、

「ということは、下手人はキリシタン……」

「ではなかろうか」

秀頼の父豊臣秀吉は、天正十五年（一五八七年）にバテレン追放令を出し、慶長元年京都で二十六人の宣教師と日本人信徒を処刑するなど、キリシタンに対する弾圧をおこなった。関ヶ原の合戦によって政権は徳川家に移ったが、家康は、江戸、京都、駿府《すんぷ》などの徳川家の御領（天領）に、キリシタン教会の破却と布教の禁を命じ、それ以外の全国の大名にも、キリシタン大名の改易によって生まれた浪人を召し抱えぬよう触れを出した。そして、大坂夏の陣の直前、家康は金地院崇伝《こんちいんすうでん》に命じて「伴天連《バテレン》追放之文」を発布した。これによって、日本中で耶蘇教の信仰は禁じられることとなった。宣教師や信徒（キリシタン大名高山右近《たかやまうこん》を含む）など大勢が国外へ追放され、信仰を捨てずに国内に残ったものは捕らえられて処刑された。

それゆえ、大坂夏の陣当時の大坂城内においても、耶蘇教の信仰は禁じられていた。しかし、それは表向きのことで、たとえばキリシタンである明石全登は大坂城五人衆のひとりであったし、徳川家によって改易されたキリシタン大名の浪人衆も多数入城していた。ただし、徳川方にあっては家康の意向もあって、キリシタンだったものは全員棄教、改宗を余儀なくされたらしい。

「では……明石掃部頭さまが……」

大助が言うと秀頼は、

「明石掃部頭自身ではないと思うが、その配下のだれか、ということは考えられよう。明石は、キリシタンばかりの決死隊を率いておった。その数は三百人ほどで、デウスの神のために命を投げ出すものたちゆえ、徳川方も恐れていたそうじゃ。――あれから四十五年経ったが、今、キリシタンたちはどのような扱いを受けておる？」

大助が、

「徳川家によるキリシタンに対する弾圧は苛烈を極めております。元和《げんな》年間には秀忠公の命令により、京都で五十二名のキリシタンが市中引き回しのうえ火あぶりになったのを皮切りに、全国で三百人以上が死刑になりました。ことに、南蛮船の寄港が多かった長崎などでは信徒が多かったため、耶蘇教の神を描いた紙を足で踏む『踏み絵』や訴人の奨励などが行われ、キリシタンだとわかったときは恐ろしい拷問によって棄教を迫るのでございます。その結果……長崎の島原にてキリシタンの乱が起こりました」

秀頼は丸橋新平太の方を向いて、

「そちが申しておった島原の乱じゃな」

新平太は、

「さようでございます。島原において領主の年貢の取り立てのあまりのひどさに耐えかねた百姓《ひゃくしょう》たちが蜂起したのですが、土地柄、その多くがキリシタンでございました。彼らは、百姓として重き年貢に苦しみ、キリシタンとして改宗を強要されるという二重の苦しみを背負っておりました。改易されたキリシタン大名の浪人たちがその指導に当たり、また、神の子と評判の天草四郎時貞《ときさだ》なる少年を押し立てて、ついに一揆《いっき》を起こしたのでございます。この天草四郎なるもの、真田幸村とともに九州に逃れた豊臣秀頼公のご落胤である、という噂が流れ、拙者もそれを信じておりました」

「ははは……余はそのような子はもうけておらぬ。ずっとここに籠もっていたのだからな」

「ですが、天草四郎は千成瓢箪《せんなりびょうたん》を馬印にしていたのです」

「なに？」

千成瓢箪は豊臣秀吉の馬印である。

「おそらくは軍師役の小西行長旧臣たちがわざとそのようにふるまわせ、噂を撒いたのでございましょうが、世間が豊臣家の復活を心待ちにしていたことも事実でございます」

天草のキリシタンたちも島原に呼応し、総勢は三万七千ほどの勢力になり、一時は板倉重昌《いたくらしげまさ》率いる諸大名の軍勢をさんざんに蹴散らした。板倉は一万五千石の小大名だったため、諸大名たちはあなどってその言を軽んじたが、原城《はらじょう》に立て籠もったキリシタンたちは神の御旗のもとに結束し、軍師の指示に従ったので力を発揮したのだ。ただの百姓一揆と甘く考えていた徳川家は、キリシタンたちの勢いの凄まじさに驚き、あわてて老中松平伊豆守信綱《のぶつな》を総大将にした大軍を派遣することにした。松平信綱は「知恵伊豆《ちえいず》」と呼ばれる大物老中である。板倉重昌は、それでは自分の面目がたたぬ、と考え、援軍到着まえに無理な総攻撃を行った。その結果、四千人という味方の損害を生み、みずからも討ち死にした。将軍剣術指南役であり、徳川家の参謀格でもあった柳生但馬守が、

「板倉は小身ゆえ、外様の諸大名はその命はききますまい。そのことに焦って、ひと

りで攻め込み、命を落とすにちがいない」

と語った言葉どおりになったのである。

「なれど、キリシタンたちの抵抗もそこまででございました。徳川家の軍は十二万にも膨れ上がり、原城を十重二十重に包囲いたしました」

秀頼は目を閉じた。大坂城が徳川の大軍に包囲され、ついには落城したときのことを思い出していたのだ。真田大助が、

「そのときに原城に忍び入り、諜報《ちょうほう》に活躍したのは、松平信綱子飼いの忍び、望月与《よ》右衛門《えもん》と申すものでございます。望月は、原城内の食料が尽きかけていると知り、米俵を盗んだり、井戸に秘伝の毒薬を入れるなどしたとか。蟻の這《は》い出る隙間もないほど四方を固め、真綿で首を絞めるような兵糧《ひょうろう》攻めを行った徳川軍でございましたが、キリシタンのうちからはほとんど脱落者はおりませんでした」

結局、総攻撃が行われ、餓死寸前だったキリシタンたちも最後の抵抗を試みたが、あっけなく城は落ちた。籠城していた信徒とその家族は女子どもも含めひとり残らず虐殺された。島原領主松倉勝家《まつくらかついえ》は、過重な年貢が乱の原因となった、として斬首に処された。天草領主寺沢堅高《てらさわかたたか》は蟄居《ちっきょ》閉門を言い渡されたが、自害した。こうして、キリシタンによる乱は幕を閉じた……。

「待て。その忍びのもの、望月与右衛門と申すは……」

秀頼が言うと大助が、

「さようでございます。真田十勇士が一人《いちにん》望月六郎に縁ある甲賀の忍び……」

「うーむ……」

丸橋が、

「この乱を機に、徳川家のキリシタンに対する弾圧は一段と苛烈になり、オランダ、清《しん》をのぞく諸外国と断絶するに至りました。宣教師と夜通しで耶蘇教の教義について議論なされたうえで洗礼を受け、おのれの大坂屋敷に巨大な金色の十字架を取り付けるほど熱心なキリシタン大名だった坂崎出羽守さまもあっさり改宗したほどでございます」

「徳川家はなにゆえそこまでキリシタンを嫌《きろ》うておるのじゃ」

丸橋が、

「スペインやポルトガルといった異国が耶蘇教の布教を口実にこの国を侵略してくる、というのが表向きの理由のようでございますが、もしかするとキリシタンは島原の乱のときのごとく豊臣の残党と結びつき、天下を転覆しようとしている、と恐れておるのかもしれませぬ。島原の乱のあと、日本中のほとんどの耶蘇教徒は改宗か死かを迫られて棄教いたしましたが、信仰心篤《あつ》きものたちは、見つかったら死罪になることを覚悟でいまだにひそかに耶蘇を奉じておるそうでございます」

「一度養われた信心はなかなか捨てられぬものじゃな」

秀頼はため息をついたあと、

「丸橋新平太、その方、キリシタンか?」

丸橋は蒼白になり、

「なにゆえそう思われまする?」

「徳川家はキリシタンを根絶やしにしようとしておるのであろう。ならば、耶蘇教に関する知識に接することは稀《まれ》であるはず。それにしてはそちは耶蘇教について詳しすぎる」

丸橋はしばらく無言でいたが、やがて、溜めていた息を吐き出すように、

「それがしはキリシタンではございませぬ。しかし、それがしの父丸橋忠弥《ちゅうや》は由井正雪先生の右腕とも申すべき存在にて、慶安《けいあん》の変の首謀者のひとりとして召し捕られ、処刑されました。それがしは由井先生の私塾張孔堂《ちょうこうどう》の塾生で、先生の思想に深く共鳴し、そのご遺志を引き継がんとしておりまする」

「ふむ……」

「長崎天草にて由井先生に幻術、火術などを伝授なさったのは森宗意軒《もりそういけん》なる人物。このお方は元小西行長の足軽で、島原の乱においてはキリシタン勢の惣奉行として一揆を指揮し、討ち死になされました。つまりは、由井先生の先生にあたるお方。それが

しの心は原城で殉教したキリシタンとともにございます」

「なるほど……そういうことか」

秀頼は納得した様子であった。

「とにかくこのロザリオが千の部屋のまえに落ちていたのは事実じゃ。キリシタンが千を殺す理由はなんであろう」

しかし、それに答えられるものはひとりもいなかった。秀頼は、

「そういえば、偽の千を受け取った徳川方の武将は坂崎出羽守であったのう」

佐助が、

「さようでございます。堀内氏久、南部左門、刑部卿局の三名が坂崎殿の陣屋に送り届けました。わしがこの目で確かめたうえで、例の蔵にて皆さま方にお知らせしたことを覚えておりまする。あのときは、まさかあの千姫さまが偽者とは知らず、のちに大助から聞いて仰天いたしましたわい」

「坂崎も熱心なキリシタンであったが……」

真田大助が、

「徳川家に仕える身としては、いつまでもキリシタンではいられぬと思われたのでございましょうな。坂崎殿のその後のこと、お聞き及びでございまするか」

「いや……聞いてはおらぬ」

「では、千姫さま……いや、偽の千姫さまの現在も？」

「知らぬ」

大助が、

「では、それらについては明晩お話しいたすことにして、今日はこのぐらいに……」

「いや、そちたちさえよければ、今聞きたい」

三人は顔を見合わせた。大助が、

「我々はよろしゅうございますが、上さまはお疲れではございませぬか」

「四十五年のあいだ世間と隔絶して暮らしておったのじゃ。余は、なにも知らぬ生まれたての赤子も同様。その空白を早く埋めたい。どのようなことでもよいから知りたい。知りたい知りたい。今の余は、知りたい病《やまい》に罹《かか》っておるのじゃ」

「わからぬでもございませぬが、『知って』どうなさるのです」

「どうもせぬ。知らぬことを知りたい、というだけじゃ。余はそれをもとに、さまざまなことを推し量りたい」

真田大助、猿飛佐助、丸橋新平太の三人は平伏した。

◇

江戸城桜田門《さくらだもん》近くにある上屋敷の寝所で、保科肥後守正之《ほしなひごのかみまさゆき》は苦しげに呻いていた。

色白でぽっちゃりした容貌の保科を悪夢が襲っていたのだ。

「うう……ううう……」

額には脂汗が浮かんでいる。隣室に控える寝ずの番も、内心は心配だが、毎夜のことゆえ保科から、

「ただの夢だ。捨ておけ」

と言われているので、あえて助けようとせず、じっと聞き耳を立てている。

「うう……貴様……貴様はだれだ……」

保科は夢のなかで何者かと対峙《たいじ》しているらしい。

「会津中将《あいづちゅうじょう》」こと保科正之は、会津二十三万石の大大名である。今でこそ「大政参与《たいせいさんよ》」（将軍の補佐役）として老中以上の地位を占める正之だが、かつては不遇の時代が長く続いた。二代将軍秀忠の子、すなわち三代将軍家光の異母弟として生を受けたが、側室の子だったため、秀忠は正妻に遠慮してその生誕を秘した。正之は信濃国高遠《たかとお》の保科肥後守正光《まさみつ》に預けられて日陰の身として成長したが、あるとき家光は弟の存

在を知り、江戸城に招いて対面した。正之の有能さを見抜いた家光の抜擢《ばってき》により、以降、正之は家光の右腕として政道に参加し、辣腕を振るうことになった。

「来るな……来るな……来るでない！」

保科が叫ぶので、寝ずの番は思わず部屋に飛び込もうとしたが、

（いつもの夢なのだ……）

と言い聞かせた。

家光の逝去にあたって保科正之は、それまで家光だけが着用していた萌黄《もえぎ》色の使用を許され、次代将軍（家綱）を補佐するよう直々に遺言された。まだ年若の将軍を支え、三年まえの「明暦《めいれき》の大火《たいか》」で江戸が火の海になったときもいち早く復興策を講じ、焼けた江戸城の天守閣は「市中の復興の方を優先すべき」として再建しないよう進言し、以来、江戸城に天守閣が作られることはなかった。江戸の町はようやく元どおり以上の活況を呈するようになった……。

「わしになにをするつもりだ」

「なにも……」

それは、一匹の巨大な蛇だった。しかも、顔面は人間のそれである。人面の蛇は保科正之にするすると顔を近づけると、

「気を付けよ」

「なにに気を付けよというのだ」

「天下の……擾乱……」

「馬鹿馬鹿しい。今、天下は安泰の極みだ。そのようなこと起こるはずがない」

「わが言を信じざれば、国滅ぶぞ……」

「なんだと？」

「悪《あ》しきものが……徳川家を……乗っ取ろうとしておる……」

「悪しきものとは……？」

「悪しきものは……神の名で……近づいてくる」

「防ぐことはできようか」

「大坂に……わが……憑代がいる……そのものに頼むがよい……」

「お、おまえはなにものだ」

「余は……諏訪《すわ》大明神……甲賀三郎である……」

そこまで言うと蛇身の男は口をくわと開けた。

「ひっ……」

そこで目が覚めるのだ。全身に脂汗をかいている。保科正之は上体を起こした。保科正之は幼いころに信濃国高遠の保科正光の養子になり、保科姓を継いだ。保科氏の家紋のひとつに「梶葉紋《かじのは》」があり、これはもともと諏訪大社《たいしゃ》に由来する。その縁で、正之は諏訪大明神を深く信仰し、会津二十三万石を与えられたときも諏訪神社を勧請《かんじよう》分祀《ぶんし》した。だから、諏訪大明神の夢を見ても不思議はないのだが、こう毎晩のように立て続けに見るのは不審である。

「たれかある」

口のなかがねばついており、声もしわがれている。襖が開き、

「また、夢を……？」

若侍が言うと、保科はうなずき、

「水をくれい」

そう言ったとき、

「申し上げます」

家臣のひとりが廊下に平伏していた。

「まだ夜明けまえであろう。かかる時刻になにごとじゃ」

保科正之の頭をよぎったのは、

（また火事ではなかろうな……）

ということだった。三年まえの大火で江戸のほとんどが焼け野原になって以来、保科は火災に敏感になっていた。

「天寿院さま、お越しでございます」

「なにい？」

天寿院、すなわち千姫の来訪である。すでに寅《とら》の刻（午前三〜五時頃）を過ぎ、明け六つ（午前六時頃）の鐘が鳴ろうかという時分ではあるがそれにしても早すぎる。

「いかがいたしましょう」

「会うよりほかあるまい」

千姫は今、亡くなった三代将軍家光の三男で現将軍家綱の弟徳川綱重《つなしげ》を養子に迎え、たいへんな権力をふるっていた。家綱になにかあった場合は、綱重が次期将軍の有力候補なのである。義母とはいえ、その母である天寿院の地位が上がるのは当然のことであり、異母弟である保科正之もその言動をないがしろにするわけにはいかなかった。

「また、あの話か……」

家臣が、

「おそらくは……」

「朝から大儀だわい。――衣服を調えるゆえ、しばらくお待ちいただけ」

そう言うとうがい手水《ちょうず》に身を清め、寝巻から登城用の着物に着替えた。客間に向かうと、お付きの者をふたり連れた天寿院がそこにいた。いつ会っても、その容色が衰えぬことに保科は驚くのだ。その黒髪の艶や瑞々《みずみず》しい肌の張りは、三十歳でふたたび寡婦になり、江戸城に戻ってきたとき以来ほとんど変わらぬ。天寿院の後ろには老女(侍女頭)の刑部卿局が控えていた。保科正之は刑部卿局が苦手だった。いつも千姫に同行しているが、無言のままじっとこちらを見つめている。まるで、内心を見透かそうとでもいうようだった。

「なにごとでございましょう、姉上」

保科が言うと、天寿院は嫣然《えんぜん》と微笑んで、

「いつまで待たせるつもりじゃ。わらわは待ちくたびれたぞ」

「天守のお話ならば、老中のあいだでも衆議一決しております。天守閣を作るには莫大な費用がかかりまする。江戸市内の復興を優先するため、天守閣の建造はいたしませぬ」

「たわけたことを……。ならばなにゆえ天守台を築いたのじゃ」

「あのときは議論を経ぬまま、とにかく再建を急いでおりましたゆえ……。土台が出来上がった時点で建設を中止いたしました」

「加賀《かが》の前田《まえだ》殿が五千人の人夫を使うて造らせた御影石《みかげいし》造りの立派な台がもったいないではないか」

「お言葉でございまするが、天守なるものは大名の示威のためにあり、攻守の役には立ちませせぬ。戦国の世は過去のものとなり、今や徳川の天下は盤石。もはや戦の起こりえぬ今、天守は無用と考えまする」

「わらわはそうは思わぬ。日本中に城の数は多いが、そのなかでも江戸城は徳川家の象徴《しるし》。そこに天守がない、というのは無様なことじゃ。早う造ってたも」

「上さまも、天守はいらぬとおっしゃっておられまするぞ」

天寿院は鼻で笑い、

「上さまがまだ年若であるのをよいことに、そちが後ろで人形のように操っておるのであろう」

「これは聞き捨てなりませぬ。天守のことはそれがしの一存ではなく、老中鳩首《きゅうしゅ》して……」

「だまれ。江戸城に天守閣がのうては恐れ多くもわが祖父東照神君さまにあいすまぬ。もう一度よう考えてみよ」

「いくら考えてもこの儀ばかりは……」

「さようか。ならば……」

「ならば？」

天寿院は笑ったが、つぎの言葉は吐かなかった。

◇

「では、拙者からお話し申し上げましょう。千姫さまと坂崎出羽守のその後のことでござる」

そう前置きして、真田大助は話しはじめた。

「大坂城から助け出され、無事に父秀忠、祖父家康のもとに戻った千姫さまは、一旦、江戸城に移されました。ことに家康の喜びようはたいへんなもので、まだほかの武将たちの戦場での功労も決まらぬうちに、坂崎出羽守を呼びよせ、恩賞について、なにが望みかをたずねたそうでございます」

そこではおそらくこのようなやりとりがあったと思われる。家康が、

「千のこと、大儀であった。城内で死んだという報を聞いたときはわしも落胆し、思わず総攻めの触れを出してしもうたが、その後、それが誤報であり、無事に助け出されてその方の陣屋におる、と聞いたときの天に上るような心持ちはこの家康、生涯忘れぬわい」

「大御所さまから、千姫さまを助け出すよう大野修理と交渉せよ、とお指図いただいておりましたので、たびたびひそかに書状を送りましたが、返事がなく、それがしも

やきもきしておりました。そのうちに総攻めがはじまり、落城の際の混乱に乗じてなんとか千姫さまを取り戻すことができ、それがしも深く安堵いたしました」

「その方の手柄、大坂城への一番乗りや敵の大将首よりも大きい。以前、恩賞望みに任すと申したが、あの約束を果たそう。なにが望みか申すがよい」

「ははっ……」

恩賞望みに任す、というのはたいへんな言葉である。もし、

「百万両くれ」

とか、

「将軍にしてくれ」

と言われても、そうしなければならないのだ。しかし、言葉としてはそうであっても、ものごとには「常識の範囲」というものがある。坂崎がそのような無茶なことを言い出すことはあるまい、と家康は思っていた。

(せいぜいは加増であろう。一万石ほど欲しがるか。それぐらいならば……)

千姫を助け出してくれたのだ。一万石が二万石でも加増してやるつもりであった。

(大坂城から千を連れ出し、坂崎の陣屋まで護衛してくれた堀内、南部とかいうものの功も大きい。もちろん千の侍女刑部卿局にはこれからも千の側近く仕えてもらわねば……)

そんなことを考えていた家康に、坂崎が言った。

「では、大御所さま……恩賞ちょうだいいたしたく存じます」

「うむ、なにがよい」

「暫時お耳を拝借」

坂崎は家康に近づくと、耳に口を当てて、なにごとかをささやいた。家康の顔色が変わった。

「坂崎、それは……本心で申しておるのか！」

「本心でなくば、このようなこと申しませぬ。大御所さまはそれがしに、恩賞望みに任すとおっしゃいました。これがそれがしの望みでござる。武士に二言はないはず」

「むむ……」

家康の狸のような顔が赤く染まった。

「坂崎……よう考えよ。そのようなことができるはずもなかろう」

「恩賞望みに任す、と……」

「それはそうじゃが……将軍は秀忠じゃ。秀忠の意向をきかねば、わしひとりでは決められぬ」

「なにをいまさら……。それがしに千姫さま救出の恩賞について約してくださったるは大御所さま。秀忠さまは関わりありませぬ」

家康の顔色は青くなったり赤くなったりしたが、言いたいことを言い終えた坂崎出羽守は泰然とした態度でそれを見つめていた……。

「坂崎はなにを望んだのじゃ」

秀頼が言うと大助は、

「これは噂ではござりますれど、どうやら千姫さまとの婚儀を望まれた、とか……」

「なに……？」

「さすがの家康もそれには驚き、そのような無理は言うな、とたしなめたそうでございまするが、坂崎は頑として首を縦に振らず、結局、翌年、一万石の加増ということになり申した」

「一万石とはたいした褒美ではないか。坂崎は納得したのか」

「それはわかりませぬが……加増を受けた翌々月のことでございます……」

千姫の輿入れが決まった。夏の陣が終わってまだまもない元和二年のことである。相手は桑名《くわな》の城主本多忠政《ただまさ》の嫡男忠刻《ただとき》だ。忠刻は翌年、播州姫路《ばんしゅうひめじ》に移り、十万石の大名となった。

「夫、これは、上さまのことでございまするが……夫が亡くなったばかりなのにあまりに早いご結婚……と憤るものも世間には多数おりましたる由」

「わからぬではない。千姫のまわりから豊臣の色を消し去りたかったのであろう」

「本多忠刻は眉目秀麗にて、また、千姫さまとの仲もむつまじく……あ、失礼いたしました……」

秀頼は苦笑いして、

「申したとおり、その千姫はまことの千ではない。気にするな」

「ははっ……ところが輿入れが近づいたある日、坂崎出羽守の屋敷が突然、公儀の軍によって十重二十重に囲まれました。罪状は、お輿入れの道中を襲撃し、千姫さまを簒奪《さんだつ》しようとしたること……」

「なんと……出羽守はそれを認めたのか」

「わかりませぬ。そもそも坂崎の屋敷を徳川家の手勢が囲んだことは事実なれど、その理由については、巷間《こうかん》ささやかれているだけにて、真実は明らかになっておりませぬ。家康が千姫さまを坂崎に嫁がせると約したにもかかわらず、千姫さまが坂崎の顔を嫌うため、美男の本多忠刻に嫁がせることとなった。それを知った坂崎が激怒して、輿を奪わんとしたのが露見した、とか……」

「ありそうな話じゃ」

「しかし、千姫さまと坂崎の年の差は三十歳以上。そのようなことがありましょうか」

佐助が、

「この道ばかりはわからぬものよ」

大助が、

「ほかには、千姫さまの良き嫁ぎ先を探してほしいと家康から頼まれていた坂崎が、自分を飛び越えて本多忠刻との縁組を決められたことに顔を潰された、と怒った……という説もございますが……」

「で、坂崎はどうなったのじゃ」

「徳川の軍勢に屋敷を囲まれ、戦国ものの意気地を見せるはこのとき、一戦交えて死なん、と槍を取ったところ、親友だった柳生但馬守宗矩に諄々《じゅんじゅん》と諭され、ついには腹を切った、とか、言うことをきかなかったために柳生但馬に斬り殺された、とか……」

「むむ……」

「柳生但馬が、おまえが腹を切れば、坂崎の家名を存続させることはわしが請け合う、と約束したので、やむなく坂崎は切腹したのでござるが、死後、徳川家は、そんなことは知らぬとばかりに坂崎家を断絶にしてしまった……という話でございまする」

「ひどいやり口だな」

「今、拙者が申し上げましたるはあくまで噂。わかっているのは、坂崎出羽守一万石の加増あったるのち、二ヵ月後に軍勢に取り囲まれて死去……ということのみ」

「一万石やるから黙っておれ、と言われたが、それを蹴飛ばした、というところか。だが、なにか裏がありそうじゃな……」

「さて……本多忠刻に嫁いで、莫大な持参金とともに姫路に移られた千姫さまでございまするが、もちろん刑部卿局も同行しておりまする。姫路城のなかに金箔《きんぱく》を張り巡らせ、ススキを一面に描いた『武蔵野《むさしの》御殿』なる新居が設けられてそこにお住まいになられ、『播磨《はりま》姫君』と呼ばれて悠々自適のお暮らしをなすっておいでだったとか。本多忠刻は、播磨を訪れた宮本武蔵から二刀流を学び、武蔵の養子三木之助《みきのすけ》を小姓に迎えたほどの武芸好き。一男一女の子宝にも恵まれ、本多家は安泰かと思われましたが、好事魔多し、嫡男は三歳にして死去、忠刻も三十一歳にして病没。千姫さまはまた寡婦になられました」

「さようか」

佐助が、

「そう言えば、武蔵が姫路城で妖怪を退治した、という言い伝えを聞いたことがあるのう」

大助が、

「今は千姫さまの話をしておるのだ。武蔵などどうでもよい」

「いや、これが千姫さまとつながりがあるのだ」

秀頼は、

「余はどんなことでも知りたい。宮本武蔵なる剣豪のことは、当時から余の耳にも入っておったぞ。申してみよ」

「宮本武蔵は二刀を使う流儀を自発して活躍した剣の天才にて、関ヶ原合戦や島原の乱にも従軍しておりまする。今も申しましたるとおり本多忠刻の剣術の師であり、たびたび姫路城を訪れておりましたが、あるとき……」

天守閣に妖怪が現れる、という噂を武蔵は聞きつけた。天守閣というのは対外的に威容を誇るためのもので、住まいとしては使えない。普段は物置きにする程度で、ひとが立ち入る設備もなく、実用の役に立つものではない。だから、日頃は無人で、内部は蜘蛛《くも》の巣《す》が張り、妖怪が出そうな雰囲気がある。火の用心のために、毎夜、若侍に不寝番をさせていたが、噂は彼らのあいだで広がったのである。

しかも、妖怪の姿は、﨟長けた、身分の高そうな女で、美しい着物を召しているという。

「寝ていると女に声をかけられた」

「火の玉が暗闇に浮かんでいた」

「だれもいないはずなのに、梯子段を上がり下がりする足音が聞こえた」

噂が噂を呼び、皆、一様に天守の番を嫌がるようになった。そんななかで、

「その妖怪の正体は千姫さまではないか」

と言い出したものがいた。

「千姫さまが夜な夜な天守閣でなにかをしておられる。それが妖怪に見えたのではないか」

「天守でなにをしておられるのだ」

「それはわからぬが、およそ内緒ごとであろう」

城主美濃守忠政（忠刻の父）は苦り切り、息子忠刻に言った。

「よもや千姫ではあるまいな」

「はい、千は夜、武蔵野御殿にてすごしております。抜け出しているような様子もございませぬ」

「かかる噂が城下に広がると、本多の家臣は臆病者ばかりよ、と他国よりあなどられる。余が参って、ひと晩過ごしてやる」

そう言いだしたので忠刻や家来たちはあわてて止めたが、忠政は聞かない。そんなところに忠刻の剣術の師武蔵がやってきたのだ。話を聞いて武蔵は即座に、

「それがしが寝ずの番をいたしましょう。たかが妖怪変化のために一国一城の主がわざわざ足を運ぶにも及びませぬ」

そう言ってさっそく天守に赴いた。武蔵、燭台の明かりだけを頼りに、壁に向かって座禅を組んでいた。真夜中を過ぎたころ、暴風が吹き荒れるような音が聞こえ、地震のような地響きが轟き、炎が四方から噴き出し、武蔵を包んだ。しかし、武蔵は動ずることなく無言で座していた。やがて、暗闇が目のまえで凝り固まったかと思うと、そこに十二単《じゅうにひとえ》を着た女がいた。女は、

「なにをしに参った」

「それはこちらの台詞《せりふ》ぞ。だれに許しを受けてここに住みついておる、妖怪め！」

「わらわは妖怪ではない。この城の主、長壁《おさかべ》姫と申すもの」

武蔵は笑って、

「城の主は城主と決まっておる。今の主は本多美濃守殿だ」

「城とは神聖なるもの。城の神が人間に一時貸し与えているだけじゃ」

「そのような勝手な理屈は迷惑。早々に立ち去るがよい。さもなくば一刀のもとに斬り捨てるがどうだ」

「去ってもよいが、それならば城下にわらわを神として祀ってたも」

女の姿は消え、そこには郷義弘《ごうのよしひろ》という名刀が置かれていた、という。朝になって、武蔵が天守を出ると、そこには多くの家臣たちが待ち受けていた。武蔵がことの次第を話すと皆は武蔵の豪胆ぶりをほめそやした。それを聞いた本多忠政は郷義弘を神体

として城下に神社を建てた。

「長壁姫の正体についてはどのような説がある？」

「年経る老狐である、とか、また、コウモリの怪《かい》である、とか、帝の寵姫《ちょうき》の霊である、とかさまざまな説がございまする。また、天守の最上階に住み、年に一度、城主と対面して予言をする、とか、人面蛇体である、といった話も聞いたことがございます」

「人面蛇体とは、余と同じじゃな」

「あ、いえ……そんなつもりでは……」

「よい。蛇の身体というのも案外便利なものじゃ」

秀頼はさばさばした口調で言った。

「刑部卿局は、千姫が偽者であることを知っているはずじゃが……」

「ことを荒立てとうないので、黙しておるのではありませぬか。江戸城、大坂城、姫路城……とずっと千姫さまと起居をともにし、今また江戸城でもご一緒でございます。千姫さまが偽者だと露見したら、おのれの地位が揺らぐと思うておるのかも……」

「偽の千姫、なにゆえ江戸城に戻ったのじゃ」

「先ほど申しましたとおり、嫡男幸千代《ゆきちよ》君三歳にて病没したため、占い師に見てもらったところ、秀頼公の祟りであると……」

「なに？　余の祟りとな？」

「あ、いや、秀頼さまご存命を知らぬたわけた占い師の戯言《たわごと》。そもそも占いなどと申しまするものは……」

「それで、どうなったのじゃ」

「千姫さまは秀頼さまの霊をなぐさめるため天満宮を建立し、どうか怒りを鎮めたまえと祈りを捧げられましたが、それもむなしく、大坂城が燃え落ちたと同日の五月七日、夫君本多忠刻が若くして亡くなられたるを皮切りに、姑《しゅうとめ》妙高院《みょうこういん》、母崇源院《すうげんいん》が相次いで亡くなるなど不運が続き、ついに千姫さまは姫路城を出て、ご息女勝《かつ》姫さまとともに江戸に戻ることになさいました」

「ふーむ……子、夫、姑、母が亡くなるとはたしかに不幸だのう」

「尼となられた千姫さまは、天寿院と号し、江戸城内曲輪の竹橋御殿に娘勝姫さまとともに住まわれました。勝姫さまはそののち池田《いけだ》公に嫁がれたので、千姫さまはまたおひとりとなられましたが、今から十五年ほどまえ、弟である将軍家光公の側室お夏《なつ》の方《かた》と家光公のあいだに生まれた徳川綱重さまをご自分のご養子になされました。そのことで大奥に対して絶大な権力をお持ちになられ、今に至る……というわけでございます」

秀頼は、大助の説明にいちいちうなずきながら聞いていたが、

「偽の千が江戸城で権力をふるっているというのは、どうも釈然とせぬ。あのものはもともと刑部卿局が千の影武者として大坂城に連れてきた侍女で、殺された千の身代わりとして徳川家に送り返された。もし、千が殺されなければ表舞台に出ることもなかったであろう。徳川将軍家や並みいる諸大名をまえに襤褸《ぼろ》を出さぬその度胸はたいしたものだと思うが、いったいなにを企んでおるのやら……」

丸橋新平太が、

「なにも企んでおられぬかもしれませぬ。千姫さまの身代わりとして坂崎の陣屋に赴いたのはよいが、命乞いの交渉は決裂し、そのまま江戸城に連れていかれて、ただただ素性がバレぬよう必死で日々を過ごしておるだけではありますまいか」

真田大助も、

「いまさら、真相を明らかにしたり、逃げ出したりすることもできかね、大勢にかしずかれて良き着物を着、贅沢《ぜいたく》な食事を供される……そのような暮らしにいつしか慣れてしまったのではないかと思います。一度権力の座についたものはそれを手放すことを考えず、その地位を守ることに汲々《きゅうきゅう》とする、と申します。いまだに偽者であることが露見せぬのは、刑部卿局の仕込みがよほど念入りであったのと、当人に身代わりとしての素質があったるがためにござりましょう」

「それだけならば捨て置いても害はないが……千の替え玉は余ですら見間違えそうなほどに似ておった。世の中にあれほど似ているものがいるであろうか……」

秀頼はなにやら考えているようだった。

「上さま、このロザリオはお返しいたします」

大助がロザリオを秀頼に渡そうとしたとき、

「む……おかしいな」

「いかがいたした」

秀頼が言うと、

「裏側が蓋になっておるようでござる」

真田大助はしばらくロザリオをいじくっていたが、

「外れた……」

ロザリオは表側に裏側をはめこむ二重構造になっていた。大助はロザリオのなかを見たが、そこは空だった。

「なんじゃい、空っぽか」

ふたたびもとに戻そうとしたとき、猿飛佐助が、

「ちょっと待て。わしに貸してみろ」

ロザリオを受け取ると、目を押し付けるようにしていたが、

「ここに細筆で絵が描かれておる。双頭の獣のようだが……」

佐助の顔色がみるみる変わった。

「こ、この絵には見覚えがある！」

絵を見た秀頼が、

「ほう……どちらも天竺《てんじく》の獣で、左の顔は鼻先に角がある。これは犀《さい》だ。この角を取って盃《さかずき》にすれば鴆毒《ちんどく》をはじめどんな毒も消えるという。ときの為政者が毒殺を防ぐために争って買い求め、その結果、犀は絶滅しかかっておるらしい。右の顔は鼻が長く、耳が大きく、牙がある。これは象だ。この世の獣のなかでもっとも大きいと聞く。密林の王で、獅子や虎でさえ象のまえでは従順になるとか。犀と象……」

佐助が、

「これは、真田十勇士の一人《いちにん》にてわが友、霧隠才蔵が紋代わりにしていた絵でございまする」

一同は顔を見合わせた。秀頼が、

「ということはこのロザリオは霧隠才蔵がものか？　佐助、才蔵がキリシタンだと聞いたことはあるか？」

「いえ……まったく……」

「しかし、この絵が描かれているということは、才蔵の持ち物である証拠じゃ。佐助、さきほど、才蔵がどこにおるかわからぬと申しておったな」

「はい……ですが、つてをたどって捜したいと思います」

「その老体では大儀ではないか？」

「なんの……忍びに歳はございませぬ」

「頼もしいのう。では、頼んだぞ」

そこまで秀頼が言ったとき、地面が大きく揺れた。

「また大地震《おおない》か……？」

皆は立っていられなくなり、その場にうずくまって腕で頭を防御した。天井に亀裂が走り、どさり、どさりと大量の土や石が降ってくる。ようやく揺れが収まったとき、地下の穴ぐらのなかは土砂で埋まっていた。燭台も埋まり、明かりは苔からのわずかな発光しかない。土のなかから、秀頼が顔を出した。蛇体をいかして首を長く伸ばし、顔を振って付着した土を飛ばすと、ふたたび土に潜った。佐助たちを捜しているのだ。やがて、秀頼は顔を突き出した。口に真田大助をくわえている。大助は土のうえにおろされると、

「かたじけのうござる。もう少しで息が詰まるところでした」

そして、秀頼とともに佐助と丸橋を助け出す作業にかかった。秀頼は巨体を生かして土を取り除いていく。ようよう佐助と丸橋が見つかった。ふたりとも命に別状はな

かった。

「驚いた。死ぬかと思うたわい」

佐助が言ったとき、

「秀頼さま、大事ござりませぬか！」

それは材木奉行寄居又右衛門の声であった。

「うむ……大事ない。わざわざ様子を見にきてくれたのか」

「はい、ご城代の指図にござります。さいわい地上はこれといって損壊もござりませぬが、地下が崩れたかもしれぬとご城代はたいそうご心配なされ……」

手燭の明かりが迫ってきた。秀頼は大助たちに目配せした。彼らが夜中にここにいることが露見するとまずいからである。佐助、大助、新平太の三人は奥へと移動した。しかし、真っ暗なので手探りである。

「余は無事じゃ。心がけかたじけなく思う。引き取って休息せよ」

「ははっ」

寄居又右衛門は、崩れ落ちた箇所を照らして点検などしていたが、

「余震などなければ、これ以上の崩壊もございますまい。ご注意のうえお休みなさいませ。明朝からまた、聞き取りを行いまする。おそらく明日で一応の形がなるものと思われますゆえよろしくご協力を……」

「わかっておる」

寄居は幾たびも頭を下げて、石段を上っていった。その姿が完全に見えなくなったのを確かめたうえで秀頼は、

「おい……材木奉行は帰ったぞ」

と声をかけた。

一方、穴ぐらの奥に逃れた佐助たちは壁に手を当てながらゆっくりと進んでいた。

「ほう……こんなに奥が深いとは……」

大助が言った。

「痛っ……！」

佐助が石につまずいた。丸橋新平太が笑って、

「忍びのものは夜目がきく、と聞いておりましたが……」

「夜目も使わねば衰えるわい。――おや、これはなんだ？ 穴があるぞい」

佐助がそう言ったとき、「材木奉行は帰ったぞ」という秀頼の声が聞こえた。戻ろうとした大助と丸橋に佐助は、

「待て待て。これは横穴らしい」

ふところから忍び蠟燭を取り出して火を点けた。忍び蠟燭というのは燃えやすい埃《ほこり》や枯草などを丸め、蠟で固めたものだ。明かりに浮かび上がったのは、人間ひとりが

かろうじて入れそうな穴だった。どうやら今の地震で壁が崩れ、隠れていた横穴が露出したらしい。大助がなかをのぞきこんだが、苔がぼんやりと光ってるだけで、どこまで続いているかわからない。大助は思わず身震いをして、

「こんな穴がこの穴ぐらのあちこちにあるのだ。太閤殿下はそれを知っていて、ここに城を建てたのかもしれぬ」

　佐助が、

「日本の地底はこういった地下の道が縦横にある、と聞いたことがある。これもそのひとつかもしれん」

　そう言って、足を踏み入れようとしたので大助が、

「やめろ！　戻ってこれぬようになるぞ」

「そ、そうだな……」

　さすがの猿飛佐助も尻込みして、おのれの足もとを照らした。

「ひゃあっ……！」

　大助が笑って、

「今度はなんだ」

「ほ、骨だ……」

　佐助が指差したところを大助たちも見た。そこには人骨とおぼしき頭蓋骨が転がっ

ていた。しかも、首から下は普通の人間のものと違っていた。鎖骨と腕の骨はあるのだが、その下に延々と背骨が伸びている。いちばん下には腰の骨があり、短い脚の骨も見える。

「上さま……上さま！」

大助が呼ばわったので、秀頼がやってきた。

「なにごとじゃ」

「この骨をご覧じあれ」

秀頼はひと目見て、

「蛇になりかけておる」

「やはり……」

「あと少しで手足がなくなり、蛇体となる。そのまえに死んだのであろう。余と同じく、落盤で閉じ込められ、苔を食うていたのかもしれぬが……」

そう言いながら、白骨の手もとを見て、

「紙が落ちておるぞ」

文字が書かれた懐紙と筆である。大助が手に取ろうとしたのを祐筆の新平太が、

「お気を付けを。風化して、触っただけでぼろぼろになることがございまするぞ」

大助は手を引っ込め、紙に書かれた文章を読み上げた。そこには驚天動地の文言が

記されていた。

余は、豊臣秀頼公を地下洞穴に案内する役を仰せつかりし。この洞穴はわが甲賀の里に伝わる地下の道百四十八の一なり。城内検分の折、太閤殿下の用意したる抜け穴の秘図を見つけたり、と真田左衛門佐《さえもんのすけ》殿に申しあぐれば、なんの疑いも持たずにお信じあそばしたり。落城に際して秀頼公地下に参られたるにあたり、余の使命を決行なすのは今このときと心得、望月家に伝わりたる秘伝の薬を洞窟内に撒きて苔を育て、秀頼公の食料にせんとしたれども、不慮の地震起こりて余も閉じ込められ、秀頼公のご様子わからず。

そのうちに食料尽きてやむなくその苔を余も食すれば、驚くべし、身体に変化が起こり、手足が縮み、胴が長く伸びて、蛇のごとくになりたり。なれど、憑代としてかの大明神より名指しされたるは秀頼公おひとりのみ。余はその任にあらず。憑代は三十三年間秘薬を飲み続けねばならぬ定めなれど、余の命の灯《ともしび》はそろそろ消えんとす。

願わくは、秀頼公が魔物による天下の擾乱をおとどめくださらんことを。

甲賀流上忍宗家望月六郎幸忠《ゆきただ》是を記す

「なんと……余が蛇体になったるはただの偶然だと思うておったが……」

秀頼の声は震えていた。佐助も沈痛な表情で、

「望月六郎のしわざだったとは……。わしも同じ十勇士としてともに働いていながら、なにも気づかなかったわい……」

真田大助が、

「憑代とか大明神とかいうのはなんのことでありましょうか」

秀頼が、

「わからぬ……。余が憑代として指名された、というのはどういうことじゃ」

大助が、

「憑代と申すは、神が降臨なさるときに憑依《ひょうい》するもののことでござる。岩や樹木などが多いと聞いておりまするが……」

「余に神霊が憑依するというのか……」

「さて、それは……」

大助が、

「大明神というのは、上さまのお父上太閤秀吉公ではありますまいか。豊国大明神の

神号をお持ちゆえ……」

丸橋新平太がかぶりを振り、

「豊国大明神の神号は大坂夏の陣のあと徳川家の希望により剝奪されておりまする。今の秀吉公は神ではございませぬ。それに、大明神ならば熱田《あつた》大明神、気比《けひ》大明神、貴船《きふね》大明神、春日《かすが》大明神、住吉《すみよし》大明神、吉備《きび》大明神……日本中にいくらでもある」

そのとき佐助が顔を上げた。

「す、諏訪大明神だ……！」

秀頼が、

「なにゆえわかる」

「わしら甲賀流忍者の源流は信濃である、と聞いたことがござる。望月家は甲賀流上忍五十三家の頂にて、近江国甲賀《おうみのくにこうか》郡の地頭甲賀三郎が三十三年間地下の人穴を彷徨《ほうこう》しているうちに蛇体と化したが、諏訪にたどりついて諏訪大明神として祀られたという伝説これあり、この甲賀三郎こそ望月家の遠祖にございます。望月の姓は、平安の昔、信濃国から馬を宮中に納める駒牽《こまびき》の儀を、八月の望月の日（十五日）に行うことと決したのを記念して、望月の姓を賜ったと聞いております」

秀頼は唸った。

「甲賀流忍者の『甲賀』が甲賀三郎から来ているとは……。しかも、近江の甲賀の里

……」と諏訪が結びつくではないか。余も、諏訪大明神は蛇体である、と聞いたことがある

丸橋が、

「なれど、なにゆえその諏訪大明神が上さまを憑代に……」

「わからぬ。諏訪大明神は余になにをさせようというのか……」

大助が、

「人間が蛇体になったのが薬の力ならば、もとに戻す薬もあるかもしれませぬぞ」

「うむ……か細いが光明が見えてきたわい」

佐助が憤然として、

「それにしても六郎め、許せぬ。上さまをたばかり、薬をまぶした苔を食わせておったとは……」

秀頼は、

「食いものがなかった。薬がまぶしてあろうがなかろうが、苔は食ろうておったであろう」

大助がため息をつき、

「上さまは優しすぎまする……」

「とにかくもう休め。余も寝る。明け方からまた聞き取りがはじまるのじゃ。この文

書は処分せよ。大坂城代に読まれるとやっかいなことになる。望月六郎の遺骸はどこかに丁重に埋めてやり、墓標を立ててやれ」

秀頼はそう言った。

◇

大坂城代内藤忠興と材木奉行寄居又右衛門による秀頼の聞き取りは三日目で一応完了した。祐筆丸橋新平太がそれを簡潔にまとめて書状にしたため、さっそく継飛脚によって江戸の老中宛てに届けられることになった。

「これでひと仕事終わったわい」

内藤忠興は酒を飲みながら寄居又右衛門に言った。

「あとは、老中がなんと言うてくるかを待てばよい」

同じ日、佐助と大助は伊賀の里に向かって旅立った。霧隠才蔵の現在についての情報を得るためである。忍びのものにはたとえ抜け忍になっても「つなぎ」の義務があり、一年に一度、今どこでなにをしているかを出自の土地の上忍に伝えなければならない。それが途絶えたときはすなわち死んだときなのである。もし才蔵が存命ならば、なんらかの「つなぎ」を伊賀の上忍に送っているはずなのだ。

「わしは甲賀ものゆえ、伊賀の里にはなじみがない。もしかすると敵とみなされて襲われるかもしれぬ」

佐助が言うと、

「なあに、心配はいらぬ。猿飛佐助の名は天下に知れ渡っておる。敵も味方もない。いずれ有名人を見るがごとき、下にも置かぬ扱いであろう」

「馬鹿を言え。忍びの掟《おきて》というものはな……」

佐助が言いかけたとき、鍬を手にした男が、

「おお、佐助ではないか。甲賀ものがなにをしにきた。喧嘩《けんか》をふっかけにきたか」

「紫藤《しどう》か。久しゅう会わぬうちにジジイになったのう」

「ジジイはおたがいさまだ。なんの用だ」

「縄抜け惣右衛門は存命か」

「惣右衛門なら、ほれ、あそこにおるぞ」

老人ははるか彼方《かなた》の土手を指差した。

「わかった。かたじけない」

佐助と大助は土手に向かった。大助が、

「今のも忍びか」

佐助は、

「忍びのものは昼までは野良仕事に精を出し、昼から忍びの技の鍛錬に入るのだ。今の男は赤目の紫藤というて、かつては飛び切りの術で鳴らしたものよ」

土手に向かう道の途中、路傍に屈《かが》みこみ、草を刈っていた百姓の老人が顔を上げ、

「これは珍客だ。久しいのう。伊賀の名物干し肉でも食らいにきたか」

「なにを言う、惣右衛門。おまえを訪ねてはるばる大坂から来たのだ。わが古き友、霧隠才蔵の現在を知りたいと思うてのう。おぬしは才蔵の竹馬の友だった」

「才蔵？　ここにはおらぬぞ。わしも何十年も会うてはおらぬ。夏の陣の折、家康公の陣屋に来たおぬしに才蔵が息災かどうかたずねたのはわしの方だ。あれから四十五年……死んだかもしれぬぞ……」

「つなぎも参らぬのか」

「それは、わしら下忍にはわからぬことよ。殿さまだけがご存じだ」

殿さまとは、藤堂高吉《たかよし》のことである。一万五千石を拝領する大名ゆえ、下忍が軽々しく会える相手ではない。

「困ったのう……。どうしても才蔵の行方を知りたいのだ」

「親友だったわしにもわからぬことが甲賀のおまえにわかろうはずがない。あきらめて帰れ」

「子どもの使いではない。帰れと言われて素直に帰るわけにはいかぬ」

「そう言われてもな……」

佐助はしばらく考えていたが、惣右衛門のそばにしゃがみ込み、小声で言った。

「ならば、惣右衛門、ひとつだけ教えてくれ。才蔵はキリシタンだったのか？」

惣右衛門の顔色が変わった。

「どうしてそれを知っておる……」

「やはりそうであったか……」

「わしを含め、ごく一部のものしか知らぬことだ。わしのほかは皆死んだゆえ、今、やつがキリシタンであることを知っているのはわしだけだろうな」

「これは運《まん》の良《い》いことであった」

「わしら伊賀ものが藤堂家に仕えるまえ、忍びの束ねを服部家がしていたころがあっただろう」

服部家というのは服部半蔵の一族であり、家康に命じられて伊賀、甲賀の忍びを束ね、采配を振るっていた。半蔵自身は忍びのものではなく、武将である。

「おお、そうであったな。えらい昔のことだ」

「あのころ、服部家の忍びへの扱いがひどくてな、命がけの任務を果たしてもほうびひとつくれぬ。しくじったら殺されてしまう。食いものも牛や馬以下だ。とても身体が持たぬ。忍びをやめようとすると抜け忍としてどこまでも追われることになる。才蔵はそんな暮らしに絶望したが、日本の神仏は救うてくれぬ。それであやつはデウスの神とやらに救いを求めたのだ」

「ふーむ……」

「才蔵だけではない。あの男の親も兄弟も耶蘇教に入信した。わしにはよくわからぬが、たいそう熱心な信者であったと思う。礼拝とやらのためにしょっちゅう南蛮寺に参っておった。わしも何度か誘われたが、断った。宣教師は人間の血を飲む、などという噂があったからな。才蔵にそう言うと、あれは南蛮の酒だ、と言うて憤慨しておった」

「洗礼名とかいうのがあるはずだが……」

「サンジョとかサンゾとかいうたと思う。だが、服部家がそのことを知った。家康公から厳しい禁教令が出ていたこともあり、南蛮寺は壊され、宣教師は追放になった。そして、半蔵の親兄弟は信仰を捨てなかったので服部家に殺されたのだ」

「むごいことだな」

「才蔵は耶蘇教を棄てたふりをしたが、それは見かけだけのこと。まことはずっと信心を保っていた。そして、服部家の支配を抜け、キリシタンであることを隠して、真田幸村公のもとで働くことになったのだ」

「わしも十勇士の仲間としてともに過ごしていたが、まるで気づかなかった。うまく

『隠れ』たものよ」

「忍びだけに、隠れるのは得意であろう。あやつが『霧隠才蔵』と名乗るようになったのは、そのころのことだ。抜け忍としての素性を隠したかったのだろう。それまでは名張《なばり》の鹿右衛門《かえもん》という名であった」

「それがなにゆえ霧隠才蔵になったのだ」

「わからぬか？　キリカクレを並び替えてみよ。カクレキリ……となる。隠れキリシタンのことだ」

佐助と大助はあっと驚いた。

「なるほど……霧隠才蔵というのは『隠れキリシタン・サンゾ』という意味か」

「いくら隠れていても、キリシタンとしての矜持《きょうじ》をどこかに示したかったのかもしれぬな。――佐助、なにゆえ今頃になって才蔵の行方を知りたがる？」

佐助は一瞬ためらって大助を見た。大助はうなずいて、

「信の置ける男のように思う。かいつまんで打ち明けてもよかろう」

惣右衛門はじろりと大助を見やり、

「買いかぶらぬようにしてもらいたい。裏切るのがわれらの仕事のようなものだ」

「わかっておる。拙者、わけあって姓名の儀は勘弁いただきたいが、大坂夏の陣に深くかかわりのあったもの。あのとき、大坂城内にてさるお方が殺され、その下手人が

才蔵かもしれぬのだ」

「なぜ才蔵の仕業だと？」

「部屋のまえにロザリオが落ちており、その内側に犀と象の絵が描かれていた」

「む……」

惣右衛門は黙り込んだ。佐助が、

「のう、惣右衛門。入り口のない閉ざされた部屋に入り込み、槍で相手をひと突きにして、ふたたび部屋から出るような忍びの技を知らぬか」

「才蔵がそのような術を使ったというのか」

「名前のとおり、霧かなにかで姿を消したとしか考えられぬのだ」

惣右衛門はしばらく考えていたが、

「そのような術は知らぬ。忍びは、たとえ親兄弟のあいだでも術の秘密を教え合ったりはせぬ。おまえもよう知っておろう」

「無論だ」

忍びのものにとって、術こそは最大の「武器」であり、敵を倒す手段だが、同時に、その内容を知られたら命を落とすことにつながる。その忍びが死ぬとき、同時に術も滅びるのだ。

「しかし……やつが『隠し槍』なる術を使う、というのは聞いたことがある」

「隠し槍だと？　それはいったい……」

「知らぬ。わしは才蔵にたずねなかったし、もし、たずねても教えてはくれなんだろう。その隠し槍が大坂城で誰かを殺したときに使った術かどうかもわからぬ」

「……」

「ただ……やつがときどき、こっそりと裏山から竹を伐《き》り出して、五寸（約十五センチメートル）ほどに短く切っていたのを覚えておる」

「竹を短く？　それでは槍にならぬではないか」

「才蔵は創意工夫の男だった。つねに新しいことを考えていた。閉ざされた部屋に入り、ひとを殺して、また出てくる……そんな工夫も思いつくかもしれぬ。だが、あれから四十五年も経つのだぞ。いまさらその謎を解いてもいたしかたあるまい。いったい才蔵はだれを殺したというのだ」

「それは言えぬ」

「そうか……ならば帰れ」

「わかった。――いろいろ教えてもらって助かった」

佐助が立ち上がろうとしたとき、大助が言った。

「惣右衛門……才蔵が殺したと思われる相手は、千姫さまだ」

佐助が驚いて、

「そのようなことを明かしてしまうとは……！」

「かまわぬ。腹を割って話そうではないか。われらが隠しごとをしていながら、大事な秘密を教えてもらおうというのは身勝手過ぎよう。惣右衛門、じつは大坂城が落ちる直前、城内の一室で千姫さまは殺されていたのだ」

「ははは……なにを馬鹿なことを。千姫さまならあのとき陣屋に来られたではないか。——佐助、おぬしもよう知っておろう。わしも警固に駆り出された」

佐助が、

「あれは……偽者だったのだ。わしも知らなんだ」

「そんなはずはない。父親である秀忠公、祖父である家康公も受け入れたのだぞ。しかも、今は江戸城にて大なる権力を振るっておると聞く。四十五年も周囲をあざむけるはずがない。七方出《しちほうで》を使うてもそれほど似せることはかなわぬであろう」

七方出というのは忍びのものが使う変装術のことである。佐助はもともと七方出を得意としており、どんなものにでも化けられるのが自慢だったが、親兄弟をも長年あざむくというのはむずかしかった。

「わしもそう思うのだが……とにかく千姫さまが大坂城で亡くなられたことは間違いないらしい」

「その千姫さまを殺したのが才蔵だ、と？」

佐助はうなずき、

「惣右衛門、知っていたら教えてくれ。才蔵が千姫さまを殺した理由はなんだ？」

縄抜けの惣右衛門はしばらく考え込んだすえ、

「わからぬ。忍びのものは、依頼を受ければどんなことでも引き受けるのが普通だ。昨日は徳川から仕事を頼まれ、今日は豊臣から仕事を頼まれるのがあのころの日常であった。おぬしのように、豊臣一筋というのは忍びとしては珍しい。しかし、才蔵は服部家の支配を抜けた自分を拾うてくれた真田幸村にずいぶん恩義を感じていたゆえ、千姫を殺すというのは解《げ》せぬ。なにかよほどの事情があったとしか考えられぬな……」

「であろうな」

ふたりの忍びは押し黙った。やがて、佐助が立ち上がり、

「邪魔をしたな。草刈りの手をとめてすまぬ。才蔵のことでなにかわかったら知らせてくれ。わしは大坂の周防町《すおうまち》の長屋におるゆえ……」

「待て、佐助」

惣右衛門は厳しい声で言った。

「だれにも言うな。才蔵は大坂におる」

「な、なに……？」

「じつはな……才蔵のことが心配のあまり、わしはおととしの暮れ、殿さまのお屋敷に仕事でうかがった折、こっそりと居間のなかを探り、『つなぎ』を見つけた。才蔵からのものもあった。たしか『大坂江戸《えど》堀《ぼり》波兵衛店《なみへえだな》』と書かれていた。わしは、才蔵が生きていることがわかっただけでうれしかったが、伊賀を抜けたものに会いにいくわけにもいかず悶々《もんもん》としておった。おぬしにしゃべれて胸が空いたわい」

「名を変えておろう。変名はなんだ」

「そこまではわからぬ」

「そうか……よう教えてくれた。礼を言うぞ」

「なんの。――こちらの御仁が秘密を明かしてくれたゆえ、わしもそれに応えたまでだ。決して余人に言うでないぞ」

「千姫さまのこともな」

「言うたら首が飛ぶ、か。はっはっはっ……」

佐助と惣右衛門は顔を見合わせて笑った。惣右衛門は佐助と大助に背を向け、草刈り作業に戻った。佐助と大助は連れ立ってその場を離れた。佐助は歩きながら、

「わざわざ伊賀まで足を運んだ甲斐があったと申すもの。それにしても才蔵め、大坂にいたとは気づかなんだわい」

「今の男、よう教えてくれたのぅ。武士は相見互い、というが、忍びも忍び同士だ

な。気のいい男ではないか」

　佐助は苦笑いして、

「気のいい……？　話しながら、あやつの鎌の先はずっとおまえの首を狙《ねろ》うていたぞ」

「なに……？」

　大助は首を撫《な》でまわした。佐助は笑って、

「忍びのものの哀《かな》しい性《さが》よ。いくつ何十になっても、ひとが信じられぬのだ」

「おまえもか？」

　佐助は答えなかった。しかし、伊賀の城下町を出るころになって、

「やっと消えたか」

「なんのことだ」

「われらが惣右衛門と別れたあと、だれかがずっとつけてきていた」

「なに……？」

「おそらくは伊賀の忍びの衆であろう。われらがなにかしでかすのではないか、と見張っていたのだ。伊賀の国境を越えたあたりで戻っていったようだ」

「怖い怖い、忍びは怖い」

　大助は笑いながらそう言った。ふたりは茶店で名物だという餅を食べ、渋い茶を飲

んだ。

「これで上さまにも胸張ってご報告ができるのう」

佐助はそう言って、餅を頬張った。頭の禿《は》げた茶店の主が、

「お茶のお代わりをいたしましょうか」

大助が、

「もうよい。この餅は名物だそうだが、美味いのう。これのお代わりをくれ」

「かしこまりました。——おーい、こちらさまにお餅のお代わりじゃ」

主は笑顔で店の奥に向かってそう言った。

◇

松平伊豆守信綱は、江戸城の御用部屋で執務をしていた。その日は信綱が月番に当たっており、ほかの老中は都合で登城しておらず、部屋にいるのは彼ひとりであった。三代将軍家光の信任あつく、家光が死去して以降は年少の現将軍家綱を補佐し、長く老中首座としての務めを果たしてきた。島原の乱、慶安の変、明暦の大火など処理に辣腕を振るい、知恵伊豆と称された信綱も、激務に継ぐ激務に近頃は疲労の色が濃く、酒井雅楽頭忠清《さかいうたのかみただきよ》に首座の地位を譲った。しかし、次席となった今も、激務に変

わりはない。弱冠二十歳の家綱に代わって信綱が決すべき案件は山積みなのである。

「伊豆守さま、大坂城代から継飛脚で書状が参りました」

側衆のひとりが廊下から声をかけた。

「火急の用件とかで、『大急御用』でたった今届いたところでございます」

「大急御用だと？」

普通の旅人の脚だと江戸・大坂間に十四、五日かかるが、老中や遠国奉行、大坂城代、京都所司代などが利用する継飛脚は通常の御用だと五日ほど、大急御用の指定をすると三日で駆け抜けてしまうのだ。しかし、大急御用というのはよほどの場合にしか使用されない。

「見せてみよ」

良い報せのわけはない。信綱は書状を受け取ると、むしるように開封した。側衆は廊下に下がり、襖を閉めた。大坂城代内藤忠興からというその書状を読み始めた信綱の顔が次第にいぶかしげなものになっていった。

(これは……まことのこととは思えぬ。大坂城代は老中をからかおうとでもいうのか……)

そこに書かれていたのは、とても正気の人間が書いたとは思えぬ奇怪なことばかりだった。先日の焔硝蔵の爆発で豊臣時代の土台が露出し、地下に続く通路が現れた。

入ってみると、そこには人面蛇体と化した豊臣秀頼が生きていて……。

「くだらぬ！」

信綱は書状を放り出した。

（内藤殿は気がふれたのだ……）

信綱はそう思った。それ以外には考えられない。しかし、もし悪質な冗談だとしたら……そんなことに大急御用の継飛脚を使うなどとても許されない。小胆ものだが酒癖が悪いと聞いている。泥酔して書いたのかもしれない。

（明日にでも老中協議のうえ、罷免してしまおう。腹を切らせるしかなかろうな。磐城平の内藤家が断絶することもありうるがこうなってはやむをえぬ……）

こんな馬鹿げた書状をほかの老中に読ませることはできない。皆、御用繁多なのだ。信綱は腹立ちまぎれに手紙をしたためた。その蛇とやらがまことの秀頼であったならば、徳川家にとっての一大事。ひそかに殺さねばならぬのは当然。また、その蛇が出まかせを言うただの妖怪だとしたら、無論殺さねばならぬ。それぐらいの判断がつかぬようでは大坂城代の資格はない。かかる案件をもって老中をわずらわすのはもってのほかと心得る。自身で判断して処置できぬとは磐城平の内藤家の行く末、心もとなし。よう分別せよ……。皮肉を書き散らして、封をすると、手を鳴らして側衆を呼んだ。

「この書状を継飛脚にて至急、大坂城代に届けよ」

「老中奉書でございますか」

「いや……ただの私信だ」

「大急御用にいたしましょうか」

「たしか大急御用のうえがあったのう」

「無刻でございますか」

「それだ。その無刻にいたせ」

側衆が去ったあと、信綱はまだ憤然としていた。

(なにが秀頼だ。なにが蛇だ。つぎの城代は、もう少しまともな人物をすえねばならぬな……)

信綱は執務に戻った。くだらぬ手紙を読まされて時間を食われた。遅れを取り戻さねばならぬ。信綱は半刻《はんとき》(約一時間)ほど仕事に集中した。やがて、一段落したので肩を叩きながら、ふと脇を見ると、そこに内藤忠興からの書状があった。破り捨てようと手にしたとき、

「伊豆守殿、保科肥後守でござる。ちょっとよろしいか」

廊下から声がした。会津中将こと保科正之である。保科は信綱より十歳以上年下だが、家光の弟であり、江戸城でも別格の扱いを受けていた。信綱とは現将軍家綱を盛

り立てようと苦楽をともにしてきた間柄であり、知恵伊豆信綱も保科の才覚には一目置いていた。気の置けぬ友人の来訪に、信綱は気が変わった。この馬鹿げた書状を見せて、ともに笑うのも一興、と思ったのである。書状をかたわらに置くと、

「お入りくだされ」

入室した保科正之は少し顔色が優れぬようであった。信綱は、

「わしも肥後守殿に話があるゆえ、ちょうどよい。──さて、なにごとでござるか」

「ならばまず、伊豆守殿のご用から承りまする」

「ははははは……わしの方は取るに足らぬ馬鹿話。肥後守殿からさきにお話しくだされ」

「さようか。では、お言葉に甘えて……」

保科正之は座り直し、

「いやはや……先日、またしても天寿院さま、夜明けのご訪問。天守閣をどうしても建てろとの強談判。ほとほと閉口つかまつりました」

「うーむ……今の徳川家にも諸大名にも天守を再建するだけの金がない、というのがお分かりいただけぬとは情けないのう……」

「どうも『天守』というものにかなりのこだわりをお持ちのようでござる。いくら説得してもお聞き入れくださらぬ。果ては、上さま（家綱）に直々にお願い申し上げ

る、などと……」

「そのようなことまで……！　政《まつりごと》に口を入れるのはたいがいにしてもらいたい」

「上さまにとって天寿院さまは伯母。伯母君のおっしゃることはむげにはできますまい。また、それがしにとっても天寿院さまは姉上ゆえ、ないがしろにはいたしかねまする」

「そうであろうのう」

信綱は、またいつもの愚痴かと思って聞いていたが、

「とは申せ、近頃の天寿院さまの動き、どうも胡散臭《うさんくさ》いように思われてなりませぬ」

「どういうことだ」

「あってはならぬことではございまするが、上さま万一お亡くなりの場合、次期将軍を誰にするかはこの国の先行きにかかわること。まかり間違えば国滅ぶほどの重大事」

「無論のことだ」

「天寿院さまは、どうやらご養子になされた綱重さまを次期将軍にしようとのお腹積もり……」

「なれど、綱重さまはご病弱。そのとおりになるかどうかはわからぬ。弟君の館林宰《たてばやしさい》相綱吉《つなよし》公の方が次期将軍にふさわしいとの声もしきりにて、それがしもその意見に与《くみ》

しておる」

「綱重さまが将軍になれば、そのご母堂として天寿院さまの権勢ますます強まり、江戸城内にはもはや天寿院さまにもの申すことができるものはひとりもいなくなります。すなわち天下を左右できる、ということ」

「女将軍、ということだな」

天寿院は神になった東照神君家康の孫、二代将軍秀忠の娘、三代将軍家光の姉である。それが、将軍の母ということになると、大奥を牛耳るどころかこの国のすべてを思いどおりに牛耳ることができるだろう。

「そうなると、あの姉上のこと、なにをしでかすかわかりませぬ。それを防ぐためにも、綱重さまを将軍にすることだけは避けねばなりませぬ」

「そのとおりだ。とにかく将軍世継ぎの問題はいつ、なにが起こってもよいように支度だけはしておかねばならぬ。なれど、上さまがいくら蒲柳《ほりゅう》の質とは申せ、まだお若い。これからお身体もご健勝となられるであろうし、天寿院さまの思いどおりにことが運ぶとは考えられぬ」

「ならばよろしいのですが……今日参ったるはそのことをお耳に入れるためでござる」

「やれやれ、気がめいるわい」

「申し訳ございません。――では、伊豆守殿の馬鹿話とやらを伺いとう存じます」

「今の話のあとでは、まさにくだらぬ馬鹿げた話だわい。――たった今、大坂城代から大急御用で手紙が参った。中身を読んだが、内藤忠興は酒毒が頭に上ったか、狂気を召されたかのいずれかであろう。大坂城の地下に、蛇体と化した豊臣秀頼が生きており、今の千姫は偽者だ、と言っておるが、いかがとりはからえばよいか、と老中にきいてきた。愚にもつかぬ話ではないか」

信綱はそう言って正之に笑いかけた。当然、相手も同調して笑うものだと思っていたが、案に相違して正之の顔は歪《ゆが》んでいた。

「どうなされた、肥後守殿」

「その手紙、ちと拝見……」

保科正之は手紙を受け取ると、内容を熟読したあと血相を変えて、

「伊豆守殿、この書状、他人にお見せになられたか？」

「今届いたばかりで、肥後守殿が初見でござる」

「それはよかった。この内容はわれらふたりの秘密にして、決してよそへは知らせぬよう……」

「なにゆえでござる。まさかこの中身がまことのことだとでも……？」

保科正之は声を落とすと、

「実は……」

そして、近頃毎晩のように見る悪夢について語った。松平信綱は顔を引き締め、

「では、人面の巨大な蛇が、天下の擾乱に気を付けよ、と語りかけてくる、そして、諏訪大明神だと名乗る、というのだな」

「さよう……信じていただけぬかもしれませぬが……」

「普段ならばただの悪夢と一笑するところだが、その『大坂に憑代がいる』という言葉が気にかかる。大坂城の地下に出現した蛇体の秀頼公の話がまことならば、それこそまさにその憑代かもしれぬ……」

「ということは……天寿院さまが替え玉だというその秀頼公の話もまこと、ということになりまする」

ふたりは黙り込んだ。やがて、信綱が正之に、

「これが事実だとしたら……そこもとならばどう扱う？」

「道はひとつしかない、と心得ますが……」

「ここにはわしとそこもとのふたりしかおらぬ。言うてみられよ」

「その蛇体のものは、太閤桐紋のついた印籠を持っていたとのこと。しかも、大坂城落城前後の様子も、その場に居合わせたものにしかわからぬことや公には知られていないことも含めてつぶさに物語っております。ならば、秀頼公ご本人であると考えね

ばならぬのでございます。ただし、そやつが秀頼公を殺して印籠を奪い、成りすましている可能性は否定できませぬ」

「ふーむ……」

「また、すべては狂気を発した大坂城代の妄言で、まことは蛇体の秀頼公などおらぬのかもしれませぬ。信頼できるものを大坂に向かわせ、人面蛇体のものがいるのか、天下のそのものは秀頼公なのか、ただの物《もの》の怪《け》が口から出まかせを申しておるのか、天下の擾乱とはなんのことなのか……を確かめたうえで、断を下さねばなりませぬ。もし、まことの秀頼公だとしたら……諏訪大明神の憑代と心得、その言に従い、『天下の擾乱』を未然に防ぐべきでございましょう」

「天寿院さまが替え玉である、という件は……?」

「今のところ、なんの証拠もないこと。それこそ軽々しく口にしてはなりませぬし、天寿院さまにわれらがそのような疑いを持っていることを知られてもなりませぬ。ほかの老中にもけっしてお話しになられませぬよう……」

「そ、そうだな」

「大坂城代にはなんとご返事なさるおつもりでござるか」

「とりあえず、老中配下のものを検分役として派遣するゆえ、それまで待て、と……」

「けっこう。いずれにいたしましても、まずはこの大秘事がもれぬよう、大坂城代にも箝口《かんこう》をお命じくだされ」

「わかった」

信綱はため息をつき、

「老中首座から次席になったが、まだまだ休ませてはくれぬようだな」

そうつぶやいて手を叩いた。さっきの側衆が顔を出した。

「もう一通、大坂城代宛てに書状を書く。急ぎ手配りいたせ」

「かしこまりました。これも無刻でございまするか」

「そうだ」

側衆は無表情だったが、

（一度に出せば済むものを……二度手間ではないか）

と考えているのは明白だった。

側衆が去ったあと、松平信綱と保科正之は顔を見合わせた。無風のはずの城のなかに、急に風が吹きすさびはじめたように思えた。

第三章

伊賀の里で霧隠才蔵の所在を聞き出した猿飛佐助は、一旦大坂城に戻り、秀頼に成果を報告することにした。大助は、気軽に大坂城への出入りができぬ身の上ゆえ、ひと足先に江戸堀に向かい、才蔵の所在を調べることにした。

しかし、江戸堀は江戸堀川の南北にあり、けっこう広い。長屋もかなりの数あるうえ店の名が本当かどうかもわからない。また、才蔵が本名で住んでいるとも思えなかった。「霧隠才蔵」などという名前では、真田幸村の家来として活躍した、あの才蔵……ということになり、たちまち捕縛され処刑されてしまう。おそらくは変名を使っているはずゆえ、容易に探し出せそうにない。

佐助はその日も城内の植木の剪定をしたうえで、深夜、地下の穴ぐらに入り込んだ。

「さようか……」

佐助の報告を聞いて、秀頼はうなずいた。

「やはり、才蔵はキリシタンだったのだな」

「はい……。なれど、なにゆえあやつが千姫さまを殺したのか、その理由は惣右衛門にもわかりませなんだ。忍びは頼まれれば敵味方どちらの仕事も引き受けるが、才蔵は真田左衛門佐さまに恩義を感じていたはずだ、とも申しておりました。わしも、よほどの事情がないかぎり、寝返ったりはせぬと思います」

「当人を探し出して、直にきいてみるしかなさそうだな」

「それがいちばんかと……」

「いや……こういうことは、本当は当人にたずねてしまっては興がない。ああだろうかこうだろうかと頭のなかで推し量るのが楽しいのじゃ。当人にきくのは最後の手段じゃな」

「はあ……そんなものですかなあ」

「その『隠し槍』の話だが……」

「ああ、才蔵の術でござるな。これも当人にきいて……は興がないのでございましたな」

「惣右衛門という男によると、竹を短く切っていたそうじゃな」

「槍とは長い柄の先に穂をつけるゆえ、刀とはちがった働きができまする。短く切った竹に穂をつけたとて、それは槍とは申せますまい」

「わが父太閤殿下が、右大臣信長公の御前にて、槍の指南番の上島主水《うわじまもんど》と申すものと、槍は長短どちらが戦場で有利かとの論をかわし、上島主水は短槍、太閤殿下は長槍を主張して議論が分かれ、結局、長槍に軍配が上がったことがあるとは聞いたことはあるが……」

「短いと申しても、五寸はあまりに短すぎまする」

「うむ……」

そう言ったあと、秀頼は目を閉じ、無言になった。才蔵はなにか機嫌を損じたか、と思ったが、話しかけてもなにも応えぬ。何度か声をかけたが、無言のままだ。佐助があきらめて横を向いていると、

「そうか……そうであったか！」

突然、秀頼は大きく鎌首を上下に振った。仰天した佐助は、

「どうなされました！」

「ついに、密室の千姫をどうやって槍で突き殺したか、の謎が解けたのじゃ。考えに考えて、ようやくある結論に達することができた。もちろんこの謎解きが正しいかどうかはわからぬが、隠し槍という名前、短く切った竹……おそらく才蔵が使った術というのは……」

「その謎解きとやら、教えてくだされ！」

「間違うていたら恥をかくゆえ、まずは才蔵にきくことじゃ」

「いえ、秀頼さまのお考え、聞きとうて聞きとうてたまりませぬ。どうぞお教えを……」

「さようか。では、余の考え、教えてつかわす」

秀頼は、佐助を相手に、あのとき大坂城でなにが行われていたかについて自説を語りはじめた。

「才蔵はなにものかに頼まれ、千を手に掛けることとなった。才蔵は真田左衛門佐の臣ゆえ、城のなかを動き回っても不審には思われぬ。しかも、忍びのものとしての手腕は群を抜いておる。そんなことから依頼者は才蔵が最適任と考えたのであろう。あのとき、千が閉じ込められていた部屋は、三方が壁で、廊下側の襖は鋲で打ち付けられ、その下部に猫しかくぐれぬような小扉がつけられていた。部屋のまえには見張り役の侍が二名立っていて、部屋に入ったものはおろか、通りがかったものもおらぬ、と申しておった。千は布団のうえで仰向けになって死んでいた。顔は天井に向けられ、身体もねじったりしておらず、まっすぐだった。傷口の様子からして、左胸を上から槍のようなものでひと突きにされたと思われた。――ここまではよいな」

佐助はうなずき、秀頼は先を続けた。

「襖の下部の小扉の位置からは、たとえ廊下から槍を突っ込んだとしても、傷口のように上から刺した傷にはならぬ。それに、槍を持って廊下にしゃがんでいたら、見張りの目につかぬはずがない。となると、廊下からは刺せぬことになる。しかし、部屋に入るには襖の錠を抜かねばならぬ。そんな作業をしていたら、これまた見張りに見つかってしまう……」

佐助がハッとして、

「も、もしかしたら……ふたりの見張りが共謀すればできるのでは……！」

「ほほう、詳しく申してみよ」

「考えてみれば、なにもかもそのふたりの見張りが申しておること。そやつらが示し合わせて襖の錠を外して部屋に入り、千姫さまを槍で突き殺して、何食わぬ顔で部屋を出、襖を元どおりにしたら……」

「それがいちばんありえそうな解ではあるな。だが、大野修理と刑部卿局が部屋に入ったとき、まだ千の胸からは血が流れだしていたという。つまり、ふたりは千が刺された直後に部屋に入った、ということになる。見張り番が共謀したとしても、十数個の錠を外して襖を開け、部屋に入って槍で千を突き殺し、ふたたび外に出て、錠をすべて打ち付けて襖をはめなおすことは時間的にも無理じゃ。それに、血の付いた槍の始末はどうする？」

佐助は頭を搔き、

「うーむ……よき思案と思いましたるが、所詮は猿知恵でございましたなあ。——見張りは関わりない、とすると、下手人はいったいどのようにして部屋に入り、また、部屋を出たのでございましょう」

「入らなかったのじゃ」

「——え？」

「下手人、すなわち霧隠才蔵は部屋の外から千を突き殺したのじゃ」

「そ、そんなことができましょうか」

「『隠し槍』を使えばできる。——余が考えたのはこうじゃ。体術に優れた忍びのものなら廊下の天井に張りつくことはできるであろう」

「はい、わしも才蔵も身が軽いのが自慢で、地面を歩くのと同じように天井を動けます」

「才蔵は、まず天井に張りついた。人間は、自分の頭のうえでなにが起きているかはあまり気にしておらぬ。あの部屋の襖のうえには長押と鴨居、そして欄間がある。欄間は透かし彫りになっており、何ヵ所かが三寸ほどくりぬかれている。才蔵は節を抜いて輪切りにした短くて細い竹筒を二十数本所持していた。穂だけに長い縄を結び付け、それをすべての竹筒に通しておいて、少しずつ欄間のくりぬきから部屋に入れていく。全部を入れ終わったら、紐をぐっと引く。ばらばらだった竹筒がたちまち長さ十四尺（約四メートル二十センチ）ほどの長大な槍に早変わりする。あとはそれを千の胸に斜め上から突き刺し、引き抜いたらふたたびばらばらにして、手もとにたぐりよせればよい。すべては廊下の天井に張りついた状態で行ったのだろう……」

「忍びでなければできぬことでございますな。まさに『隠し槍』。それにしても、ようだれにも見つからなかったもので……」

「時刻はまだ夜明けまえであった。廊下も暗い。黒い装束を着て天井に張りついていたら見つかるまい。それに、あのとき爆発音が聞こえたため、見張りのうちのひとりはそちらに調べにいった、と申しておった。見張りの注意を逸《そ》らすために才蔵が火薬を爆発させたのであろう」

「なるほど……上さまの知恵はたいしたもの。佐助、感服つかまつった。——もし、上さまが天下人とおなりあそばしておられたら、さぞかしご立派な政をなさったであろう、と思うと家康めが憎うてなりませぬ」

「余は家康を恨んではおらぬ。豊臣家を滅ぼしたのも、天下人になるには必要な道筋であった。わが父太閤殿下も、同じようなことをしておられた。家康は、千の祖父じゃ。余は感謝しておる」

「か、感謝……？」

「もともと余は政などに関心はない。ただ謎解きがしたいだけじゃ」

「ご謙遜を……」

「謙遜ではない。まことの気持ちじゃ。――おまえが、才蔵が竹を五寸ほどに切っていたことや『隠し槍』という術の名を聞き出してくれたおかげじゃ。これで四十五年まえの千の無念が晴らせたように思う。ただ……余の推測が間違っていることも考えられる。才蔵を見つけ出して、真相を問いただしてくれい。余はもはや才蔵に対して恨みはない。このロザリオを返してやってほしい。そして、だれに頼まれたのか、を教えてもらいたい。たとえ依頼主が誰であるかをいまさら聞いてもいたしかたないが、余はまことのことを知りたい、というだけじゃ。その依頼主にも恨みはないぞ。これでせいせいした。あとは死ぬだけじゃ」

「死ぬ……？　ご自害なさるおつもりで……？」

「余がかかる蛇体になっても生き続けてきたのは、千を誰がどうやって殺したのか、という謎の真実が知りたかったからじゃ。それがわからぬままでは、千も浮かばれまい、と思うておった。ようやくそれがわかった今、思い残すことはない。千の側に参りたい」

「上さま……」

佐助は秀頼の気持ちを思い、はらはらと落涙した。

「上さまは才蔵や依頼主に恨みはない、とおっしゃいましたが、偽の千姫さま……天寿院さまに対してはいかがでございましょう」

「なに……？」

「千姫さまに成り代わって江戸城に納まり、政を牛耳っている替え玉の正体を暴かねば、亡くなられた千姫さまの魂は成仏できぬのではありますまいか」

「それはそうじゃが……その術があろうか」

「わかりませぬ。なれど、それが亡くなられた千姫さまに対して上さまができるいちばんの供養かと存じまする」

「む……」

「わしと大助、丸橋もお手伝いいたしまするゆえ、どうかご自害の儀ばかりはおとどまりくだされ」

秀頼はしばらく考え込んでいたが、やがて口を開いた。

「佐助、たしかに千と名乗る女が徳川家において権勢をふるっておることは、まことの千に対する冒瀆《ぼうとく》である。余は、天寿院なるその女の正体を暴き、その企みを阻止してやろうと心を決めた。その方たちも手伝うてくれ。ただし……まえにも申したが、豊臣家の再興などに力を貸すつもりはない。それはわかってくれるな」

「はい、それで結構でござる。わしも、上さま同様、江戸の天寿院についてまことのことを知りたい……そういう気持ちになってまいりました」

「ならば、よい」

ロザリオを秀頼から受け取った佐助は、

「では、才蔵を捜しに行ってまいります」

そう言って一礼すると穴ぐらを出た。そして、しばらくなにやら考え込んでいたが、やがて、風のように走り出した。

◇

深夜に大坂城を出た佐助は、真田大助が隠れ家にしている荒れ寺を訪ねた。大助はすでに帰っていたが、まだ寝てはおらず、燭台のか細い明かりを頼りに酒を飲んでいた。そこらじゅうに蜘蛛《くも》の巣が二重、三重に張られ、その重みで垂れ下がっている。仏像は盗難にあったのか、台座だけがぽつんと置いてある。壁は落ち、床は割れ、ネズミがちょろちょろと走り回っている。佐助は大助の横に座り込み、勝手に湯呑《ゆの》みを手にするとそこに徳利《とっくり》から酒を注いだ。まずはがぶりとひと口飲んでから、

「どうであった？」

大助はかぶりを振り、

「今日は見つからなかった。江戸堀に波兵衛店というのはないのだ」

「なに？ では、才蔵め、つなぎに嘘を書いたのか」

「そうらしい。さすがは忍びのものだ。やることなすこと、なにひとつ信用ならぬのう。こうなると江戸堀にいる、ということ自体が怪しいが、乗りかかった船、出かかった小便だ。最後まで捜すつもりではおる」

「明日からはわしもやる」

佐助がそう言うと、

「頼む。——おまえの方はどうであった？」

「それが、驚いたことに、上さまは才蔵がどのようにして密室で千姫さまを殺したのかを言い当てなすった」

「なに……！」

思わず大声を出しそうになり、大助はそれをこらえた。ここは一応、無人ということになっている廃寺なのだ。佐助は、秀頼の推理をこと細かに大助に教えた。

「ふーむ、なるほど……そういうことか」

「上さまはたいしたお方だ。知恵伊豆などよりよほど知恵がある」

「そのようなお方に、豊臣再興を願うわれら同志の先頭に立ってもらいたいものだが……」

「上さまはまるでその気はないようだ。千姫さまの謎が解けたので自害する、などと言い出したゆえ、思いとどまらせるのに骨を折った。江戸城にいる千姫さまの偽者の正体を暴くためにしばらくは生きておられようが……。わしも豊臣家再興などという夢物語はあきらめ、上さまのお側近くに仕え、お世話をしながら暮らすのも一興、と思うようになってきたわい」

大助は、湯呑みを板の間に叩きつけると、

「なにを申す！　豊臣家再興はわれらが悲願ではないか！」

「静かにせよ。近所から不審がられたらおしまいだぞ」

「そのようなことはどうでもよい！　拙者は父幸村を徳川に殺された。子としてその仇《かたき》を討たねばならぬ」

「おまえの仇家康も秀忠ももう死んだ。誰を討つというのだ」

「徳川家の頂点にいるのは将軍だ。現将軍を討つ」

「会うたこともない二十歳の若造だぞ。なんの恨みがある」

「恨みはないが……」

「上さまは、才蔵やその依頼主への恨み心はない、と言うておられた。自分は謎解きがしたいだけだ、とな。才蔵に渡してくれ、とロザリオも預かってきた。わしもなんとなくそのお気持ちがわかるようになってきた」

大助が、床に転がっていた刀を鞘《さや》ごとつかむと、

「われらが一党を裏切るつもりか。ならば、斬ってすてるぞ」

「ははは……そんなつもりはない。だが、少しだけ、上さまのような考え方ができる御仁がうらやましく思えただけよ。大助、おまえは父を殺され、徳川に恨みがあるかもしれぬが、わしのような忍びは、才蔵同様、依頼されれば敵味方どちらにもつく。わしの場合は左衛門佐さまに惚《ほ》れこんでいたということもあり、豊臣家に最後まで味方したが、上さまに言われてよう考えてみると、左衛門佐さま亡く、家康亡く、秀忠も亡い。徳川の天下は盤石だ。覆すのは容易ではない。豊臣家再興のために、むりやりことを起こしても十中八九失敗するだろう」

「失敗を恐れていてはなにもできぬ。たとえ負け戦とわかっていても、天下に豊臣家ここにあり、という気概を示すのだ。それが武士というものではないか」

「で、また、大勢が死ぬのか？」

「なに……？」

「夏の陣のことを覚えておろう。侍や足軽だけでなく、町人や百姓も大勢巻き添えになって殺された。見るもむごたらしいありさまだったではないか。あれをまた繰り返すのか？　天下万民のためなどと言うて、その天下の万民は自分たちの暮らしがめちゃくちゃになることを望んでいるだろうか」

「む……」

大助は押し黙ると、残っていた酒を喉に流し込み、

「寝るぞ」

そう言ってごろりと横になった。佐助はまだ、燭台の明かりを見つめながらちびちび飲んでいたが、庭の方を見やり、小首を傾《かし》げた。

「どうした。寝ぬのか？」

大助が顔を上げた。佐助はしばらく耳を澄ましていたが、

「気のせいか……」

そうつぶやくと燭台の明かりを吹き消した。

◇

翌日は朝からむしむしとしたうだるような暑さだった。佐助と大助は江戸堀を訪れた。町の会所へ赴き、帳面を見せてもらったが、たしかに「波兵衛店」という長屋はない。しかし、まるっきり嘘ということもあるまい、と調べてみたところ、「海兵衛《うみへえ》店《だな》」というのがあった。

（ここが怪しい……）

そう直感したふたりは海兵衛店という長屋に向かった。場所は江戸堀二丁目で、堀

の南側である。裏長屋ではあるが、かなり規模は大きく、五軒長屋、八軒長屋、十軒長屋などがごちゃごちゃと固まっており、迷路のようになっていた。

「その塩せんべいはなんだ」

大助がきいた。佐助は、早朝からやっている菓子屋で塩せんべいをあがなったのだ。

「才蔵の好物だ。手土産がわりよ」

「ケチくさいのう」

長屋に入り込んだふたりは、かつぎ（振り売り）をしている亭主に朝飯を食わせ、弁当を持たせて送り出したあと井戸端で洗濯をしているかみさん連中に話をきいてまわった。しかし、なかなか情報は集まらない。こういう長屋の連中は案外仲間意識が強くて口が堅い。それと、才蔵はおそらく変名で住み暮らしているはずだから「才蔵という男に心当たりがないか」ときいてもまともな答えが返ってくるわけがないのだ。案の定、「才蔵さんなら知ってるよ」と教えてもらい、五、六人に会ってみたが、全員才蔵違いであった。昼を回り、日差しはますますきつさを増してきた。

「これはいかん」

大助はひっきりなしに流れてくる汗を拭くのに必死だった。佐助が涼しい顔をしているのを見て、

「おまえは汗をかかぬな」

「忍びは汗をかかぬ修行をしておる。汗のひとしずくのせいで居場所が露見し、死ぬこともあるからな」

「わしにもその術を教えてくれ」

「術ではない。修行だ」

大助は舌打ちをしたが、

「ここか……七人目の才蔵の居場所は」

「才蔵か宰三か歳造かはわからぬが、どうせまた他人だろうよ」

「ぶつぶつ言うな。行くぞ」

ふたりは五軒長屋の真ん中の家に向かって声をかけた。

「才蔵さんのお宅と聞いてうかがったのだが……」

なかから現れた小男をひと目見て、ふたりはがっかりした。

「わてがサイゾウやけど……なんの用や」

すでになんの用もなくなってしまったのだが、一応、佐助は言った。

「あんたのほかにサイゾウという男に知り合いはおらぬかのう」

「けったいなことたずねよるなあ。わしのほかにサイゾウなんか知らんわ」

「そうか。お邪魔をしたな。では失礼……」

「あ、待て待て。そう言えば、この近くで火事があって、十軒ほどの長屋が燃えたことがあって、わても駆けつけたのやが、わての友だちも来てて、『おい、サイゾウやないか』てわてに声をかけよったのや。そうしたら、焼け出された連中のひとりが、『わしのことか』て言いよった。『ちがうちがう、こいつのことを言うたのや。あんたもサイゾウゆう名前か？』て友だちが言うたら、そいつ、しまった……ゆう顔をして、『いや、わしは鹿右衛門や。今のことは忘れてくれ』ゆうとった。目が大きゅうて、鷲鼻で、顎が張った爺《じい》さんやったな」

「鹿右衛門だと？　たしかにそう名乗ったのだな」

佐助が急に大声を出して、胸ぐらをつかまんばかりに詰め寄ったので、

「たぶん……そう言うてたと……思う」

「そいつはどこに住んでおる」

「焼けた長屋は建て直したさかい、そこに住んでるはずや。この路地をまっすぐ行って、突き当たりを左に曲がって……」

佐助と大助は男に礼を言うとその場を離れた。大助が、

「やはり海兵衛店にいたな」

「才蔵め、本名を呼ばれて、わしのことか、と答えるとは忍びとしてうかつすぎる。耄碌《もうろく》したのう」

「しかし、名張の鹿右衛門の方が本名ではないか」

「それはそうだが……」

ふたりは教えられた長屋に足を運んだ。入り口には戸がなく、むしろがぶら下げてあった。このあたりはそういう家が多い。戸を盗まれたか、もしくは焚き付け代わりに燃やしてしまったのだろう。しかし、戸がなくても盗まれるものはなにもないのだから心配いらない。家のまえに生い茂っている雑草が、家のなかにまで入り込んでいる。大助が、

「天下の霧隠才蔵ともあろうものがかかる貧乏長屋に住まいしておるとは……」

佐助が、

「おまえの寺もよう似たものではないか」

そう言うと、声をかけずにいきなり足を踏み入れた。

「だれだ……」

暗い部屋のなかから声がした。その声を聞いただけで、佐助には相手が旧知の男だとわかった。

「わしだ。忘れたか」

「な、なに……佐助か」

「久しぶりだな」

「四十五年ぶりだ。どうしてここがわかった」

「いろいろとな。――大助も来ておるぞ」

「大助？　まさか、真田……」

「声が高い。ほかにもいろいろと驚かせることがあるぞ。まあ、上げてくれい。おまえの好物の塩せんべいだ」

佐助と大助は四畳半に上がり込んだ。畳はない。才蔵は塩せんべいを受け取り、顔をほころばせた。

「ありがたい。わしの好物、よう覚えていてくれたな。さっそく皆で食おう。茶でも淹《い》れたいが、葉っぱがない。水で我慢してくれ」

「この暑さだ。水の方がありがたい」

才蔵は大助の手を握り、

「おお……おお……まことの大助殿だ。てっきり死んだものと思うていた。ようもご無事で……」

大助はその手を握り返し、

「じつは、もうおひとり、生きておられたお方がいらっしゃる。拙者もこのまえ知ったばかりだが、大坂城の地下に穴ぐらがあり、そこに潜んでおられたのだ」

「大坂城の地下……？　いったいどなたが……」

佐助が、

「わしがなにを言うても大声を上げるなよ。上げたくなるとは思うが、こらえてくれ」

「馬鹿め。歳はとっても忍びの心得は身についておる。どのようなことがあっても驚かず、あわてず、大声を出さず……。で、いったいだれが生きておられたというのだ」

「上さま……秀頼さまだ」

「な、なにい？」

大助と佐助は笑って、

「だから申しておいたのだ」

「そりゃまことのことか……？」

「うむ。望月六郎が見つけた絵図面に描かれていた抜け穴に入ったところ、洞窟内に閉じ込められ、苔を食して命をつながれた。その結果、生き延びることはできたが、首から下が蛇体になってしまわれた。しかし、それも望月六郎の奸計にて、彼奴《きやっ》ははじめから上さまを蛇にするよう諏訪の望月宗家から命令されていたのだ」

「なんのために……？」

「わからぬが……当人がそう書き残していたのだ」

「蛇体……そのような奇怪な話、とても信じられぬ」

「そう言うのはもっともなれど、わしはこの目で見た。何度もな」

大助が、

「拙者もだ。こればかりは信じてもらうほかない」

「上さまがご存命というのはうれしきことだが……」

「わしらはジジイになったが、上さまだけは不思議なことに、四十五年まえとお顔立ちは変わらぬ。話してみても、あのころとちいとも変わらぬ。おまえにもそのうち会うてもらえると思う」

「そ、そうか……」

三人は、しばらく無言でばりり、ばりりと塩せんべいを食べた。やがて、佐助が、

「おまえのことは、伊賀の縄抜け惣右衛門から聞いたのだ。あの男、おまえのことが心配のあまり、藤堂の殿さまの部屋に忍び込んで、つなぎを盗み見たそうだ。持つべきものは竹馬の友よのう」

「惣右衛門か。これまた懐かしい名だ。一度会うてみたいが……」

「向こうもそう言うておったぞ。――ところで、わしは上さまから預かってきたものがある。才蔵に会うたら返してやってくれ、とな」

「上さまから……？」

「これだ」

佐助は、表に目を配りながら、ふところから取り出したものをそっと才蔵に手渡した。それを見た才蔵は真っ青になり、

「どういうことだ……」

「上さまは、千姫さまが閉じ込められていた部屋のまえでこれを拾われたそうだ。なかに犀と象の絵が描いてあった。上さまはこれを四十五年間、地の底で大事に持っておられたのだ」

才蔵の身体は震えていた。

「わ、わしは……その……」

佐助が、

「心配いらぬ。おまえがキリシタンであることはわかっている。惣右衛門がそう言うておった」

「あの男……いらぬことを！」

佐助は笑って、

「それにしても、まさかおまえの名前が『隠れキリシタン』を意味していたとは、わしも気づかなかったわい」

「気が付かれたら困る」

「上さまは、四十五年間、ずっと千姫さまを殺したのは誰か、どうやって殺したのか、を考え続けてこられた。そして、とうとうその謎を解かれたのだ。——おまえは『隠し槍』を使うたのだろう」

「それも、惣右衛門が言うたのか。あのおしゃべりめ」

「上さまがおっしゃるには、おまえがあのときに使うた術はこうだ……」

佐助は、千姫を暗殺するために才蔵がとったとおぼしき行動について、秀頼から聞いたままを話した。聞き終えて、才蔵はため息をついた。

「恐ろしいご仁だのう、秀頼公というお方は……」

「上さまは、もしも違うところがあったら教えてもらいたい、と言うておられたぞ」

「違うどころか、まるで、後ろで見ていたかのごとく一から十までまったくそのとおりだ。わしは、火薬を爆発させて見張りの注意を逸らし、天井に張りついて、欄間の隙間から『隠し槍』を垂らして部屋に入れた。それから縄を引いて一本の長槍として、見張りたちの頭のうえから千姫さまを突き殺したのだ。そのあと、槍を引き抜き、縄をたぐってすべてを手もとに回収したが、間抜けな見張りどもはなにも気づかなかった。わしはすぐに大坂城を出た。ロザリオを落としたことにはあとで気づいたが、もはや取りに戻るわけにはいかず、そのままになっていた。まさか上さまがお持ちとは……」

「なぜ逃げた？　千姫さまを殺したことがばれぬようにか」

「それもあるが……わしは同じくキリシタンの明石掃部頭さまのご最期にいあわせた。そのとき、キリシタンゆえ自決できぬから、と介錯を頼まれたうえ、首を徳川方に奪われぬよう隠して運び、どこかにひっそりと埋めてくれ、とも頼まれたのだ。わしは城内のさるところに隠しておいた首を取り出し、徳川の連中に見つからぬよう四天王寺にほど近い森のなかに埋めた。戦が終わったあと、そこには小さな墓を建てたが、石の裏側に小さく十文字を刻みいれた」

「そうであったか」

「のう、佐助……上さまはさぞかしわしのことを恨んでおられるだろうな」

佐助はかぶりを振り、

「ところが、上さまはおまえに恨みはない、とおっしゃっておいでだ」

「まさか……」

「本心らしい。あのお方は……度量が大きいというのか、変わり者というのか……とにかくまことのことを知りたい、という渇望がある。その一心で四十五年間過ごしてこられたのだ。そして、それがわかったので満足しておいでだ。それゆえ、このロザリオもおまえに返してやれ、とおっしゃった」

才蔵の目には涙が浮かんでいた。大助が、

「才蔵、おまえはたしかに千姫さまを殺したのであろうな」

「ああ、そうだ。いまさら嘘をついても仕方がない」

「死んだことを確認したのか」

「心の臓を槍で背中まで貫いたのだ。助かろうはずがない」

「では、今、江戸にいる千姫はなんだ？」

才蔵は苦笑いして、

「わしにきかれてもわからぬ。いちばん驚いているのはこのわしだ。殺したはずの相手がじつは死んではおらず、徳川方に助け出されて、そのまま今に至っている。めちゃくちゃだ」

「上さまの話では、天寿院と名乗っているあの女は、大坂城が落ちる直前、千姫さまが殺されたことを知ったお袋さまや刑部卿局が急遽《きゆうきよ》仕立てた替え玉だそうだ。千姫さまは人質として徳川との交渉に使うつもりなのに死なれては困る、ということでな」

「そのときわしはもう城を出ておったゆえ、そんなことは知らぬ。替え玉だと今聞かされて、なるほどとは思うたが……。これまではずっと、槍の狙いが外れており、手当てをしたら息を吹き返したのかと思うていた。やはりわしの腕はたしかであった……」

「偽者の千姫のことでなにか知らぬか。上さまは、天寿院の正体となにを企んでいるかを暴きたい、と言うておられた。例の『まことのことを知りたい』というやつよ」

「さあ……わしは仕事をやり遂げたつもりで、依頼主にその旨を報告した。あとで、『救出された』と聞いて仰天したものよ。さぞかし虫の息であったろう、と思うていたら、かすり傷ひとつなく徳川の手に渡された、というので、わしは悪夢でも見ていたのか……と思わぬでもなかったが……そうか、替え玉か。これでようやく胸のつかえがとれた。上さまではないが、わしも四十五年間、悶々としておったのだ。上さまの言う『まことのことを知る』というのは大事だのう」

しばらく三人はふたたび無言で塩せんべいを食べた。やがて、とうとう塩せんべいがなくなってしまったとき、佐助が言った。

「才蔵、そろそろ話してはくれぬか」

「なにをだ」

「肝心のことよ」

「というと……？」

「とぼけるな。おまえに千姫さまを殺せと命じた依頼主は誰か、ということだ」

才蔵はぬるくなった水を啜《すす》っていたが、

「それは……言えぬ」

「なんだと？」

「おまえも忍びならわかっているだろう。忍びのものは、依頼主が誰かを口外せぬのが掟だ。千姫さまを殺したのはたしかにわしだが、誰に頼まれたかはわしの口からは言えぬ」

「あれから四十五年も経っているのだ。もう、義理立てせずともよかろう」

「そうはいかん」

「相手は生きているのか」

「それも言えぬ」

「頑固ものめ……」

「おまえがわしの立場ならどうする？　依頼人の名を言うか？」

「いや……わしも言わぬだろう」

「それ見ろ。我らの身体には幼いころから叩き込まれた忍びの掟が染み込んでおるのだ」

「ならばわしが言い当ててやろう」

「なに？」

「上さまのおかげでわしも『推し量る』力がついてきたのだ。依頼主は……明石掃部さまであろう」

才蔵は苦笑いして、

「外れだ。明石さまは最後まで信仰を捨てなかった立派なお方として尊敬はしておったが、依頼主ではない。おまえの推量もたいしたことはないのう。——なにゆえ明石さまが依頼主だと思うたのだ」

「む……それは……キリシタン同士でもあるし、おまえがさっき、明石さまの首を取って、ひと知れず埋めるよう頼まれた、と申していたゆえ、な」

「ははは……明石さまが千姫さまを殺す理由を言うてみよ。なんの得にもならぬではないか。千姫さまは、豊臣方にとっては大事の人質。殺してしもうてはなんにもなるまい」

「それはそうだが……」

「佐助、おまえは四十五年経っても相変わらず頭が悪いのう。もうちと考えよ」

才蔵は、佐助との再会がよほどうれしかったのか、昔に戻ってずけずけと言う。

「やかましいわい！」

佐助は頭から湯気を出して怒鳴った。

「明石さまでなければだれだ」

「推し量る力はどうなったのだ。早う推し量れ」

「もうよい！　上さまに考えていただく」

「ふふふ……佐助よ、せっかく久しぶりに会うたのだ。もう少し手がかりをやってもよいぞ」

「そんなものはいらぬ……と言いたいところだが、おまえがどうしても手がかりをやりたいと言うならばもらうにやぶさかではないぞ」

「持って回った言い方をせず、素直に手がかりをくだされ才蔵さま、と土下座せよ。そうしたら言うてやる」

「なに？　貴様、わしに土下座させるというのか！」

大助が、

「佐助、ここは才蔵の勝ちだ。土下座ですめば安いものではないか」

佐助は舌打ちして、

「大助、おまえまでもがわしに土下座させるのか。——仕方ない」

佐助は土間に下りて頭を下げ、

「手がかりをくだされ、あーら才蔵さま、あーら才蔵さま。これでよかろう！」

「あっはっはっはっ……すまぬすまぬ、洒落《しゃれ》がきつすぎた。本当に土下座するとは思わなんだ」

「さあ、今度はおまえの番だ。手がかりとやらを抜かせ」

「わかっておる。——わしが、左衛門佐さまを裏切って、そのお方の依頼を引き受けることにしたたには理由《わけ》がある。わしにとって左衛門佐さまは、伊賀の抜け忍となって追われていたところを取り立ててくれた大恩人だ。そのお方を裏切るほどの理由なのだ」

「だから、それを申せと言うておる」

「急《せ》かすな。――わしはそのお方から千姫さまを殺してほしいと頼まれたときは驚いた。しかし、話を聞いてみると、これはわしがどうしてもやらねばならぬことだと思うた。わが手を汚すことでパライソ（天国）には行けぬかもしれぬが、たとえベンボウ（地獄）に落ちたとしてもやるべきだと考えた」

「パライソだのベンボウだの、わしにはわからぬ。早う依頼人の手がかりを言うてくれ。わしはそのために土下座まで……」

「わかったわかった。――おまえは柳生但馬守宗矩公を知っておるか」

「宗矩……？　ああ、秀忠がじきじきに家康の陣屋まで、千姫さまの無事を言上に行ったときに、家康のもとに控えていたのが柳生但馬だった。そう言えば、あのとき、惣右衛門にも会うたのう……」

「但馬守ももう死んだが、柳生家には但馬守が書き残した『大秘事書付《だいひじかきつけ》』なる文書がある。そこに、すべてが書かれておるらしい。十兵衛《じゅうべえ》三厳《みつよし》が一読してあまりの内容におののき、焼き捨てようとした直後に死んでしまった。暗殺されたという噂もある。それゆえ、文書は今も、柳生の里にある。わしの口から依頼人の名前やことの真相について教えるわけにはいかぬが、その文書を探し出して読むのはおまえたちの勝手だ」

「但馬守はなぜそのようなものを書いたのだ」

「柳生家を守るためだな。かつて柳生家は、隠し田の存在を太閤殿下に讒訴《ざんそ》され、改易の憂き目にあった。それを但馬守が家康にすり寄って、ようよう大名に復帰できたのだ。二度と取り潰されぬよう、もし公儀が柳生家を改易しようとしたら、この文書を公開するぞ、と脅そうというのだろう」

つまり、一種の保険である。佐助は、

「おまえはなにゆえそのような文書のことを知っておる」

「わしは、但馬守を斬ろうと思うていた。だれに頼まれたわけでもない。ある理由で、わしはあの男を許せなかったのだ。だが、さすがにやつは強い。また、周囲のものも手練ればかりだ。何度もしくじった。その過程で、そういう文書の存在を知ったのだ」

「ううむ……その文書は柳生の里のどこにある」

「それは……」

才蔵がそこまで言ったとき、ひゅん……という音がした。

「いかん……！」

佐助は才蔵をかばおうとしたが遅かった。棒手裏剣が才蔵の喉笛を貫いていた。大

助は刀をひっつかみ、外に走り出た。佐助は才蔵を抱き起こし、

「しっかりせい！」

才蔵はなにかを言おうとしたが、喉に手裏剣が刺さっているため、ごぼごぼ……という音にしかならぬ。才蔵は手裏剣を指差した。抜いてくれ、というのだろう。佐助はかぶりを振り、

「抜いたら大出血を起こす。このまま医者に……」

才蔵はみずから手裏剣を握り、むりやり引き抜いた。どっと血がほとばしりでた。

「さ……すけ……」

やっと声らしきものが出た。

「わしは……もう……助からぬ……いつか……こういう日が……来ると思うておった……。やつらは……秘密を知っているわしの……口を封じようと……ずっと……血眼《ちまなこ》になって……捜していたのだ……」

「やつらとはだれのことだ」

「ついに……見つかってしもうたわい……最後に……おまえに……会えて……うれしかったぞ……」

「気弱なことを言うな。おたがいあの夏の陣の生き残りではないか。かならず生きて、秀頼さまに会うのだ」

「はは……それは……むずかしかろう……惣右衛門に……よろしく……伝えてくれ……」

声が弱々しく、かすれていて、聞き取りにくい。

「なにも言うな。出血がひどくなる」

「佐助……これもデウスの……与えたもうた試練なのだ……この世が……平和にならんことを……サンタマリア……アーメン……」

佐助の腕のなかで才蔵はがくりと首《こうべ》を垂れた。

「才蔵！　才蔵！」

叫んだが返事はなかった。佐助は才蔵の死骸をそこに寝かせると、外に出た。大助がふたりの男と戦っていた。佐助の見たところ、ふたりとも忍びのもののようだった。ひとりはがっしりした小男で、腕の筋肉が尋常ではないほど発達している。もうひとりは中肉中背だが、鼻が丸く、頭には髪の毛が一本もない。佐助は忍刀を抜いて大助の側に寄ると、

「才蔵は死んだ」

「うむ」

「どうだ」

「手ごわい」

「わかった」

佐助は刀を横一文字に構えると、

「貴様ら……柳生忍軍だな」

ふたりの男はあからさまに動揺した。大助が、

「柳生だと……？」

「こやつら、構え方が忍びのものではない。柳生新陰流《しんかげりゅう》だ。——そうか、才蔵を長年つけ狙っていたのは柳生忍軍か。さっきの才蔵の話とつじつまが合う」

佐助がそう言うと、小男の方がにやりと笑い、

「何十年も捜しておったが、今日、ようやく居場所をつきとめることができた。おぬしたちのおかげだ。礼を言うぞ」

「なんだと？」

もうひとりが、

「われらは伊賀の里にも手先を送り込んでいる。才蔵と惣右衛門のつながりについても知っておる。惣右衛門は、拷問にかけても口を割るような男ではないから泳がせてあったが、おまえたちが惣右衛門と接触したので、もしやと思い、そこからここまでつけてきたのだ」

佐助は舌打ちをして、

「わしとしたことが……むざむざ才蔵のところまでこやつらを案内してしまったか……」

そして、その男の顔をじっと見つめ、

「思い出したぞ。貴様は、茶店の主……」

「ははは……よう覚えていたな」

大助が驚いたように、

「なに……？　われらが餅を食うた……」

男は笑って、

「お気に召したようでなによりだ。またお越しくだされ」

「うう……忍びは怖い」

佐助が、

「おまえたち、わしらの素性も知らぬのだな」

「知らぬ。知る必要もない。われらの使命は才蔵を殺すこと。おまえたちなどどうでもよいのだ」

「そうか。わしがだれか知ったら、貴様ら腰を抜かすぞ」

「ほほう、言うてみよ。いったいなにものだ」

「わしは……猿飛佐助だ」

ふたりの男は一瞬ぎょっとしたようだが、

「おまえの名は聞いておる。霧隠才蔵の仲間で大坂の陣で活躍したそうだな。だが、今のおまえはただの耄碌ジジイではないか。麒麟《きりん》も老いては駑馬《どば》に劣るというぞ」

「ふふ……わしが駑馬かどうか、確かめてみよ」

佐助は茶店の主の方に斬りかかった。相手は飛び退きざま、刀を横薙《な》ぎにした。跳躍力がすごく、常人の倍ほどの距離をバッタのように跳ぶ。佐助が忍刀の根もとで受けると、またも飛びしさり、矢継ぎ早に縦、横、縦、横……と攻撃してくる。その目まぐるしさに高齢の佐助は、いちいちきっちり受け止めながらも笑い出し、

「あっはっはっ……落ち着け落ち着け。手数を繰り出すだけが能ではないぞ」

「なに？」

「こうすりゃどうかの。――えいっ」

佐助が放った真っ向からの一撃を、相手は受け止めたが、佐助は力ずくで押し破った。額に刀の切っ先が食い込んだ。男は悲鳴をあげて身をよじったが、佐助は鬼のような形相でそのまま刀をぐいと押し込んだ。

「ひぎゃあっ」

男は絶命した。大助は佐助に、

「なにゆえ生かしておかぬ」

「才蔵の仇だと思うと、つい……。こっちの方は生け捕りにしよう」

ふたりはもうひとりに相対した。男は焦りの色を浮かべながらも佐助と大助を向こうに回して戦ったが、二対一ではさすがにかなわない。左右から同時に迫られて、刀を叩き落とされ、ついには板塀に追い詰められた。

「さあ、殺せ」

佐助が男の喉に刀の切っ先を突きつけ、

「なにゆえ才蔵を殺した？」

「知らぬ。あやつは徳川家に関する重大な秘密を知っているから、見つけ次第殺せ、と命じられておる。われらはそれに従ったまで」

「命じたのはだれだ。当主の飛騨守《ひだのかみ》宗冬《むねふゆ》か」

「………」

「言え！　言わぬと……」

佐助は刀の切っ先を男の喉仏に押し付けた。血がたらたらと流れた。

「こ、これは大殿の遺言なのだ」

「大殿……？　但馬守宗矩がことか」

佐助がふたたび詰め寄ろうとしたとき、

「監物《けんもつ》……頼む」

男はそうつぶやくと、いきなり口から大量の血を吐き、どう、と倒れた。駆け寄った大助が、

「死んでおる。舌を嚙《か》んだか」

佐助が、

「いや……舌を嚙んでもこうはならぬ。口のなかに毒を仕込んだ小さな餅かなにかを含んでおり、それを嚙み破ったのだ」

「この死骸はどうする。始末するか」

「いや……今は、長屋の連中は関わり合いを恐れて隠れておるが、わしらが行ってしまったら役人に届け出るだろう。ほうっておけ。それよりも才蔵だ。どこかに葬ってやりたいが、キリシタンの墓でないと嫌がるかもしれぬな。あのロザリオとともに埋めてやろう」

ふたりは刀を鞘に収め、才蔵の家に戻った。死骸のまえで大助が、

「このままでは目立って、さすがに運べぬのう」

佐助が、

「近所で空《あ》き樽《だる》かなにかをもろうてくる。棺桶《かんおけ》代わりだ」

そう言って土間に下りたとき、へっつい（かまど）の陰からなにかが飛び出し、佐助の脇腹をえぐった。それは短い槍だった。佐助は苦痛に顔をゆがめ、

「しまった……柳生忍軍の『三人二身の術』を忘れておった……」

「三人二身の術」とは、ふたりしかいないと見せかけておいて、じつはもうひとりが行動をともにしており、そのひとりはなにが起ころうと姿を現さず、味方が不利になっても加勢せず、じっと隠れたままふたりを見守っている。そして、敵を油断させておいて、最後の最後に一撃で敵を倒す、柳生忍軍特有の術である。おそらく佐助たちが表で戦っているあいだにこっそりと入り込み、ふたりが戻るのを待っていたのであろう。

槍はふたたびへっついの陰に引っ込み、佐助はその場にどうと倒れた。それを見た大助は、

「うおおお……っ！」

獣のように吠《ほ》えながら大きく跳躍し、空中で刀を振り下ろした。

「ぎゃあっ！」

男がひとり、へっついの陰から転がり出た。顔面を縦にざっくりと斬られている。つぎの瞬間、へっついが音を立てて真っ二つに割れた。腕の冴《さ》えに怒りが加わった大助の凄まじい一刀は、へっついごと男を叩き斬ってしまったのだ。苦しみ、もがいているその男には見向きもせず、大助は佐助を抱き起こすと、

「佐助……佐助！　死ぬな！　才蔵のあとを追ってはならぬぞ！」

佐助はうっすら目を開けて、

「わしにかまわず、上さまにご報告を……」

それだけ言うと、ふたたび目を閉じた。大助は、着物の下に鎖帷子代《くさりかたびら》わりにいつも巻いている晒《さらし》を裂いて佐助の傷に当て、上から強く押した。血よ、止まれ……と念じつつ……。

◇

数日のあいだ、佐助は秀頼のまえに姿を見せなかった。

（おかしい……。毎日報せに来る、と申しておったが……）

地下の暗がりで秀頼は佐助が来るのを今や遅しと待っていた。

（不思議なものよ。何十年もたったひとりで過ごしていた。さびしい、と思うたことは一度もなかった。だが、佐助と大助に再会してからは、今は一日会わねばさびしい。困ったことじゃ……）

こちらから出ていくわけにはいかぬ。待つしかないのだ。

（才蔵とのあいだでなにかあったのかもしれぬ。あのふたりのことゆえ心配はいらぬと思うが……）

そんなことを考えながら、秀頼は今日も苔を食べた。望月六郎の手で薬が撒かれた苔だとはわかっていても、ほかのものは食べられないのだ。

「秀頼さま、お目覚めでございますか」

大坂城代内藤忠興と材木奉行寄居又右衛門、祐筆丸橋新平太の三人が現れた。

「うむ……起きておる」

内藤忠興が、

「秀頼さまからのお聞き書きを添えて、秀頼さまの扱いについてご老中に質問状をお送りしたところ、本日、ご老中次席松平伊豆守殿より返書が参りました」

「ふむ、それで……？」

城代は一呼吸置き、

「その蛇とやらが出まかせを言っているただの妖怪だとしたら、無論殺さねばならぬ。しかし、まことの秀頼さまであったならば……」

「余はまことの秀頼じゃ。太閤桐紋の印籠を見せたのを忘れたか」

「もちろん覚えております。あなたさまがまことの秀頼さまであったならば、徳川家にとってたいへんな脅威となるお方。ひそかに殺さねばならぬ、と……」

そう言いながら、忠興はそろそろと後ずさりして、右手を挙げた。寄居又右衛門が鉄砲を構えた。秀頼は、

「さきほどから火薬の臭いがしておったが、そういうことか」

忠興が、

「あなたは本物でも偽者でも、結局は死ぬことになる運命なのでござる。それがしもあなたのようなお方が城におられると、なにかと厄介。この地下を塞げぬゆえ修復工事は遅れに遅れております。この件、応対を誤ると、わが磐城平内藤家七万石に傷がつく。死んでいただくのがあとくされなきただひとつの方法と存じまする」

「さようか。では、江戸の千姫……天寿院の件についてては目をつむるのだな」

「それはご老中が考えましょう。それがしは大坂城代として、大坂城さえ平穏であればよいのです」

「だが、余は天寿院がなにもので、なにを企んでいるのかを知りたい。それを知るまでは死ぬわけにはいかぬのじゃ」

丸橋新平太が忠興に、

「ご城代、あの書状を書かれたとき、伊豆守さまはおそらく、ご城代が送った聞き書きの内容をお信じになられず、からかわれたと思われたのでございましょう。すぐに秀頼さまを撃ち殺してしまうのは早計かと存じまする。もしかするとあとで中身の重大さにお気づきになられ、第二の書状が参るかもしれませぬ。今しばらくご様子を見られた方が……」

「黙れ！　ただの祐筆の分際でわしに意見するつもりか！　寄居、早うやってしまえ」

寄居又右衛門は秀頼の顔面に狙いを定めた。

「余も、その祐筆の言が正しいと思う。待ってみてはどうかな」

しかし、その言葉に耳を貸さず忠興は、

「撃て！」

寄居が引き金を引いた瞬間、隣にいた丸橋新平太が寄居を突き飛ばした。銃口はうえを向き、タン！　という音とともに発射された弾丸は天井に当たった。途端、秀頼は凄まじい勢いで顔を寄居に近づけ、火縄銃に噛みついてへし折ると、寄居又右衛門に頭突きを食らわせた。寄居は吹っ飛び、岩壁に激突した。秀頼は頭部を何度も何度も天井に打ち付け、左右に振り、咆哮した。大量の土砂が落ちてきた。内藤忠興が逃れようとするのを秀頼は首を長く伸ばして追いかけ、追い抜いてから、くるりと顔を忠興に向けて、口を大きく開けた。そこには牙がずらりと生えていた。

「ひええっ……！」

忠興は悲鳴をあげて座り込み、

「お、お許しを……これはみなご老中のお指図でやったこと。拙者の考えではござらぬ」

「いまさらなにを申す」

　忠興の喉に噛みつこうとした秀頼の耳に、

「ご城代！　やはりこちらにおいででおましたか」

　石段のうえの方から聞こえてきたのは大工頭山村与助の声だった。与助は石段を下りながら、

「ご老中からもう一通、後追いで急ぎの書状が届いたのやそうでおます。まえの書状の中身は取り消し、こちらを正規とする、とかで、一刻も早うご城代に読んでもらわなあかんのにどこへ行かれたかわからん。皆で大騒ぎして捜しとりました。もしかしたらこことちがうか、とピンと来たもんで、わてひとりこっそり来てみたら案の定や。さあ、お城へ戻っとくなはれ」

　それを聞いた秀頼は顔を忠興から離した。忠興は、気絶しそうになるのを必死にこらえ、

「ひ、秀頼さま……それがしが間違うておりました。本当に二通目が参るとは……」

「老中がなにを言うてきたか気になる。その第二の書状を読んだうえで、もう一度これへ参れ。それまでその方の命預けおく」

「へへーっ」

　忠興は平伏した。なにがなにやらわからぬ与助は秀頼と忠興を交互に見た。

◇

保科肥後守正之は江戸城中奥にある「御座の間」に向かっていた。家綱は病床にあった。珍しいことではない。生まれつき身体の弱い家綱は、風邪をひきやすく、熱を出してしばらく寝込むことがたびたびあった。しかし、今度の熱はなかなか下がらず、典医も首をかしげていた。小姓に取り次ぎを頼もうとしたとき、襖が開いて、なかから天寿院と刑部卿局が出てきた。天寿院は保科正之の顔を見るとにやりと笑った。

「姉上もお見舞いでございますか」

「少し用があってのう」

「どのような……?」

「それは上さまから直に聞くがよい」

そう言うとふたりは廊下を去っていった。正之は嫌な予感がした。そして、それは的中した。御座の間に入った正之は、下座で控えた。

「肥後か。近う寄れ」

正之は布団に横になっている家綱ににじり寄った。

「お加減はいかがでございまするか」

「うむ……熱は引いた。薬が苦《にご》うて閉口するわい」

家綱は笑った。機嫌はよいらしい。

「肥後、今、伯母上が参られてのう……」

伯母というのは天寿院のことだ。

「伯母上は、天下を統べるこの城に天守閣がないのは徳川家として恥ずかしいことだ、と申されてな。たしかに日本の大名は皆わが家臣。家臣の城に天守があるのに、主の城に天守がないというのはおかしい。伯母上のおっしゃることももっともである。もう天守台はできておるのだ。台はあるのに、うえになにもないというのは滑稽ではないか。ただちに天守閣を建造すべくだんどりいたせ」

「いえ、それは……何度もご説明いたしましたるとおり、天守閣を造るには莫大な費用が必要でございます。今は大火にみまわれたる江戸市中を再建するのが先決……」

「そちはそう申すが、伯母上のおっしゃるには、この城に天守ができたら、江戸の町のものたちは朝な夕なにそれを見上げて誇らしく思い、気持ちが上向くだろうとのことじゃ。余もそう思う。天守閣は江戸のものたちを元気づけるためにも必要じゃ」

「上さま……昔と違い、今は徳川将軍も四代目。そのご威光は天下に輝き、将軍家に逆らおうという大名はおりませぬ。干戈《かんか》を取っての争いの時代は終わり、天守閣などという戦国の遺風はもはや必要ないのです。この城に天守を造らぬのは、そのことを万民に知らしめるためである、とお考えくださいませ。それに、今、公儀には貯えがなく、江戸市中復興のための費用も、各大名や有力な商人に割り当てておるありさま。このうえ天守閣築造の費用を負担させることは難しゅう存じます」

「そういうものかのう……」

「しかも、天守閣というのは見かけは立派なれど、その実、戦時にも泰平の世においても役に立たぬはりぼてのようなもの。住まうこともできず、執務をすることもできず、蔵としても使いにくく、見晴らしがよいゆえ景色を見るに適しておるぐらい。おそれながら天寿院さまがなぜにここまで天守閣にこだわるのかがわかりかねまする」

「伯母上は、姫路城にお住まいなされていたみぎりに毎日見上げていた天守閣の立派さ、雄大さについても語っておられた。また、太閤秀吉が造った大坂城の天守も荘厳であった、とな。そういうすばらしい天守を見てきた伯母上は、天守閣に格別の思い入れがあるのであろう」

「ここはなにとぞ天下人としてのご器量をもって、天守の件はご寛恕《かんじょ》くださいませ」

「あいわかった。当面、この城に天守は作らぬ。それでよいか」

「ははっ……それでこそ天晴《あっぱ》れご名君……」

「世辞を申すな。――それと、伯母上からは余の跡目についてもお言葉があった……」

「え……！」

保科は身体をこわばらせた。

「早いうちに綱重と綱吉、どちらを世継ぎにするかを決めておいた方がよい、とのお考えじゃ。争いごとが起き、徳川家を二分するような騒ぎになってはあいならん、と申された」

「それで……なんとお返事なされましたか」

「伯母上のご心配はようわかりましたが、まだ早うございましょう。ふたりは歳も二歳しかかわらず、どちらが将軍にふさわしいかを今しばらく見極めたいと思います……と答えておいた」

「おお……それでよろしゅうございます」

「伯母上はせっかちでならぬ。余は病がちとはいえ、まだ二十歳を過ぎたばかりじゃ。将軍としてやりたいこともいろいろある」

「おっしゃるとおりでございます」

「――肥後、これを取らせる」

家綱は、五、六個の菓子を小姓に懐紙に包ませると、正之に渡した。

「伯母上からいただいた。京都から届いた餅菓子だそうじゃ。なれど、余は今、風邪をひいており、医者に間食をひかえるよう言われておるゆえ、そちに進ぜよう。持ち帰って食すがよい」

「ありがたき幸せ。なれど、熱が下がって、ようございましたな」

「今朝の医者の診立てでは、まもなく本復するだろうとのことであった。ははは……天下人も情けないのう」

「それを聞いて安堵いたしました」

「伯母上も、なにかにつけて菓子をお持ちくださるのはありがたいが、そのたびに天守閣の話と世継ぎの話を聞かされる。困ったものじゃ」

保科正之は御前から退出した。今日のところは、なんとか天守閣建造と世継ぎの件を阻止することができたが、まだ予断は許されぬ。

(姉上のことだ。また、しつこく上さまをくどきに来られるであろう……)

正之が御用部屋を訪れると、松平伊豆守が茶を飲んでいた。

「上さまの塩梅《あんばい》はどうでござった?」

正之は、家綱の熱が引いたこと、天寿院が天守閣の建造を上さまに直訴したこと、説得によりなんとかそれを阻止したこと、天寿院が早く世継ぎを綱重か綱吉のどちらかに決しておくべきだと言っていたらしいことなどを話した。

「うーむ……天寿院さまはなにをお考えなのか……。もし、秀頼公の言のとおり偽者だとしたら、世継ぎの件はわが子綱重君を世継ぎにしたいだけだとしても、天守閣にこだわることにもなんらかの企みがあるかもしれぬ」

「まもなく大坂に向かわせた三浦小太郎《みうらこたろう》が大坂城に着くころでございます。あの男ならば、秀頼公の真贋《しんがん》を見極めてくれるはず……」

三浦小太郎は保科正之子飼いの隠し目付である。腕が立ち、知恵も働く。これまでも幾度となく役に立ち、徳川家の危機を救ってくれた。正之は、継飛脚の書状のすぐあとに彼を早駕籠で出立させた。早駕籠は昼夜を問わず走り続け、わずか三日で江戸と大坂を駆け抜ける。もちろん宿場ごとに担ぎ手は変わるのだが、乗っているものは交替がない。休みなく激しく全身を揺すぶられ続けるため、大坂に着いたときには五体がばらばらになりそうなほどの痛手を受けるはずだが、さいわい三浦は屈強な男だ。厳しい剣術の稽古によって肉体を鍛え上げている。

(きっとなにか進展があるはず……)

正之と信綱は、三浦小太郎の大坂での成果に期待していた。

「では、そろそろわしは退出しよう」

松平信綱が腰を上げたので、正之は言った。

「上さまからこのようなものをいただきました。おすそわけいたします」

正之は、家綱からもらった餅菓子を三つほど紙に包み、信綱に手渡した。

「おお、それはもったいない。今夜の楽しみといたそう」

正之は苦笑して、

「じつは、出どころは天寿院さまでございます。上さまは風邪が治りきらずお召し上がりになれぬゆえ、それがしに下賜なされたのです」

「なんだ、そうか。――まあ、よい。では、あとは頼むぞ」

そう言って信綱は御用部屋から出ていこうとした。その背中をなにげなく見やった正之は仰天した。そこに人面蛇体の妖怪がこちらを向いて蠢《うごめ》いていたからだ。いつも夢で見ているあれだ。信綱の背中に取り憑《つ》いた亡霊のように脈動している。正之は凍り付いたようにその蛇を見つめた。

「その……菓子を食うてはならぬ……死ぬるぞ……死ぬる……ぞよ……」

蛇体の妖怪は信綱の背中から正之に向かって首を長く伸ばし、そうささやいている。信綱はそのことに気づかず、すたすたと歩み去ろうとしている。

「死ぬぞ……死ぬぞ……死ぬるぞ……」

正之はつぶやくように、

「なぜに……死ぬのだ」

「毒だ……毒が入っておる……」

「まさか……」

「毒……毒……どくどく……」

毒、毒と呪詛《じゅそ》のように繰り返す妖怪に耐えられなくなった保科正之は、信綱に追いすがると、その手から餅菓子を叩き落とした。

「なにをする！」

「毒でございます」

「なに？」

「諏訪大明神のお告げがございました」

　正之は側衆を呼び、

「毒見役を連れてまいれ！」

ただちに毒見役がやってきた。まだ若く、繊細そうな細面の男だ。保科正之が、

「それを食せ。ただし、わずかだけにしておけ」

そう言って餅菓子を指差した。

「かしこまりました」

　毒見役はその場に正座すると、餅菓子を手に取り、まずは匂いを嗅いだ。そして、顔をしかめると、懐から取り出した金属製の爪楊枝《つまようじ》でほんのわずかを掻きとると、口に入れた。そして、しばらく沈思していたが、

「わかりましてございます」

「申してみよ」

「石見《いわみ》銀山《ぎんざん》が少量入っております。ただちに死ぬようなことはございませぬが、長きにわたって摂取すれば身体を壊すことは必定……」

「あいわかった。このこと、だれにも申すでないぞ」

「承知いたしました」

毒見役が退出したあと、正之は信綱の顔を見た。信綱は、

「これは容易ならざること……。天寿院さまが上さまにお渡しなさった菓子に毒が入っておるとは……」

「まさかそこまで……とは思うておりましたが、綱重さまもご病弱。将軍になる時期を早めるために……」

「しっ。それ以上言うでない」

保科正之はしばらく考えていたが、ややあって顔を上げ、

「それがし、大坂へ参りまする。三浦小太郎に任せておる場合ではない。この目でしかと、秀頼公の言、確かめまする」

「そうか、わかった。上さまには病気と届けておこう。天寿院さまのところにも我らが手のものを送り込み、上さまのご身辺にも目を光らせておくゆえ、心置きなく大坂へ参り、秀頼公の吟味をいたせ」

「かしこまりました」

保科正之は頭を下げ、屋敷に戻った。すぐに裏門から一挺の駕籠が外に出た。同じころ、松平伊豆守は、将軍家綱の病は感染症であると判明したため、しばらくは医者以外の面会を一切謝絶する旨を江戸城内に触れた。

「大事をとっての措置であり、お命にかかわるような病気ではないゆえ、心配はいらないが、当面のあいだ、食事の毒見をより厳重にする」

伊豆守はそう言った。そして、その直後、竹橋の上屋敷にいた徳川綱吉のところにも同じく「毒見を厳重にせよ」という指図があった。

◇

大和国柳生の里に「柳生陣屋」と通称される屋敷がある。普段は将軍家指南役として江戸にいる柳生家当主が、帰国したときに住まう場所である。今は、留守居役の荒《あら》川甚五郎《かわじんごろう》という家老が留守を預かっていた。戦国風の茶筅髷《ちゃせんまげ》を結い、いかめしいひげを生やしている。

「荒川さま、五月雨《さみだれ》監物が戻りました」

家臣のひとりが荒川甚五郎に言った。

「監物だけか」

家臣はうなずいた。

「うむ……通せ」

男が入ってきた。頭だけでなく顔全体を布で覆い、目の部分だけをくりぬいている。

「どうした」

「頭を割られました。大坂の医者に診てもらい、五日ほど寝ておりましたゆえ、戻りが遅うなりました。まだ、頭蓋がくっついておりませぬ。あまりにひどいありさまゆえ顔を隠しておりまする」

「うかつだな」

荒川はこともなげに言った。

「津兵衛《しんべえ》と十内《じゅうない》はどうした」

監物はかぶりを振った。荒川は、

「才蔵めにしてやられたか」

「どうやら伊賀の里から才蔵のところに向かった老人ふたりのうちひとりは猿飛佐助だったらしゅうござる」

「なに……？　才蔵と佐助が揃うていたか」

「どちらも片づけましたが、津兵衛と十内を失い、それがしは頭を割られ申した。もうひとりの老人は仕損じましたが……」

「かまわぬ。——津兵衛と十内の死骸はどうした」

「才蔵と佐助の死骸とともに打ち捨ててまいりました」

「それでよい。これにて大殿の遺言を果たすことができた。めでたい。——今日は下がってよい。ゆるりと休み、療養せよ」

「ありがたき幸せ」

監物は頭を下げ、立ち上がって退出しようとした。

「あ、待て、監物。——帆には風」

監物はその場に座った。

「それがしに『居すぐり』とはおひとが悪い」

「居すぐり・立ちすぐり」とは言葉によって味方に交じった敵を見抜く法である。この言葉を聞いたら全員立つとか全員座るとか、あらかじめ決めておいた合言葉に対応できなかったものは敵の回し者ということになる。

「顔が見えぬゆえ、な」

「声でわかりましょう」

「うむ、声は間違いなく監物だ」

「疑いが晴れたようなので、それでは失礼いたします」

「うむ……監物」

「まだなにか？」

「出立する折に渡した旅費、余っていたら返せ」

「ああ、あれはみな使うてしまいました。旅はなにかと物入りで……」

そこまで言ったとき、荒川はいきなり刀掛けの刀をつかみ、抜き打ちに監物に斬りつけた。監物は大きく飛びしさり、

「なにをなさる！」

「馬鹿め。旅費など渡しておらぬわ。貴様、なにものだ」

監物は顔の布を剝ぐと、

「猿飛佐助。七方出で五月雨監物とやらに化けてみたのだ」

「うまいものだな。声などそっくりだ」

そう言いながら荒川は半身になり、刀を斜めに構えた。

「ほとんど声は聞かなかったが、顔の骨格を見ればだいたいわかるものよ」

「監物は死んだのか」

「柳生の忍びは三人とも片づけたが、わしも大怪我を負うた。まだ、腹の傷からは血が滲《にじ》み出とるよ」

「才蔵が死んだのはまことか」

「ああ、柳生の忍びはちゃんと仕事をしたぞ」

「で、おまえはここへなにをしにきた。才蔵の仇討《あだう》ちか」

「ちがう」

「佐助、覚悟！」

荒川は二の太刀を浴びせた。佐助はとんぼを切ってそれをかわし、そのまま部屋を出た。

「逃すか！」

荒川が抜き身を引っさげて追いかけようとしたとき、爆発音が轟いた。濛々《もうもう》と黒煙が上がる。荒川は鼻と口を手で覆いながら、

「火遁《かとん》の術で逃げようというのか。そうはさせぬぞ！」

そう叫んで煙のなかに突入したが、すでに佐助の姿はなかった。

「表に出たか」

そのとき、

「火事だ！　火事だ！」

複数の人間が叫ぶ声が聞こえた。見ると、天井や廊下が燃えている。

「しまった。あやつ、火を放ったか」

爆発音が何度も聞こえてくる。

「おのれ……この部屋に来るまえに、火薬をあちこちに仕掛けていたのだな」

ほかの部屋からも大勢が転がり出てきた。

「荒川さま、早うお逃げくだされ!」

「女子どもを先に逃がせ。おまえたちは大事の品をできる限り運び出すのだ」

荒川はそう言うと、柳生飛騨守宗冬の居室に走り込んだ。そして、床の間に掲げられていた十兵衛三厳の肖像画をむしりとって捨てると、壁を刀で滅多切りにした。壁が傷だらけになると、今度は刀の柄頭《つかがしら》をそこに何度も叩きつけた。壁がひび割れ、漆喰が落ちてもやめない。やがて大きな穴が開いた。背後から炎と煙が迫ってくる。

「荒川さま、もう無理でございます。ただちにお逃げなさいませぬと……」

そう声がかかったが、荒川は振り向きもせず、

「これだけは命に代えても取り出さぬと、亡き大殿に申し訳が立たぬ。柳生家の浮沈にかかわるものだ」

「そうですか。そこに隠しておられましたか」

「なに……?」

荒川が振り返ると、そこに佐助が立っていた。

「そうか……これを持ち出させるために火付けをしたのか……」

荒川は刀を構えた。

「ふっふっふっ……早うわしを斬らぬと、『大秘事書付』が燃えてしまうぞ。ほれ、壁に火が移った。急げ急げ」

「うるさい！」

荒川は佐助に斬りつけたが、焦っているため、足もとに張られた細い紐に気づかなかった。足を取られた荒川は前のめりに転倒した。その後頭部を佐助は棍棒《こんぼう》で殴りつけた。そして、荒川の背中を踏みつけて壁の穴のまえまで行くと、くないを取り出して、穴を広げた。油紙に包まれたものが現れた。

「これか……」

佐助は手を突っ込んでそれをつかみ、ふところに入れると、燃えさかる炎のなかを悠々と立ち去った。その途端、焼けた天井が落下し、柱が倒れ、荒川の姿をかき消した。

◇

「これは……」

江戸から到着した三浦小太郎は、地下の穴ぐらで秀頼と対峙していた。脇には大坂城代内藤忠興、材木奉行寄居又右衛門、祐筆の丸橋新平太が控えている。三浦の顔は蒼白で、声も身体も震えている。早駕籠を急ぎに急がせ、三日で大坂城に入ったときには、あまりの強行軍に身体が悲鳴を上げ、高熱が出て、一歩歩くのもやっとのありさまだったが、しばし休息を、とすすめる城代に、

「いや、お役目が先でござる」

と無理矢理ここに案内させたのだ。蛇体の秀頼に間近に接した三浦は心臓が口から出そうなほどの恐怖に襲われたが、その気持ちを押し隠し、

「そこもとが豊臣秀頼と名乗る御仁であるか。それがしは保科肥後守の家来にて三浦小太郎と申すもの。以後、見知りおかれよ」

「うむ、三浦とやら、役目大儀。――城代、待ってよかったであろう」

内藤忠興が冷や汗を流し、

「ははっ……まこと仰せのとおりでございました。恐れ入り奉りまする」

「ご城代はこのご仁がまことの秀頼公だとお考えでござるか」

「間違いないと、今は思うておる」

三浦は勇をふるって秀頼に向き直り、

「では、それがし、役儀により、いくつかおたずねいたす。腹蔵なくお答えくだされよ」

「余がまことの秀頼かどうか見極めるためか。よかろう」

そのあと三浦は、考えに考え抜いた数々の質問を秀頼にぶつけたが、秀
の問いにも明確にすらすらと答えた。とくに冬の陣、夏の陣における具体的いずれ
ついては、現場にいたものにしかわからないものも多数あり、そのすべてがに
整合していた。三浦はいつのまにか大汗をかいていた。たずねればたずねるほ
の蛇体の人物が言葉が信頼できるもののように思えてくる。丸橋新平太はかたわ
小机を置き、ふたりのやりとりをあまさず書き留めている。やがて、三浦はがば
の場に両手を突き、

「ははーっ」

「どうした。もう吟味は終わりか？」

「あなたさまはまことの豊臣秀頼さま……それがし確信いたしました。役目とは申せ、数々のご無礼の段、お詫《わ》び申し上げまする」

「わかってくれればよいのだ」

三浦は絞り出すように、

「ということは……江戸の天寿院さまは偽者ということにあいなりまする。これは天下の一大事。まずはただ今のやりとりを継飛脚にて江戸へ送ったうえで、それがし、今ただちに江戸城へ立ち返り、わが主保科正之に報告なし、指図を仰ぎまするゆえ、しばらくお待ちくだされ」

そう言ったあと、

「う〜ん……」

と唸って三浦は昏倒《こんとう》した。江戸からずっと張り詰めていた気が、御用が済んだ途端一気に緩んだのだろう。秀頼は沈着に、

「江戸から不眠不休で早駕籠に揺られ続け、着いたばかりなのだ。医者に診せ、しばらく寝かせてやれ」

「かしこまりました」

そんなやり取りも知らず、三浦小太郎はこんこんと眠り続けていた。

◇

数日後の深夜夜明けまえ、真田大助の潜む荒れ寺に佐助が戻ってきた。大助は立ち上がって佐助を迎えた。

「遅かったな。どうであった」

佐助はふところから油紙に包んだものを取り出し、誇らしげに大助に見せた。

「やったか……！」

「うむ。柳生の陣屋を燃やしてやった。これで生涯、柳生に付け狙われるわ、

「その噂はそれがしも聞いた。やはりおまえの仕業だったのだな。相変わらず派手な火術だな。――で、傷の具合はどうだ。医者はまだ当分動いてはならぬ、と申していたが……」

「なんともない……と言いたいところだが、血が止まらぬ。幾重にも晒を固《かと》う巻いてはいるが、しばらくすると真っ赤になっている。これを手にしてまっすぐここに来るつもりだったが、途中で柳生の追っ手を撒いているうちにめまいがしてきて、山中で二日ほど倒れていた。あー、きついわい」

そう言うとその場に仰向けに寝転んだ。

「無茶をするからだ。当分寝ておけ」

「いや……そうもしておれぬ。上さまにこの文書をお見せせねば……」

「今から城に入り込むというのか。死んでも知らぬぞ」

「ここまでやったのだ。上さまにお渡しせねば画竜点睛《がりようてんせい》を欠く」

「そうか……。おまえ、中身を読んだか」

「まだだ。そのような暇はなかった」

「ならば、ふたりで読もうではないか」

「上さまにお渡しするまえにか？」

「開けてみねば、それが『大秘事書付』かどうかわからぬではないか」

「それもそうだな」

佐助も好奇心が抑えられず、油紙を開きはじめた。なかから出てきたのは半紙をつづって折り畳んだものだった。長年壁に埋められていたからか、かなり変色し、紙もぱりぱりになっていた。

「めくるぞ」

佐助は震える指で紙をめくった。そこには「大秘事書付」と大書されていた。

この文書に書かれたることは徳川家の大秘事にて
なんびとも読むことこれを許さず
柳生家当主といえど例外あるべからず
永久に門外不出とすべし
ただ柳生家の存亡危うきときのみ
将軍家に示すことを解禁す
柳生但馬守宗矩（花押）

「ふーん……たいそうなもんだな」

大助が言うと佐助も、

「もったいぶってこんなことを」

ふたりは、中身を読み進めていった。そして、ふたりの顔色は次第に変わっていった。佐助が、

「お、おい……たしかにとんでもないことが書いてあるな」

「これがまことだとすると……いや、まことなのだろうが、『大秘事』と言いたくなるのも当然だ」

「才蔵もたいへんなことの片棒を担がされたものだな」

「すぐに上さまにお目にかけなければならぬが……これを読んだら上さまはおなげきになるであろうな」

「そうだな……。だが、上さまは『まことのことを知りたい』とおっしゃっていた。見せぬわけにはいかぬ」

「それもそうだ。――よし、一緒に行こう」

「なに？」

「おまえの傷が心配なのだ。ふたりならばなんとかなるだろう」

「うむ。正直言ってその方が心強い。柳生の陣屋でとんぼを切ったときにばっくりと傷口が開いてしまったのだ。おまえは植木屋の見習いということにしておこう」

「こんなジジイの見習いがおるか！」

「ははは。——酒はあるか？」

「飲むのか？」

「たわけ。傷にかけるのだ」

佐助は腹部に巻いていた晒を外した。生々しい傷が現れた。佐助は焼酎を口に含み、傷にかけた。

「う……痛い痛い」

「あたりまえだ」

佐助は晒を巻きなおすと、残りの焼酎を飲み、

「これでよい。さあ……行くか」

そう言って立ち上がった。

◇

佐助と大助が松の木に梯子をかけて剪定をしていると、丸橋新平太が通りかかった。

「どこへ行っていたのです」

その口調にはなじるような響きがあった。

「なにかあったのか」

「ご城代が上さまに鉄砲を撃ちかけたのです」

「なにい？」

佐助は思わず大声を出しかけて、

「どういうことだ」

「ご老中からの書状に、それがまことの秀頼であろうとなかろうと殺してしまえ、と書かれていたらしいのです。さいわい上さまはご無事でした。そのあとすぐに第二の書状が届き、今は以前のとおり穴ぐらにおいでです。数日まえに保科肥後守の家臣という仁が江戸から参り、上さまと問答を交わしたうえで、まことの秀頼公であると断定なされました。おそらくは今頃、江戸は大騒ぎになっているのではないでしょうか。そのような大事のときにおふたりがおられぬようでは困ります。それがし、何度も上さまから、佐助と大助はどうしたと問われて、困りました」

「そう申すな。柳生の里へ行っていたのだ」

「柳生……？」

丸橋が首をかしげたとき、

「丸橋！　ご城代がお呼びだぞ」

丸橋はその相手にへらへらと笑いかけ、

「ただいま参りまする」

そう言って立ち去った。

夜半、地下の穴ぐらに入り込んだ佐助と大助に秀頼は言った。

「そちたちの顔が見られずさびしかったぞ。丸橋新平太にきいても知らぬと申すばかりでのう」

佐助は、才蔵を見つけ出し柳生宗矩が千姫殺しの真相を記した『大秘事書付』なる文書の存在を教わったこと、その才蔵が柳生忍軍の手によって殺されてしまったこと、そして、自身が柳生陣屋に潜り込み『大秘事書付』を手に入れてきたこと……などを手短に語った。

「われら、ひと足先に読ませていただきましたが、たいへんなことが書かれておりました。まずはご一読くだされ。ただし……」

「ただし……？」

「お気を確かにお読みいただかねばなりませぬ」

「さようか。あいわかった。——だが、そのまえに、佐助」

秀頼は佐助に顔を近づけると、

「怪我をしておるな」

「えっ……なにゆえおわかりに……」

「血の臭いがする。それに、このまえより顔色が悪い。歩くとき、脚をかすかに引きずっておる。推し量る、というほどでもない。これだけの条件がそろえばだれでもわかる」

「ははーっ」

佐助は涙が出そうなほど感動した。丸橋はまったく気づかなかったのだが、秀頼は自分のことを心配し、よく見てくれているからこそわかったのだ。

「才蔵の家で柳生の忍びにやられました。油断しておりました。なれど、おかげでそやつに化けて柳生の里に潜り込むことができましたゆえ、悔いはございませぬ」

大助が『大秘事書付』を秀頼に渡した。秀頼は、口で一枚ずつめくりながら読んでいたが、やがてすべてを読み終わると、天井を向いて嘆息し、

「そうであったか……余にも、ここまでは読めなかった……」

そして、しばらく硬直したように押し黙ったあと、

「なんと……むごいことではないか。千が不憫《ふびん》じゃ……」

押し出すようにそう言った。

以下は『大秘事書付』の内容を物語風に書き直したものである。

◇

大御所徳川家康は苛立っていた。今が憎き豊臣家を滅亡させる絶好の機であることは間違いない。しかし……そうはしたくなかった。孫の千姫のことが気にかかっていたのだ。千姫は、家康にとって目のなかに入れても痛くないほどの存在だった。やむをえぬ事情で豊臣秀頼と政略結婚させたことをずっと後悔していた。なんとか取り返したかったのだ。一旦和睦し、その条件として千姫を差し出させる、ということも考えていた。豊臣を壊滅させるのが少々先に延びるだけのことではないか。

(千の命には代えられぬ……)

それほどの思いがあった。だから、目のまえに天下がぶら下がっているのがわかっていても、総攻めの触れを出していない。総攻めを行えば、力押しにしてもなんとか勝てるだろう。しかし、それでは淀殿や秀頼が千姫を道連れにして自害する可能性がある。それは避けたい。

一方、秀忠も苛立っていた。父家康の煮え切らぬ態度に、である。孫かわいさに勝機を逸するなど言語道断である。将軍として、また、十五万以上の兵を率いる身として、

(身勝手は許されぬ……)

そう思っていた。秀忠にとっても、千姫はもちろん大事な娘である。しかし、それとこれとはべつだ。これは戦なのだ。戦というものは、今は圧倒的に有利、と思えていても、つぎの瞬間にどういう風が吹くかはだれにもわからない。皆、勝つつもりでやるのだ。

「孫のために今ひとたび和睦を……」

などと言っているうちに、人心は徳川から離れていくだろう。寝返る大名も出るかもしれぬ。流れ弾が家康に当たるかもしれぬし、雑兵の突き出した槍が秀忠の臓腑《ぞうふ》をえぐるかもしれぬ。そうなったら戦局は一気に逆転する。それが怖かった。

(今をおいて時はない……)

秀忠はそう思っていた。家康にもそのことは秀忠以上にわかっているはずだった。

(父上もボケた。孫ボケじゃ……)

何度も、総攻めの触れを出すよう進言したが、家康は首を縦に振らなかった。

「大御所さまも七十を過ぎておられる。またしても和睦すれば、つぎの戦のときには死んでおられるかもしれませぬ」

という言葉が喉もとまで出かかったが、言えなかった。

結局、家康は悩みに悩んだあげく、参謀格の柳生但馬守宗矩に相談した。家康はこの剣術指南役に絶大な信頼を置いていた。それは秀忠も同じだった。ぎりぎりまでためらったあげく、家康は宗矩に言った。

「千姫を救い出す算段はできぬか」

「淀殿は千姫さまの裳裾《もすそ》を握って離すまいと存じまするゆえ、まずは大野修理と交渉するのがよろしいかと……」

「適任者がおるか」

「わが友坂崎出羽守が適任でございましょう」

「うむ、わかった。わしから出羽に話しておこう」

こうして坂崎出羽守は大御所家康から直々に千姫を取り戻すための交渉を託された。秀忠には知られぬように、という条件つきだった。しかし、柳生宗矩には交渉が長引くことはわかっていた。そのうえ最終的には決裂する可能性が大きい。徳川方がどのような条件を出しても、おべっか使いに囲まれいまだに豊臣勝利を信じて疑わぬ淀殿は、おそらく自分に有利な、ややこしい条件を出してくるだろうと思われた。宗矩はそのことを秀忠に言上した。

「あいわかった。大御所はいつまでも煮え切らぬゆえ、余も決断するときがきたようじゃ」

坂崎が家康の御前を下がったのを見澄まして、秀忠は宗矩を従えて坂崎を呼び出し対面《たいめ》した。

「大御所から千姫救出の交渉を頼まれたであろう」

「な、なぜそれを……」

坂崎は宗矩をちらと見た。秀忠は、

「交渉が長引けば味方の士気も下がるし、その間に逆風が吹くかもしれぬ。――出羽、大御所の手前、一応は交渉するとみせかけておいて、千姫を殺すのだ」

「ええっ……！」

これには坂崎も驚愕《きょうがく》した。千姫は秀忠の娘なのである。実の子を殺害せよというのだ。

「千は、徳川家勝利のためには邪魔である。それがために大御所は総攻めをなさらぬ。殺してしまえば、障害はなくなる。総攻めの命令が下れば、今なら一気に豊臣を圧し潰せる」

坂崎は秀忠のあまりの非情さに愕然とするとともに、敵方に嫁がされ、ついには親に暗殺されようとしている千姫の身の上を思った。

「しかし、どのようにして……」

「それはおまえが考えろ。どのような手を使ってもかまわぬが、余が命じたとはだれにも知られてはならぬぞ」

「ははっ……」

「大御所はそちになにを約束した」

「はい……その……恩賞望みに任す、と……」

「よかろう。余もそちに約する。千姫を首尾よう殺せたら、恩賞望みに任す。それでよいな」

「上さま、そりゃまことのことでござろうか」

「なにがだ」

「恩賞望みに任す、ということでございます」

「武士に二言はない」

そのとき坂崎出羽守のなかに「欲」が生まれた。私利私欲ではない。もっと大きな欲である。秀忠が自分の陣屋に帰ったあと、坂崎は柳生宗矩に相談した。

「恐ろしいことではないか。親が戦の勝利のために我が子を殺すというのだ」

「徳川家が天下を取れば、この世から戦はなくなる。この国にはじめて平和が訪れるのだ。千姫さまはそのための犠牲なのだ」

「うむ。どうせ断ることはできぬ。やるしかない。——しかし、どうすればよかろう」

「こういうことに長けているのは忍びの者だが、敵ばかりの大坂城に外から乗り込むのは至難の業だ。おぬし、豊臣方の忍びのなかに知り合いはおらぬか」

　この時期はまだ柳生忍軍などというものは存在しなかった。坂崎出羽守はしばらく考えていたが、

「ひとりだけおる」

「おお、そうか」

　坂崎は声をひそめ、

「おぬしはわしがいまだデウスの教えを捨ててはおらぬこと、知っておろう」

「うむ。徳川家の大名は皆むりやり棄教させられた。従わぬものは海外に追いやられるか、取り潰された。それゆえおぬしも表向きは信仰を捨てたように見せているが、その実、敬虔なキリシタンだ」

「真田左衛門佐の家来に霧隠才蔵という忍びのものがおる。その男もじつは熱心なキリシタンだ。わしは、ある場所で秘密のミサがあったときにはじめて会うた」

「なに？　才蔵といえば真田十勇士のひとりだ。たいそうな腕の忍びだと聞いておる。これは好都合だ。しかし、その者、雇い主の真田左衛門佐を裏切って千姫さま暗殺を引き受けてくれようか」

「そこだ。大御所も上さまも、うまくいけば恩賞望みに任す、と約束してくれた。わしは、禁教令を破棄し、キリシタンへの迫害をやめてもらうつもりだ」

宗矩の顔色が変わった。

「おぬし……本心か」

「当たり前だ。わしは腹をくった。国をくれ、とか、将軍にしてくれ、とか言うておるのではない。耶蘇教を信じることを許してほしい、と申しておるだけだ」

「うーむ……」

「才蔵という男、真田には大恩がある、と申しておった。それゆえ、大金をやろうとか大名に取り立ててやろうとか言うてもおそらく引き受けまい。しかし、禁教令を破棄させる、と言えば、才蔵も引き受けてくれるのではないか、と思う」

「そうか……」

坂崎は大野治長と交渉するふりをしながら、才蔵と接触した。才蔵は、真田幸村への忠義よりも天にましますデウスへの忠義の方を優先せねばならぬ、と千姫暗殺を引き受けた。その後、暗殺に成功した旨の報せが才蔵からあったため、坂崎はそのことを秀忠に報告した。家康は、千姫が死んだと聞かされ、怒りのあまり総攻撃を指示した。結果的に大坂城は落ち、徳川は勝利したのだが、落城時のどさくさにまぎれて千姫は救い出され、無事、坂崎出羽守の陣屋にたどりついた。

驚いたのは坂崎である。死んだはずの千姫が生きていたのだ。しくじったか、と蒼白になったが、誤報のおかげで総攻めをすることができて秀忠は満足だったし、千姫が生きていたのだから家康も大喜びで、坂崎は両所からさんざん褒められた。終戦後、坂崎は家康に、恩賞として「キリシタン禁教令の廃止」を要求した。家康は、それは無理である、加増で我慢してほしい、と断ったが、坂崎は執拗《しつよう》だった。家康では話にならぬ、と坂崎は秀忠のところに行き、同じことを申し入れたが、秀忠の返事は、

「千を殺せと命じたのにしくじったのだから、恩賞など出せぬ」

とにべもなかった。たしかにそのとおりなのだが、それでは才蔵との約束を破ったことになるし、キリシタンとしてはどうしても叶えたい願いなので、坂崎は思い切って秀忠に、もし、禁教令を破棄してくれぬなら、千姫さまを殺そうと自分に命じたことを暴露する、と脅しをかけた。しかし、秀忠は動じず、

「おまえはいまだに耶蘇教の信仰を捨てていないのだな。ならば、改易にするまでだ」

と逆に脅してきた。家臣たちのことを考えた坂崎はやむなく引き下がった。千姫は桑名の城主本多忠政の嫡男忠刻への輿入れが決まった。ほぼ同時に、坂崎に一万石の加増の沙汰があった。これで我慢せよというのか、と坂崎は腹を立てたが、その翌々月、突然、坂崎の屋敷が公儀の軍勢によって囲まれた。やむなく坂崎は家臣たちとともに武器を持って立て籠もり、理不尽なり、かくなるうえは一戦交えて死なん、と応

戦の構えを見せていたところに公儀の使者としてやってきたのが柳生宗矩だった。

「なにをしにきた」

「上さまの命によっておぬしを説き伏せにきた」

「わしを説き伏せられるのはデウスだけだ」

「このままでは改易どころか、家臣一同皆厳罰を受ける。おぬしひとりが腹を切れば、坂崎の家を存続させ、家臣一同に罪は及ばぬようにすることはわしが請け合う」

宗矩がそう保証したので坂崎は納得し、家臣たちのために切腹した。しかし、徳川家は坂崎家を断絶にしてしまったので、家臣とその家族は路頭に迷う結果となった。そうなることを宗矩は知っていたのである。しかも、宗矩は、坂崎が切腹に至ったのは家康が千姫を坂崎に嫁がせると約したが、千姫が坂崎を嫌がったため、輿入れの道中を襲って千姫簒奪《さんだつ》を企てたからである、という噂を撒き散らした。おかげで坂崎はすっかり悪人としての評価が定着してしまった……。

◇

「そういうことか……」

秀頼はしみじみとした声で言った。

「実の親に殺されたとは……千があまりに不憫でならぬ」

大助が、

「たしかにこの文書が公になると、秀忠公の評判は地に落ちますな。あの夏の陣の裏にこのようなことがあったとは……」

佐助が、

「柳生但馬守がこの書付を、柳生家を守るために書き残した意味はようわかります。徳川家としては絶対に表に出したくはなかろう。秀忠公の評判も下がるが但馬守の評判も下がる。柳生にとっては諸刃《もろは》の剣で、徳川と刺し違えるような内容だ」

大助が憤然として、

「この文書を明らかにして、徳川秀忠が情けのない冷酷な人物であった、ということを日本中に知らしめてやりましょう。さすれば、徳川政権の評判も地に落ちまする」

佐助が、

「なにを言う。親に殺されたなどとわかれば、亡くなられた千姫さまの恥になるではないか。千姫さまを殺したものも、その方法も、そして、黒幕が誰であったかもすべてわかった今、かかる文書は焼き捨ててしもうた方がよろしかろう」

秀頼はかぶりを振り、

「いや……千は不憫ではあるが、この文書は真実を示す証拠としてどこかにひそかに保存しておかねばならぬ。恨みをぶつけようにも、暗殺を命じた秀忠殿も、家康公も、坂崎出羽守も、柳生但馬守も、そして手を下した才蔵もすでにこの世のものではない」

佐助が、

「柳生に返してやりましょうか」

「そのような必要はない。柳生家はおまえたちを殺そうとするだろうが、そのときは『大秘事書付』を世間にさらすぞ、と脅してやれば向こうは手を出せまい」

「なるほど！　但馬守が徳川に対してやったことを今度はわれらが柳生に対してやるのでござるな」

秀頼が、

「これにて、千の死についての謎はすべて明らかとなった。しかし、ということは、坂崎出羽守も柳生但馬守も千姫……今の天寿院が偽者だとは知らなかった、ということじゃな」

佐助が、

「さようでございますな」

「千が偽者である件についてはなにも解決しておらぬ。つぎはその謎を……」

と秀頼が言いかけたとき、

「秀頼さま……秀頼さま！」

石段を下りてくる足音とともに声が聞こえた。三人はハッと身体を固くした。大助が、

「こんな夜中にいったい……」

佐助が、

「しっ……静かにせよ。上さま、われらはこのまえのように奥に隠れておりまする」

ふたりが去ったところへ燭台を持って現れたのは、大坂城代内藤忠興、寄居又右衛門、丸橋新平太といういつもの三人と先日秀頼と問答をした三浦小太郎、そして、見知らぬ武士がひとり加わっていた。武士は、鬢《びん》がほつれ、顔色も悪く、衣服も乱れている。忠興が、

「夜半に押しかけまことに恐縮ではございますが火急の用件でございまして……」

「火急とな……？」

秀頼は首をぬうと伸ばして彼らに近づけた。

「ひいい……」

見知らぬ武士が恐怖に顔を引きつらせ、

「うう……聞いていたとおりだ。内藤殿の書状にあったことはやはりなにもかもまことだったのだな」

忠興がその武士をちらりと見て、

「それがしが嘘を書いたとお思いでござったか」

「い、いや、そのようなことは……三浦！」

武士は三浦小太郎を振り返り、

「この蛇……いや、このお方は本当に豊臣秀頼公なのだな」

「間違いございませぬ。それがしの首を賭けてもよろしゅうござる」

「わかった。おぬしほどのものが請け合っておるのだ。信じぬわけにはいかぬ。それに……夢と寸分違《たが》わぬ」

そう言うと武士は秀頼に向き直り、鬢のほつれを直し、乱れた衣服を整えると、

「へへーっ！」

とその場に両手を突いた。

「秀頼さま……それがしは徳川家から現将軍家の補佐役を拝命しております保科肥後守正之と申すもの。秀頼さまに折り入ってお願いの儀これあり、先日、老中松平伊豆守と計り、失礼をも顧みず、これなる三浦小太郎を秀頼さまが本物かどうかの検分役として派遣し、その報告を待つつもりでございましたが、その後事情が変わり、それがしが直に秀頼さまに対面してお願いすることとし、早駕籠にて駆けつけたる次第。ただいま着いたるばかりにて、夜分、見苦しき体にての対面、どうかお許しくださ

れ」

「余になにを頼みたいのじゃ」

「江戸へ、お越しいただきたい」

「なんと申す」

後ろに控えていた城代たちも驚愕した。

「この姿を見よ。江戸まではるばる行く道中、世間の好奇の目にさらされよう。それはご免じゃ」

「その儀につき、知恵伊豆こと松平伊豆守から、よき思案がございました。秀頼さまには多少窮屈なる思いをしていただかねばなりませぬが……」

「どのようにいたすつもりじゃ」

「それはのちほど申し上げることとして、まずは江戸にお越し願いたいというわけをお話しさせていただきとうございます」

「申してみよ」

「じつは……天寿院さま、すなわち千姫さまのことでございます」

「なに……！」

「秀頼さまが、今の天寿院さまは偽者だとおっしゃっている、と大坂城代による聞き取りに書かれておりました。それについて思い当たる節も多数あり、と申して、絶大な権勢を持つ天寿院さまを証拠もなしに偽者呼ばわりすることもできず、憂いておりましたるところ、大事が出来《しゅったい》いたしました。——天寿院さまは公方《くぼう》さま、徳川家綱公の毒殺を企んでおいでのようなのでございます」

「なんと……！」

秀頼も大声を発した。内藤忠興ら四名も仰天した。正之は続けて、

「天寿院さまから上さまに渡された菓子に微量ながら石見銀山が入っておったのです」

「偽の千は、なんのためにそのようなことをいたすのじゃ」

「ご自分がご養子になさった徳川綱重君は次期将軍の有力候補なれど、ご病弱。公方さまより綱重君が先に亡くなってはすべてが水の泡。公方さまを毒殺し、相続の時期を無理矢理早めようという魂胆かと……」

「とんでもないやつじゃ。まことの千ならばそのようなことは絶対にせぬ」

「もし、綱重君が将軍職に就けば、将軍家ご母堂として江戸城における天寿院さまの地位は揺るぎなきものとなり、並ぶもののない絶対の権力を手にすることになります。そうなると、天下の擾乱が起きるのでは、と危惧しておるのでございます」

「天下の擾乱じゃと？」

「はい……諏訪大明神のお告げがございました」

「えっ……！」

「それがしがなにゆえ秀頼さまの言を信じたかと申しますと、ここしばらくそれがしの夢枕に諏訪大明神がお立ちになり、悪しきものが天下の擾乱を企んでいるとの神託をお垂れなさります。はじめはただの悪夢かと思うておりましたが、そのお姿が、顔は人間なれど身体は蛇。しかも、諏訪大明神のおっしゃるには、天下の擾乱を防ぐには、大坂にいるわが憑代に頼むがよい、と……。そんな折に、大坂城代からの書状が到着したのでございます」

「うーむ……なにからなにまでぴたりと符合するではないか……。余も、かかる蛇体になったるは、諏訪大明神を信奉する望月一族の末裔《まつえい》望月六郎が薬をまぶした苔を食ろうたからなのじゃ。望月一族の祖は、かの甲賀三郎である。そして、望月六郎の残した書状によると、諏訪大明神は余を憑代として名指しし、魔物による天下の擾乱をとどめる役目を託したらしい」

「さようでございましたか……！」

正之は大きく合点して、

「こうなっては、もはやあなたさまが秀頼さまであり、しかも諏訪大明神のおっしゃる憑代であること、疑う余地はございませぬ。ただちに江戸にお越しいただき、天寿院さまと対決してその化けの皮を剝がし、天下の擾乱をお防ぎくださいませ。秀頼さまにとり徳川家が仇敵《きゅうてき》であることはよくわかっております。本来、かかる勝手な頼みごと、できた義理ではございませぬが……」

「偽の千は、諏訪大明神によると悪しき魔物だということじゃが、大火で焼け落ちた江戸城の天守を再建することにたいそうこだわっておるようじゃな」

「はい、なにゆえかはそれがしにはわかりかねまするが……」

「天守か……」

秀頼はしばらく考えていたが、

「余は、偽の千が姫路にいた時期に、宮本武蔵が出会ったという、姫路城の天守に棲《す》む長壁姫なる妖怪のことが気になっておる。そのときも、千の子ども、夫、姑、母が次々亡くなったというではないか。皆は、姫路での千は不幸続きであった、と思うていたようだが、もしかするとその不幸は偽の千みずからが起こしていたのではあるまいか」

「えっ……!　ということはまさか……」

秀頼はうなずき、

「石見銀山を盛っていたのかもしれぬ」

保科正之は秀頼の推理の冴えに舌を巻いた。秀頼は、

「魔性のものが千のふりをしてこの世をわがものにしようとしているとしたら、許す

ことはできぬ。その正体を暴き、千の名誉を回復することが余の務めであると思う。悪しき噂が流れたままでは千も浮かばれまい」

「御意」

「わかった。江戸へ参ろう。支度万端頼む」

「あ、ありがたき幸せ……！」

保科肥後守正之は額を地面にすりつけた。秀頼は、

「保科とやら、その方の家臣三浦小太郎を少し借りたいのだが、よかろうか」

正之はちらと三浦を振り返ると、

「お望みのままにお使いくだされ。三浦はものの役に立つ男にて、秀頼さまのご下命、いかようなことであろうときっと満足のいく結果が出せるはず……」

「それは頼もしい。三浦、そちへの頼みというのは……」

秀頼はあることを三浦小太郎に依頼した。三浦はうなずき、

「かしこまりました。万事お任せくだされ」

そう言うとそのまま立ち去ろうとしたが、秀頼は奥に声をかけ、

「佐助と大助、これへ……」

隠れていた猿飛佐助と真田大助はおずおずと姿を見せた。秀頼は保科正之に、

「このふたりはわが腹心の家来。三浦と同じく役立つものども。余と同様に扱《あつこ》うても

らいたい」

「かしこまりました。秀頼さまのお墨付きあるものならばわれらも心許しましょう」

佐助が三浦小太郎に、

「これを持っていかれよ。日に一度豆をやればよい。邪魔だと思われるかもしれぬが役に立つしろものぞ」

そう言って一羽《わ》の鳩《はと》を託した。三浦は押しいただき、姿を消した。保科正之は秀頼に向き直ると、

「ところで、先ほど言いかけました江戸に参る方法でございますが……」

正之が口にしたのは驚天動地の手段であった。

◇

「たいへんなことになった。上さまが江戸に行かれるとは……」

と真田大助が興奮気味に言った。

「まさに絶好の機会ではないか！　全国の同志にこのことを伝えねばならぬ。上さまを奉じて、一挙に徳川家を討ち滅ぼすのだ」

佐助が、

「待て。そのようなこと上さまはお望みではない。偽の千姫さまと対決するために行かれるのだ」

「なにを言う。豊臣秀頼公が蛇体の荒ぶる神と化し、徳川家への恨みを晴らすため江戸に上る、と言えば、皆が勇を掻き立てられ、命を差し出し、一丸となること間違いはない。ついにこのときが来たのだ」

「上さま武江《ぶこう》（江戸）行きの目的は徳川家にかかる暗雲を払うため、つまり、徳川家にお味方するのだ。恨みを晴らすなどと勝手に話を作るな」

「上さまがなにをお考えかは問題ではない。我らがそれを利用すればよいのだ」

「上さまのお気持ちを踏みにじるようなことはしてはならぬ」

「佐助……おまえは変わったのう。ともに徳川を倒し、豊臣家再興を誓ったことを忘れたか」

「忘れてはおらぬ。なれど……上さまと再会して気が変わったのだ。上さまは豊臣家再興などみじんも考えておられぬ。まことのことを知りたいという一心のみで生きておられる。わしもそういう生き方がしてみとうなった」

「裏切り者め」

「殺し殺される血なまぐさい日々はもうまっぴらだ。才蔵も死んでしもうたではないか。わしは、上さまが偽の千姫さまの正体を暴こうとしておられるなら、そのお手伝いをしたい」

「偽の千姫が徳川の世を乱そうとしているならば、われらと目的は同じではないか。ともに手を携えて戦うこともできよう」

「悪しき魔性のものの力を借りるというのか。たわけめ！」

「わしは、どんな手段を使うても徳川を滅ぼしたい。それだけだ。おまえとの縁もこれまでだな。わしはわしで勝手にやらせてもらう」

「それはよいが、上さまの足を引っ張るようなことがあれば、おまえとて容赦はせぬぞ」

「それはわしの台詞だ。おまえこそ、わしの邪魔になるならば……斬る」

闇のなかで、ふたりは決裂し、それぞれの道を歩き始めた。

◇

「象……？」

荒川甚五郎は牢のなかから聞き返した。『大秘事書付』を奪われ、陣屋を焼き払われた彼は、留守居役の職を解かれ、江戸の柳生宗冬からの沙汰があるまで、牢に監禁されていた。全身に大やけどを負っており、あちこちを布でぐるぐる巻きにしている。おそらくは近々、切腹を申しつけられるだろうとの噂であった。

「はい、大坂城から江戸に向かうとのこと」

格子の向こうから荒川に話しかけているのは、かつて腹心の部下であった沢田《さわだ》という男だ。彼は、夜間の牢番として荒川の見張りを言いつかっていた。

「その一行に猿飛佐助が加わっておるというのか」

「この目で確かめました」

「ただちに忍びのものたちにあとを追わせるのだろうな。適当な場所で始末し、『大秘事書付』を奪い返すのだ」

「それが……殿から書状が参り、当面はことを荒立てるな、と……」

「なに？」

「あの文書になにが書かれているのか、殿を含めてだれも知りませぬ。おそらくは大坂夏の陣に関わるなにかであろうと推察されまするが、それも定かではござらぬ。殿は、あの書付を佐助が柳生の里から外に持ち出してくれたのは好都合とお考えのようで、中身がなんであれまことのことであるという証拠もなく、柳生家を陥れるために偽造されたものだと言い張るつもりのようでございます」

「馬鹿な。大殿の書かれたものだぞ。わしはあれを守るためにかかる姿になり、いずれは腹を切らねばならぬ。佐助め……あやつだけは許さぬ。あの世に道連れにしてやる」

「そうおっしゃられても、それがしにはどうすることもできませぬ」

「沢田、頼む。ここから出してくれ。あの老いぼれにこけにされたままでは死んでも死に切れぬ」

荒川は狭い牢の中で中腰になると、格子に手をかけ、揺すぶった。

「それは……できかねまする」

荒川は、どすんと座り込み、

「そうか……そうであろうな……」

しばらく沈黙が続いた。荒川は、

「しかし、なにゆえ佐助が象の供をして江戸に参るのだ」

「象は大量の餌を必要といたしまする。持参するだけでは足らぬゆえ、行く先々で藁《わら》、笹《ささ》の葉、芭蕉《ばしょう》などを刈り取り、食わせねばなりませぬ。植木職のものがいると重宝とのことで抜擢されたとのこと……」

「その象はどこから来たのだ」

「聞いた話では、長崎の出島に天竺から運んできたとのこと。唐物商人が買い取り、将軍家のご上覧に供するために江戸まで連れていくそうでございます」

「ふーむ……象などという珍奇な生きものが長崎から大坂まで道中してきたにして

は、あまり話題にならなかったようだな」

「それが妙なのです。長崎から大坂までどうやって運んできたのか、陸路か水路か、どの道を通り、どこの宿場で休息したか……などまるでわかりませぬ。通常ならば、道筋や各宿場に先触れが参り、前もっていろいろと受け入れのだんどりを指図するはずで、しかも、道々、多くの見物が集まったはず、と思いまするが、そういう噂もなく、まるで大坂に突然湧いて出たような……」

「たしかにおかしいな」

「それがしが象に付き添う役人に確かめてみましたところ、象は昼の日光を嫌い、夜に活動する動物ゆえ、移動はもっぱら夜半に行っているそうでございます。しかも、象は巨体ではあるがきわめて臆病で、群衆が押し寄せると暴れたりして危険であるゆえ、どの道筋を通るかも、あえてその地の名主以外には事前に知らせぬようにしているとのこと。なれど、それがしが本草学の本で調べてみたところ、象は昼間に活動すると書かれておりました」

沢田がそう言ったとき、背後から複数の人間が駆け寄る足音がした。沢田が振り返ると、そこには忍刀を背負った男たちがいた。沢田が、

「なにごとだ！」

先頭の男が刀を抜き、

「我ら柳生忍軍の有志、大恩ある荒川殿を救い出しにまいった。牢の外には我らと志を同じゅうする仲間が百人もおるのだ。沢田殿、鍵を渡していただこうか」

「たわけらめ！　荒川殿を牢に入れたのは殿の指図だ。それに逆らうのか」

「我ら柳生の忍びは、同じ柳生家に仕える身でありながら剣術をもって仕えるものたちよりも格下の扱いを受けていた。それをいつも助けてくれていたのが荒川殿だ。それに、我ら、猿飛佐助に家を焼かれ、今は狭い掘っ立て小屋で暮らしておる。佐助に復讐するのだ。邪魔立てすると、おまえから斬る」

「やめい！　このことが江戸の殿に知れたら……」

「うるさい！」

男は、沢田の喉に刀を突き刺した。沢田はそのまま倒れた。男は沢田が腰にぶら下げていた鍵をつかむと錠を開け、荒川を牢から出した。

「沢田、すまぬ」

荒川はそうつぶやくと、男たちとともにそのまま姿をくらました。

◇

薄暗い部屋のなかで、天寿院と刑部卿局が相対して座している。

「どうやら知恵伊豆と保科肥後守がわらわが家綱さまを殺そうとしていることに気づいたようじゃ」

刑部卿局が言った。

「ただの風邪のはずなのに、面会謝絶とはおかしい。それに、毒見を従来より厳重にし、菓子などの間食も食べさせぬようにしておる。保科肥後守の入れ知恵らしいが、その保科は病気と称して屋敷に引きこもっておる。その屋敷から早駕籠が大坂に向かったとのこと。大坂から、だれかを呼び寄せようとしておるようじゃが、そうはいかぬ。あと一歩で大願成就。この国のすべてを手中できる日は近いというに、ここで阻まれてなろうか。そのものにいかなる力があろうと、わが魔力が上回ることは間違いない。どんな武芸者、坊主、神官もわらわたちを封じることはできぬ」

天寿院もうなずき、

「知恵伊豆にも保科にも邪魔はさせぬ。家綱に毒を盛ることができぬなら、この爪で喉を引き裂き、なんとしても綱重殿を将軍にして、ここに天守閣を建てるのじゃ。さすれば、わらわは永遠にこの城を支配できる……」

蠟燭の炎が揺れている。壁に映った影……それは人間のものではなかった。

「大坂城で千姫さまにわかにお亡くなりになられ、まんまとその機をとらえたのがわれらが僥倖《ぎようこう》。替え玉を立てるなどと申して、徳川家に入り込むことができた。松山の田舎で朽ち果てるところを、大坂城、姫路城を経て、ついに江戸城にたどりついた。ここまで種を育ててきたのじゃ。花咲かさずにおれようか。ふふふ……ふふふふふ……」

ふたりは笑いあった。

◇

大坂城を出立した象は、天竺から運ばれてきた、という触れ込みだった。大坂城で城代たちに見物させたあと、車輪が左右に四輪ずつ、計八輪ついた巨大で頑丈な荷車に乗せ、三十人の人足たちがそれを押し、また綱をかけて曳《ひ》き、象を運んだ。象は足が弱く、長い道中だと四肢に負担がかかるため、と説明されていた。道中奉行には寄居又右衛門が抜擢された。なにゆえ大坂城の材木奉行が象に付き添うのか、という説明はなかった。象の移動はもっぱら夜に限られ、大坂城代付の与力、同心をはじめとする警固の侍たちが前後左右を固め、すれ違おうとする旅人がいても、決して象には近寄らせなかった。夕刻、宿を出て夜通し歩き、夜明け前につぎの宿に着く、という日程であった。保科正之は、早駕籠でひと足先に江戸に向かっていた。

大坂を立って二十日が経過したころ、象一行は箱根宿に到着した。山越えに時間がかかり、すでに時刻は深夜であった。秋の月が中天にかかっていた。宿のすぐ脇には、にわか造りではあるが大きな厩舎《きゅうしゃ》があり、象はそこに入って休息した。虫の音のほかはなにも聞こえぬ、静まり返った山中の小屋で、象は横になっていた。象は藁を与えられていたが、それには手をつけぬ。

「上さま……上さま……」

低い声が小屋の外からかかった。

「佐助か。入れ」

佐助は藁を踏みしめるようにしてなかに入り、桶《おけ》のようなものを象のまえ置いた。象はゆっくりと立ち上がった。耳が大きく、長い鼻はだらりと垂れている。口の両端に牙があり、胴体には丸太のような四肢が生えている。佐助は象の背中に隠された数カ所の結び目をほどいた。象の着ぐるみのなかから、秀頼がにゅうと顔を出した。

「苦しゅうはございませぬか」

佐助が言うと秀頼は苦笑いして、

「苦しゅうないといえば嘘になるが……これもひそかに江戸に向かうためじゃ。やむをえぬ」

「もうかなり来ました。今しばらくのご辛抱でございます」

「うむ……それにしてもこのなかは暑いのう。はじめは蒸れて死にかけたが、涼しくなってまいったゆえ、少しは過ごしやすい」

「苔をお持ちいたしました。どうぞお食事を……」

「そろそろ底をつくのではないか?」

「ご心配なく。ご一行の歩みが遅いので、なくなったら大坂城まで取りに戻ります る」

「すまぬな。――三浦小太郎はまだ参らぬか」

「はい、少々手間取っておるようでございますな」

「あのものならば、なにかをつかんでくれるだろうが……われらが江戸に着くまでに間に合ってもらいたいものじゃ」

佐助は象の着ぐるみを手で撫でて、

「それにしても、象に化けさせるとは、さすが知恵伊豆と呼ばれるだけのことはございますな」

「ははは……長生きはしてみるものよ。余も象になるとは思うたこともなかったわ」

秀頼がそう言ったとき、佐助が忍刀の柄に手をかけ、

「お気をつけくだされ」

「どうかしたか」

「虫の音がやみました」

　秀頼は着ぐるみのなかに首を引っ込めた。佐助はじっと外の闇に目を凝らしていたが、

「そこだ……！」

　手裏剣を三度、漆黒のなかに投げた。カキ、カキ、カキ……と手裏剣を刀で払いのける音が三度聞こえたが、

「ぎゃあああああっ」

　という悲鳴が長く尾を引いた。佐助は笑って、

「最後は二枚一度に投げたのよ。つまりは全部で四枚だ」

　男がひとり、姿を現した。身体のあちこちに布を巻きつけており、その右胸には手裏剣が突き立っていた。荒川甚五郎だ。その後ろには大勢の柳生忍軍が従っている。

　荒川は佐助のまえまで来ると、

「貴様だけは許せぬ。――死ね！」

　荒川は抜刀し、そのまま闇雲に突っ込んできた。佐助と刺し違える覚悟なのだ。佐助は忍刀を抜き、後ずさりしながらその一撃を跳ね返したあと、大きく跳躍して、小屋の外に出た。荒川はなにを思ったか、くるりと向きを変え、佐助ではなく、象に向かって斬りつけた。佐助が、

「なにをする！」

「ようわからぬが、この象にはなにか秘密があるはず。でなければ、かかる深夜に道中はせぬ。貴様を殺せぬなら、この象を殺してやる！」

佐助は荒川の背中に体当たりしたが、荒川はおのれの胸に刺さった手裏剣を左手で引き抜き、佐助の右腕に突き刺した。佐助が忍刀を落としたところを、荒川はその太ももに斬りつけた。佐助はかわそうとしたが、左脚の腱《けん》を切られてしまった。

「くそっ……これでは動けぬ……」

佐助は足を引きずりながら荒川に近づいた。荒川はしゃがみ込み、火打石を出して藁に火をつけた。

「貴様が柳生陣屋を焼いたように、わしも貴様や象もろともこの厩舎を焼いてやる！」

藁はたちまち燃え上がり、火は厩舎の壁に燃え移った。

「う、上さま……！」

佐助は象に近づこうとするが、脚が動かず思うに任せない。勝ち誇ったように荒川が、

「皆の者、象を屠《ほふ》るのだ！」

百名近い忍びのものたちが象に向かって殺到した。そのとき、ひとりの武士が燃え

上がる厩舎に飛び込んでくると、両手を広げて立ちはだかり、先頭の荒川を斬り捨てた。荒川は一撃でこときれた。忍びのものたちは、

「あ……殿！」

その武士は柳生家当主宗冬だった。宗冬は刀を構え、

「おまえたち……これ以上、この男になにかしたいと言うなら、わしを殺してからにせよ」

皆はひるんだ。宗冬は倒れた佐助に向き直り、

「佐助とやら、『大秘事書付』を出せ」

佐助はしばらく逡巡していたが、やむなくふところから紙の束を出し、宗冬に手渡した。宗冬はなんのためらいもなくそれを火中に投じた。

「あっ……！」

佐助も忍びのものたちも同時に声を上げた。

「かようなものはこの世にない方がよいのだ。徳川のためにも、柳生家のためにも」

そう言うと宗冬は刀を納め、

「参るぞ」

振り返らずに厩舎の外に出た。柳生忍軍も頭を下げてそれに続いた。途端、象の背中が割れて、顔が飛び出した。その首から下は巨大な蛇のものだった。それはまる

で、象の腹中に棲む巨大な寄生虫のように見えた。佐助は秀頼に、

「さあ、早うこちらへ……」

着ぐるみから抜け出た秀頼は身体をくねらせながら炎の中から脱出しようとしたが、佐助が動けないのを見てとり、その襟首をくわえてぶら下げると、厩舎から出た。その途端、厩舎の天井が焼け落ちた。火は周辺の林にも燃え移った。

「火事だ……！」

「火を消せ！」

一行のものたちがようやく火災に気づき、宿から駆け付けた。一時は、杉の梢《こずえ》を越すほどの高さに炎が上がっていたが、次第に収まり、明け方近くには鎮火した。

◇

「なに、象とな？」

竹橋の屋敷の居間で天寿院は、侍女に言った。

「はい、ただいま平塚《ひらつか》を越えたあたりとかで、もうあと数日で江戸に到着いたしましょう。なぜかはわかりかねまするが、此度の象の件、伏せられているらしく、ほとんど知るものがおりませぬ。私は松平伊豆守さまのご家来衆のひとりからこっそり聞き

ましてございます」

「巨体の生きものだそうだが、なにゆえ象が参るのじゃ」

「ご病気の上さまをお慰めたてまつるため、保科肥後守さまが長崎よりお買い上げになられたとか……。私はもう見物させていただくのが楽しみでなりませぬ」

「ふむ……あいわかった。下がってよい」

侍女は部屋を出た。天寿院の後ろに控えていた刑部卿局は、

「象とはのう……いかなる武芸者、高僧を呼び寄せるのかと思うていたが、図体《ずうたい》ばかり大きい魯鈍《ろどん》な獣であろう。保科もなにを考えておるのやら。ほほほほほ……。そうじゃ、象に毒を飲ませて、暴れさせ、家綱を踏み殺させるというのはどうかのう……」

そこまで言ったとき、刑部卿局はいきなり廊下への襖を開けた。そこには先の侍女が蒼白な顔でたたずんでいた。

「立ち聞きをしておったな」

「いえ……そのようなことは……」

「貴様、知恵伊豆の回し者か。こちらに入れ」

刑部卿局は侍女の腕をつかみ、部屋に引き入れた。凄まじい膂力《りょりょく》に侍女は抵抗できなかった。刑部卿局は襖を閉めると、

「なにを聞いた」

「な、なにも聞いてはおりませぬ。ほかになにかご用があるかもと……」

「ふふ……ふふふ……さようか……」

刑部卿局は凄まじい力で侍女の両肩を押さえつけ、口をカパッと開けた。だらだらと臭い唾液が零《こぼ》れ落ちた。

「お許しを……！」

悲鳴を上げる侍女の喉に刑部卿局は嚙みついた。その姿は、人間ではないものに変じていたが、それを見ているものはだれもいなかった。息絶えた侍女から流れ出る血を、刑部卿局は一滴残らず吸い続けた。ついに侍女の身体が干物のようにカラカラになり、反対に刑部卿局の腹は臨月のように膨れていた。

「そろそろ、わが眷属《けんぞく》たちに働いてもらうときが来たようじゃな」

刑部卿局はそうつぶやくと、唇についた血を太い舌でべろりとなめとった。

◇

三浦小太郎は、伊予国松山にいた。秀頼に密命を受け、ひとりで城下を探索していたのだ。その内容は「刑部卿局の実家をつきとめ、素性を探れ」というものだった。

はじめは、たやすいご用だと思っていた。なにしろ千姫の侍女であり、大坂城から千姫を脱出させた功労者であり、今も天寿院に仕えている名高い女性である。そのようなことは半刻もあれば調べがつくだろうと考えていたが、その見通しは甘かった。だれも刑部卿局の生まれや育ちを知らないのだ。

（そんな馬鹿なことがあろうか……）

三浦は必死になって刑部卿局の素性を調べ続けたが、なにもわからない。

（解せぬ。あまりに身の上を書いたものが残されておらぬ。まるで……わざと隠したかのようだ……）

旦那寺の人別を繰ってみたが、該当する人物は見あたらない。三日ほど、脚を棒にして城下を歩き回ったが、成果はそれだけであった。しかし、意外なところで情報を得ることができた。

四日目の夕方、山中の寺を訪ねた帰り、道を踏み迷ってしまった。収穫がなにもなかったので苛立っていたのが原因かもしれぬ、と反省したが、もう遅い。すっかり日が暮れてしまったうえ、雨がしょぼしょぼと降ってきた。

「困ったことだ。野宿はご免だわい。――のう、おまえもそう思うか」

ふところに入れたものに話しかけると、

「ほろほう……」

と鳴いた。

「そうか、そうか」

どこか雨露をしのげるような洞窟か農家の小屋でもないか、と探していると、遠くに明かりが見えた。近づいてみると木こり小屋であった。

「拙者、三浦小太郎と申すもの。江戸から参ったが、知らぬ土地で道に迷い、難渋しておる。ひと晩泊めてはもらえぬか」

声をかけると、

「この雨ではお困りでしょう。どうぞお入りなされ」

なかに入ると、老人がいろりのそばでどぶろくを飲んでいた。

「かたじけない」

「なんの。わしは茂平《もへい》という。独り身ゆえ、話し相手はいつでも歓迎じゃや。——まあ、一杯飲みなされ」

「うむ。濡《ぬ》れて身体が冷えてしもうたところに酒とはありがたい。ちょうだいいたす」

ふたりはしばらく酒を酌み交わした。

「これは美味いな。江戸にもかかる銘酒はないぞ」

「はっはっはっ……酸《す》い酒だが、口当たりはよかろう。——江戸からなんのために参られたのじゃ」

「この土地が、刑部卿局さまのご生地と承ってな、調べにきたのだ」

「おお、刑部卿局か。懐かしいのう。かわいそうなことをしたわい……」

聞きとがめた三浦は、

「その方、刑部卿局さまの知り合いのものか？　かわいそうな、とはどういうことだ」

「怖い顔をするな。あの女は本名をおふじと言う。わしの知り合いの裕福な百姓の娘で、和歌やら音曲、生け花なんぞの素養もあったが、兄弟もなく、ふた親を早うに亡くして身寄りがなくなった」

「ほう……耳よりな話だな。詳しく聞かせてくれ」

「かつてこの地に城があった。今の松山城ができるよりまえのことだ。当時としては珍しかった天守閣があった。おふじはその城の若君の乳母として奉公にあがり、そのとき、刑部卿局の名をもらったのだ。しかし、戦国の世のならい、城は攻め滅ぼされてしまった。おふじはやむなく親類を頼って山城国《やましろのくに》に移住した。そのとき伏見城にあった徳川屋敷に奉公に上がり、生まれてまもない千姫の侍女頭となったのだ」

三浦は茂平の胸ぐらをつかまんばかりにして、

「それはまことか！」

「お、おう、まことだ。なにゆえわしが嘘をつかねばならぬ。あの娘はな、ふた親の法事のために一時当地に帰国したときに死んでしもうた。あのまま千姫さまに仕えておれば、今頃は出世しておるであろうにのう……」

「い、今、なんと申した。刑部卿局は死んだ、と……？」

「そうだ」

「病にでも罹ったか」

「いや……崖から落ちたのだ。喉に咬み傷があったゆえ、山中にて狼《おおかみ》か山犬か……獣に咬まれたのであろう」

湯呑みを持つ三浦の手が震えていた。

(刑部卿局が……死んだ……？　では、天寿院だけでなく、刑部卿局も偽者ということになる……)

三浦はどぶろくを飲み干すと、

「その話、もっと詳しく聞かせてくれ！」

「詳しくもなにも……それだけぞな」

「では、今の刑部卿局はいったいなにものなのだ」

「今の……？　今のとはどういうことだ」

きょとんとする茂平に、三浦小太郎は刑部卿局の現在について話をした。

「わははは……そのようなはずはない。あの娘はたしかに死んだぞ。墓もある。身寄りがおらぬで、わしがたまに野の花をたむけておる。嘘だと思うなら、この近くゆえ、今から見にいくか？」

三浦は承知し、ふたりで刑部卿局の墓参りをすることになった。雨脚がきつくなっている。ふたりは蓑《みの》を着て、山のなかの小道を進んだ。

「見よ、これだ」

茂平は太い杉の木の根もとにある石を指差した。そこには「ぎやうぶきやうのつぼねおふじの墓」と彫られていた。

「この文字《もんじ》もわしが彫ったのよ」

三浦はしばらくその石を見つめていたが、矢立てと筆を取り出し、小さな紙に走り書きをした。そして、手に持っていた籠から摑《つか》み出した一羽の鳩の脚の環《わ》にその紙を押し込むと、

「それ……行け！」

鳩はきりきりと空を一周したあと、いずこにか飛び去った。

◇

将軍家綱が面会謝絶の病と聞いて、天寿院は幾度となく見舞いの打診をしてきた。しかし、保科正之はことごとくはねつけた。表向きの理由は、

「天寿院さまに上さまの病がうつっては一大事」

というものだが、無論、天寿院を家綱に会わせぬための方便である。天寿院は、

「わらわのことより上さまのご病気が心配じゃ。伯母としてひと目でもよいから上さまにお会いして、言葉だけでも元気づけたい」

涙ながらにそう訴えた。保科正之はかぶりを振り、

「これは上さまご自身の厳命にございます。たとえ天寿院さまでも従っていただきまする」

「さようか。しかし、上さまのご容態、さほどに悪いならば、お世継ぎのことも決めておかねばなるまい」

「な、なにをおっしゃいますやら。縁起でもない」

「これは政のことじゃ。縁起がどうこうと申しておる場合か。もし、万が一《いつ》上さまご不在となれば、天下のご政道が歪む恐れあり。その機に乗じて、豊臣家復権を企むも

のどもが頭をもたげる事態になったらいかがする。　幕閣の責任じゃと言われてもいたしかたあるまい。上さまのご負担を軽くする意味でも、一刻も早う綱重殿に将軍職をお譲りいただくべきではないか」

「綱重さまもご病弱。次期将軍家については、綱吉さまの名も挙がっております。ここで軽々しく議論するようなことではござりませぬ」

「軽々しく？　そなたたちがわらわを上さまから遠ざけるゆえ、かかる場所で訴えねばならぬのじゃ。わらわが徳川家のことをいかに案じているか、そなたたちはわかっておらぬ」

「いえ……そのようなことはございませぬ」

「綱吉殿はわらわの見たところ将軍の器にあらず。跡目は綱重殿に決まっておる」

「お決めになられるのは上さまでございますれば……」

「ふん……もしも、上さまの病が重うなり、命在旦夕《めいざいたんせき》という事態訪れたときにせいぜいあわてるがよかろう」

「天寿院さま……もしもそのようなことになったるときも、われらにお任せくだされ」

「ふん……わらわに口を出すな、ということか」

「そうではござりませぬが、天寿院さまはご出家の身。政のことなどお気になさらず、心静かにお過ごしくだされたく……」

「だまれ！　たとえ仏門に入っておろうと、徳川家の一員として政のことを気にせずにおれようか。そちたちは天守閣を造らぬ方針のようだが、それもわらわは気に入らぬ。上さまには、これからも天守閣をお造りいただくようお願いするつもりじゃ。きっといつかは上さまにもおわかりいただけると思うておる」

正之はため息をつき、

「そのような差し出口は迷惑至極。先ほども申しましたとおり、お世継ぎのことは上さまがお決めになられまする。まわりの我々は、上さまのお考えに水を差したり、ゆがめたりすることのないよう、最低限の助言だけを行いたいと思うております。どうか天寿院さまもそのおつもりで……」

天寿院は舌打ちすると、刑部卿局とともに溜まりの間を出た。襖が閉まったあと、天寿院は振り返って、燃えるような目つきで部屋をにらみつけると、

「おのれ、肥後守……そちらがその気ならばわらわにも考えがある。これまでは毒を盛ってじわじわ命を縮め、そのあいだに綱重殿の将軍就任を決してしまうつもりであったが、そのようなことは言うておれぬ。しかも、保科の家来が松山あたりを嗅ぎまわっておるとのこと。わが素性が露見せぬうちに早う決着をつけねばならなくなった。綱重殿は家綱以上に身体が弱い。しかし……あまりに早まって、綱吉に跡目が決

してしもうてはなにもならぬ。さてさてどうしたものか……」

そうつぶやいた。

◇

江戸城の将軍家綱の寝所には、松平伊豆守の命令によって、終夜、二名の不寝番（御前不寝）が枕もとに控えていた。隣室ではなく同じ部屋のなかでの不寝番は、将軍が幼少時のみ行われるのが本来だが、「上さまご病気につき、格別の配慮」をしているのだ。

「枕もとにひとがおると、どうも寝つきにくいわい。そもそも余は病気ではないのだからな……」

家綱はそう言いながら布団に入った。半刻ほどしてようやく寝息が聞こえてきたので、ふたりの不寝番も安心したが、ちょうど真夜中頃、部屋のまえの廊下で、ガタリ……という大きな物音がした。不寝番たちは家綱の顔をのぞきこんだが、将軍は眠ったままである。ふたりはうなずきあったが、

「念のためだ。見てこよう」

ひとりがそう言うと、手燭を持って部屋から出た。そして、

「こ、これは……！」

「いかがいたした」

「見てくれ……！」

もうひとりの不寝番も廊下に出たが、そこにあるものを見て顔色を変えた。それは、藁人形だった。五寸釘《ごすんくぎ》が打ち込まれている。

「だれかが呪詛を行ったのか……」

「いや、待て。この紙片……」

人形の胴体に、釘で留められたようになっている小さな紙には「上さま憎し　つなよし」と書かれていた。

「それはなんじゃ」

ふたりの話し声に目を覚ましたらしい家綱が、いつのまにかふたりのうしろに立っていた。藁人形を持った不寝番はそれを隠そうとしたが、家綱は目ざとく見つけ、

「下々のものが呪詛のときに使うという藁人形じゃな。余を呪うたものか……」

「わかりかねまする」

「小児の戯れであろう。藁人形とその紙は焼いてしまえ」

家綱の声は震えていた。

「一応、ご老中や大目付にお見せした方がよろしいのでは？」

「ならぬ」

「なれど、『つなよし』という署名がございます。これは容易ならぬことかと……」

「綱吉殿が余にかかることをするはずがない」

「では、いったいなにものが……」

「知らぬ。呪いなどこの世に存在せぬ。このようなものに振り回されるようでは為政者として失格である」

そう言うと家綱は部屋に戻り、布団に入った。しかたなくふたりも枕頭《ちんとう》に座した。しかし、家綱はなかなか眠れぬようで、ようやく眠りについたのは明け方近くだった。しかも、悪夢にうなされているようだった。

そして、「つなよし」と書かれた藁人形は場所を変えながらそれから三夜置かれたあと、ぱたりとやんだ。家綱は、不寝番たちに「このこと他言無用」と命じたが、噂はどこからか漏れ、保科正之と松平信綱の耳にも入った。信綱は、

「藁人形におのれの名を記すたわけがどこにおる。これは綱吉殿を陥れんがための企みであろう」

正之もうなずき、

「露骨なやり方でございまするな。綱吉殿がいくら弁明しても、呪われた側としては心地がよくない」

「これで、将軍家お世継ぎについて、上さまのお心は綱重さまに傾いたはず。天寿院さまはさぞほくそえんでおられるであろう」

「いつまでも上さまをご病気に仕立てておくわけにも参りませぬ。そろそろご本復を告知しなければ、天寿院さまは跡目を早う決めろ、と言い出されるはず。今、跡目の話を持ち出されると、あのお方の思うつぼ。あとは、秀頼さまのご到着にすべてを賭けるほかありませぬ」

「うまくいけばよいが……」

ふたりの嘆息はいつまでも続いた。

◇

さいわい象の着ぐるみには予備があったので、森林の奥に身を隠して、宿場役人の目を避けていた秀頼も、それをかぶってふたたび道中を続けることになった。脚を斬られた佐助は医者の手当てを受けたが、当分のあいだ速く走ったり、跳んだり跳ねたりすることは無理だ、と言われ、落ち込んでいた。しかし、意地でも警固は続けるつもりらしく、杖をついて一行に従っていた。

「痛い痛い……うーむ、痛い痛い」

ひと足ごとに盛大にうめくので、

「やかましいジジイだべい！」

と寄居又右衛門に叱られていた。

暮れ六つ頃に戸塚宿《とつかじゆく》を出た。しばらく行くと、悪名高き権太坂《ごんたざか》がある。急勾配が長く続く難所である。ようやく整備されたとはいえ、上りきれず、行き倒れになる旅人も多かった。深夜、一行はこの坂に差し掛かった。

「行けーっ！　行けーっ！」

道中奉行が軍配を振り上げて怒鳴る。

「箱根八里もなんとか越えたではないか。あそこに比ぶれば、ここはまだ緩いぞ。しっかりせよ！」

人足たちは裸になって象の乗った荷車を押す。まえのものは綱をかけて引き上げる。しかし、象の重みと急坂によって荷車はずるずると後ずさりする。

「危ない！」

人足たちは必死になって食い止めようとする。そういうことを何度も繰り返しているうちに、ようよう荷車は坂の頂を越えた。道中奉行が安堵の吐息を洩《も》らしたとき、佐助が近づいて、

「どうやらわれらは囲まれておるようにござる」

「な、なに……？」

寄居は周囲の闇を見渡したが、なにも見あたらなかった。

「まことか……？」

「はい、戸塚宿を出たあたりから左右の森林をおよそ四、五十人ほどがわれらと並行して進んでおります」

「ううう……困ったべい。なにものであろうかのう」

「おそらくは豊臣家再興を願うものどもが、秀頼さまを奪還しにまいったかと……」

「油断ならぬ連中だわい。ここで襲われたらわれらは全滅だ。なんとかならぬか」

佐助は決然とした顔で、

「わしが行って、本意《ほい》を聞いてまいりましょうか」

「そうしてくれ。頼む」

佐助は道を逸れ、森のなかへと入っていった。刀を鞘走らせる音があちこちから聞こえてきた。松明《たいまつ》を持った髭面の男たちが大勢、佐助をにらみつけている。彼らのまえを通り抜け、

「大助……おるのか」

佐助が声をかけると、闇のなかから真田大助と丸橋新平太が現れた。佐助が、

「上さまを奪還するつもりか」

大助は笑いながらかぶりを振り、

「そのような気持ちはない。上さまには無事に江戸に着いてもらわねばならぬ。われらはその護衛をしておるのだ」

「護衛だと？」

「そうだ。上さまご存命と江戸ご下向を知り、今、われらの仲間たちが日本中から江戸に集まってきておる。上さまにはなんとしても江戸にまかりこしていただかねばならぬのだ」

「いらぬ世話をやくな。護衛ならばわしらがおる」

「おまえたちが頼りないゆえわれらが出張っておるのだ。箱根の火事を忘れたか」

「知っていたなら、なぜ助けぬ。わしは脚を斬られてこのざまだ」

「すまぬ。まさか火を放つとは思うておらなんだ。――わしも、此度の件、豊臣家を復興し、徳川を倒せばよい……というような単純な話ではない、とわかってきた。天寿院さまはけっしてお味方にはあらず。徳川を倒そうと思うておられるのではなく、その逆で、徳川の天下を盤石とし、それをおのれが牛耳ろうとしているようだな。ならば、われらが天寿院さまに加担することは、われらの主旨に反する」

「やっとわかってくれたか」

「とは申せ、これは徳川家を倒す絶好の、そして最後の機でもある。おまえたちの様子を見つつ、どう出るべきかを考えさせてもらう」

「豊臣家の総帥は秀頼さまだ。その秀頼さまのご意向こそがもっとも大事ではないのか」

「それもわかっておる。われらは徳川の天下は望まぬが、いたずらに世を乱し、魔性のものに加担して、民の難儀を招くようなことはもっと望まぬ。子どもじみた意趣晴らしが望みではないのだ。われらの目的はこの世の立て直しだ。そのこと、上さまによウお伝えしてくれ」

「たった数百人か数千人でこの世の立て直しができようか。十万、百万の味方がおらねばかなわぬこと、無理を承知で推し進めるより、徳川の天下のまま、住みやすいものに変えていく方が民のためとは思わぬか」

「正直言うてわからぬ。それがしはずっと、徳川を倒し、豊臣家を再興することこそが天下万民のためだと思うて生きてきた。だが……秀頼さまのお人柄やお考えに接し、そうではないかもしれぬ、という気になってきた。上に立つものが徳川だろうが豊臣だろうが、織田だろうが武田《たけだ》、上杉《うえすぎ》だろうが、自分たちに都合のよいように政を決め、私腹を肥やし、民から搾取することなく平穏な世の中を維持してくれるものこそがよき主だ。天寿院さまとともに徳川を倒したとしても、それがよりひどい大乱を招くもととなったらなんの意味もない」

「わしもそう思う。大助、秀頼さまの側についてはくれぬか」

「そうはいかぬ。しばらくは様子を見させてもらう。偽の千姫さまがなにもので、なにを企んでおるか、そしてその目的をたしかめ、それがわれらと合致せぬならば……」

大助がそこまで言ったとき、なにかがふたりのあいだに舞い降りてきた。佐助と大助は飛び退いた。それは一羽の鳥だった。

「鳩……？」

佐助はその鳩の脚にはめられている環から紙片を抜き取った。その顔が曇った。

「見よ、大助」

大助はそれを見た。そこには「刑部卿局はすでに死んでいる」と書かれていた。ふたりは顔を見合わせた。佐助と大助はその紙片を持って秀頼のところに行った。

「大助、久しいのう。そちの顔が見れぬのはさびしかったぞ」

秀頼は象の着ぐるみから顔を出すと、そう言った。

「ははっ……申し訳ござりませぬ」

大助が恐縮して頭を下げると、

「よい。人間は死ぬまでおのれの思うところに従って動き続けるのが幸せだ。――なにかあったか」

佐助が、三浦小太郎から届いた紙片を見せると、

「千のみならず刑部卿局も偽者とは……そやつらはよほど化けるのが得意なものどもじゃな……」

秀頼はそのあと、じっと黙り込んだ。大助が、

「なにかご不審でも……？」

と言いかけると佐助が、

「こういうときは推し量っておられる最中だ。黙って見ておれ」

大助も口をつぐんだ。そして、しばらくしてのち秀頼はふたりに向かって、

「松山……化ける……そうか、そういうことか……」

はればれとした顔でそう言った。

◇

保科正之は、家綱の病気が本復した、と発表した。家綱が、いつまでも病人扱いでは不自由だと言い出し、その言を容れざるをえなくなったのだ。しかし、本復したのならば対面したいとしつこく申し入れてくる天寿院の懇願を保科正之は頑として許さなかった。

「なに……？　象が来るとな？」

家綱は身を乗り出した。

「余も、絵を見たことがある。クジラのごとき巨体の獣で、長い鼻を手のごとく使うとか。だれが買《こ》うたのじゃ」

家綱お気に入りの小姓は、

「先ほど天寿院さまがそれがしを呼び止めてお話しされたところでは、会津中将さま（保科正之）が上さまをなぐさめんと、長崎の唐物屋で買い付けたとか……。もうまもなく江戸に到着する由《よし》でございます」

「さようか。肥後守を呼べ！」

ただちに正之は御前に参上した。

「余は象が観《み》たい。到着次第、象を連れてまいれ。よいな」

「その儀は今しばらくお待ちくださいませ」

「ならぬ。余は象が観たい。観たい観たい観たい観たい」

「それがしが象を取り寄せたること、どこからお聞きになられましたか」

「小姓が、伯母上から聞いたそうじゃ」

正之は内心舌打ちをした。秀頼と天寿院を対決させたあと、象は病気で死亡したと発表すればよい、と思っていたのだが、こうなってはどうにもできぬ。かくして家綱の意向で「観月の儀」が保科正之の上屋敷で催されることとなった。そこへ家綱が「御成《おなり》」をし、象は主人役である正之から主客である家綱への「引き出物」という形で供されることになった。出席者は家綱、御台所の顕子《あきこ》の方《かた》、天寿院、綱重、松平伊豆守、保科正之、老中阿部忠秋《あべただあき》、御側衆中根正盛《おそばしゅうなかねまさもり》、三奉行……といった主だった幕閣や諸大名などである。

その数日後の深夜、象はだれにも見られることなく保科正之の三田の屋敷に運び込まれた。そのことを正之の家臣や使用人たちもほとんど知らされることはなかった。

月見の宴《うたげ》の前日の晩、屋敷にある広い庭先に天寿院と刑部卿局は立っていた。刑部卿局が、

「良い月じゃのう。これなら明日の宴の月も見事であろう」

あちこちに置かれた石や前栽《せんざい》の陰から茶褐色のなにかが走り出ては、また隠れる。刑部卿局はその様子を愛おしそうに見ていたが、天寿院に小声で言った。

「象の到来は我らがために絶好の機会となった。明日の手はずはわかっておろうな」

天寿院は大きくうなずき、

「月見の席で、久々にわらわは老中、諸大名と会う。皆が上さまに祝いの品々を贈られるが、目録によると綱吉殿の贈りものは時服百枚と決まっておる。歴々ご列席のまえでわらわは綱吉殿に、『綱吉殿に上さま呪詛の疑いがあるというがまことか』と問

いた。綱吉殿は、身に覚えがない、と申されるであろう。そこで大目付に綱吉殿の贈りものを調べさせると、時服のあいだから、そなたが隙をみて押し込んでおいた藁人形と紙片が見つかる……」

刑部卿局はにやりと笑い、

「どのような申し開きをしても、綱吉殿の信望は下がるはず。宴が終わったらただちに上さまのところに参り、世継ぎの件を決めてしまおう。そして、そのあと上さまを亡き者にすればよい」

そして、庭に向かって呼び掛けた。

「わが眷属たちよ……おまえたちも長らく待たせたが、ようやくこの国を我らが支配するときが来た。人間どもを皆奴隷として我らの帝国を作るのだ。我らは弱い禽獣《きんじゅう》じゃが、たまに我ら両人のように化ける能力《ちから》を持つものがおる。ただし、死んだものにしか化けられぬが、人間にはこのような能力はない。この力だけを武器に、われらは人間のなかに入り込み……ついにこの日が来た。綱重殿が将軍になり、天寿院がその背後で天下に号令を下せば、豊臣家復権を願うもの、耶蘇教をひそかに信じるもの、重い年貢に苦しむ虐げられた百姓ども、外様大名たち……この国をひっくり返そうと思うておるものたちが我らに味方するはず。いずれは外国《とつくに》にも攻め上り、世界を我らのものとせん。その輝かしい一歩が明日記されるのだ」

そう言うと、木の実をばらばらと撒いた。暗さゆえによくは見えないが、その実を食らう何百という獣たちのはあはあという息遣いが庭から伝わってきた。

◇

その日の夜、天寿院と刑部卿局は、指定された時刻に保科正之の上屋敷に入った。しかし、そこで待っていたのは保科正之と松平信綱だけであった。広々とした広間にたった四人である。天寿院が、

「とうに月は上っておる。上さまのお成りはまだか」

保科正之が、

「本日、上さまはお越しになられませぬ」

「な、なに……？　なにゆえじゃ」

「にわかに病再発したるため、と聞いております」

「老中や諸大名はいずこじゃ」

「上さまご病気ゆえ、本日の月見の宴は取りやめとあいなりましたゆえ、どなたもお越しにはなられませぬ。綱重さまにもその旨、先ほどお伝えいたしました。この広間には当分のあいだ、だれも近寄らぬよう命じておりまする」

「なんと申す！　それならば、なにゆえわらわにそのことを知らせなかったのじゃ！」

「それは……天寿院さまにはお越し願いたかったからでございます」

「どういうことじゃ……」

「あなたさまが上さまを殺そうとし、その罪を綱吉さまに負わせようとしたことは明白……」

「なにを申す。わらわはそのようなこと……あっ！」

保科正之は、いきなり天寿院の胸もとに手を伸ばした。

「無礼者め！　下がれ！」

しかし、そのときすでに正之はなにかをつかんでいた。それは藁人形だった。

「これはなんでござる」

「し、知らぬ。廊下で拾うたのじゃ」

「かような呪物、拾うたにしても晴れの席に持ち込むはずがござらぬ。あなたさまのものでございましょう。これでもまだ言い訳をなされますか」

「知らぬと言うたら知らぬ！　わらわは帰る」

「そうは参りませぬ。あなたさまに会うてもらいたい方がおられるのです」

「な、なに……？」

そのとき、広間まえの庭からなにかが現れた。天寿院と刑部卿局は「ひっ……」と叫んで後ずさりした。それは荷車に乗った象だった。しかし、すぐに天寿院が、

「なんじゃこれは。わらわの目は節穴ではないぞ。ようできてはおるが、まことの象にあらず。ただの着ぐるみではないか。かかる偽物を上さまご上覧に供しようとは片腹痛い。下がれ！」

それを聞いた保科正之が哄笑した。

「偽物だと？　貴様たちこそ偽者ではないか」

「なに？」

天寿院と刑部卿局の顔色が変わった。

「貴様たちが松山と大坂城で入れ替わったことはわかっておる。きりきり白状して正体を現せ！」

刑部卿局が天寿院をかばうようにまえに出ると、

「黙れ黙れ！　今大奥での権勢並ぶものなき天寿院さまにいわれのない誹謗を浴びせるとは、たとえ天寿院さまの弟君とはいえ、許されませぬぞ。それでもわれらを偽者だと言い張るならば、たしかな証拠をお見せなされませ！」

天寿院も、

「そうじゃ、証拠を見せよ！」

保科正之は一歩も引かず、

「証拠はある。――これが証拠だ！」

そう言って象の背中の結び目を解いた。なかから男の顔がぬうと突き出た。天寿院が、

「やはり、そうか。なかに人間が隠れていたのじゃな。つまらぬ小細工を……」

「千、余の顔を見忘れたか。一時は余の妻だったはずではないか」

「――なに？」

天寿院はしばらくその顔を見つめていたが、

「お、お、おまえは……秀頼！」

刑部卿局もはっと気づき、

「そ、そんな馬鹿な……。秀頼は大坂夏の陣で淀殿とともに自害したはず……。そうか、おまえこそ偽者の秀頼であろう！」

「はははは……余はまことの秀頼じゃ」

そう言うと、秀頼の顔はいきなり高々と天井近くまで上昇した。首から下が蛇と化しているのを見て天寿院と刑部卿局は悲鳴を上げた。秀頼の顔はふたりに近づくと、

「ふたりとも覚えておろう、あのとき大坂城でなにがあったか、を。千は、幽閉された部屋で殺され、人質として使うつもりだったお袋さまが困り果てたとき、刑部卿局

が千の替え玉として登世なる女を差し出したのではなかったかのう」

「知らぬ……知らぬ知らぬ！」

ふたりはかぶりを振った。

「おまえたちは城を抜け出して坂崎出羽守の陣屋にたどりつき、そのまま徳川家に戻って姫路に嫁いだ。よく素性が露見しなかったものよ」

刑部卿局が、

「かくなるうえは貴様を殺すしかない。覚悟せよ」

「畜類の分際で、諏訪大明神の憑代たる余を殺せるかな」

「な、なにっ……諏訪大明神とな！」

「この蛇体こそその証拠。おまえたちの正体を当ててやろう。そのために余ははるばる江戸まで参ったのじゃ。──刑部卿局、おまえは刑部狸《ぎょうぶだぬき》であろう」

刑部卿局は蒼白となった。

「ようわかったな……」

「松山には刑部狸の言い伝えがある。おまえが松山の出であることを思い出したのじゃ」

松山の狸は眷属の数八百八匹ともいい、天智天皇《てんじてんのう》の御代から悪名高い存在だが、その総帥が「刑部狸」である。刑部というのは、松山城の城主から授かった官職で、その礼として刑部狸は松山城の天守閣に棲んで城を守護していた、という。

「刑部卿局の墓が山中にあることも確かめた。おまえはまことの刑部卿局が里帰りしたときに殺して入れ替わり、なに食わぬ顔で徳川家に戻ったのであろう。そして、千の侍女頭となって大坂城にも同行した。まことの千が殺されたのをよいことに、その狸を千そっくりに化けさせたのであろうな。おそらくそのころ、もう一匹の狸を松山から呼び寄せたのであろうな。まことの千が殺されたのをよいことに、その狸を千そっくりに化けさせた」

刑部卿局の顔に、ふっ、ふっ……と茶色い毛が生え始めた。

「秀頼殿は昔から聡明利発であったが、まさかわれらの正体を言い当てる日が来ようとはのう。あてずっぽうとはいえ、たいしたものよ」

「あてずっぽうではない。知恵をもって推し量ったのじゃ」

刑部卿局の顔は、今や茶色い毛で覆われていた。

「ふふふふ……我ら妖怪変化は、おのれとよう似た名前のものには化けやすいのじゃ。わらわが徳川家から里帰りしてきた刑部卿局に成りすましたのも、はじめはそれだけの理由であったが……ここまでの立身ができるとは思うていなかった。千姫に化けさせたのは千畳狸《せんじようだぬき》という名のわが眷属じゃ」

その千姫……天寿院の顔にも毛が生えはじめていた。

「当初は松山城の守護で満足していたが、崖から落ちてもがいていた女が刑部卿局という名だと知り、咬み殺して入れ替わった。その女が徳川家の千姫付だったことで、わらわの位も少しずつ上がっていった。そうなると欲が出る。大坂城に入ったときは『しめた！』と思うたが、その大坂城が徳川家に攻め立てられ、このままでは死んでしまう、というとき、千姫が殺された。わらわもずっと狙うていたのじゃが、淀殿が囲い込み、監視を怠らなかったゆえ果たせなかったのじゃ。それを機に、千姫とこのものを入れ替えることができ、しかも落城まえにまんまと徳川方に帰ることができた。あとは立身につぐ立身じゃ」

「姫路城の天守に棲んでいた、という長壁姫もおまえだろう。『刑部』は『おさかべ』とも読むからのう」

「宮本武蔵なる剣豪が参ったるときは驚いたが、あしらってやったわえ」

「なにゆえ千の夫本多忠刻公や姑、母親、子どもまでを殺したのじゃ」

「言うたであろう。欲が出たのじゃ」

刑部卿局は、首筋や腕までも毛だらけになっていた。

「姫路にいても、松山と同じく田舎大名の跡取りを操るだけ。江戸に参り、江戸城の天守に棲むことができれば、天下を手中に収めることができる。そう思うたのじゃ」

「我が子まで殺さずともよかろう」

「ほほほほほ……狸と人間のあいだに子ができようか。勝姫も幸千代も、千姫に懐妊のふりをさせ、城下からさらってきた赤ん坊を『生まれた体《てい》』にしたまでのこと」

「なるほど……当時は余の祟りだと吹聴するものがいたと聞く。よい迷惑じゃ」

「身内を殺したことで首尾よく江戸に戻れることになり、千姫を綱重殿の養母とすることができた。あとは綱重殿を将軍職に就けることさえできれば、この世を我らの意のままにできる。江戸城に天守閣を設けることも、どのような贅沢も、歯向かうものを皆殺しにすることも思いのままじゃ」

「ひとつわからぬのは、なにゆえおまえたちが天守閣にこだわるか、じゃ。天守閣にはなんの意味がある」

「さすがの秀頼でもわからぬか。松山城を守護するためその天守閣に棲み暮らしておるとき、わらわはある『気』を感じた。天守閣というものは本来、城には不要である。それをあえて造るというのは、戦の折、兵力の象徴として敵を脅し、味方を鼓舞する、一種の妖気を結集する働きがあるためじゃ。異国には、何万という人夫が長い歳月をかけて作った比良御堂《ピラミッド》なる四角錐《しかくすい》の巨大なる建物が数多くある。四角錐には、先端に自然界の『気』を集め、なかにいるものの命を永遠に保つ『比良御堂力《ピラミッドパワー》』なる力があって、これは四角錐が大きければ大きいほど効果がある。天守閣はわが国の比良御堂じゃ。わらわが天守閣に棲みたいと願《ねご》うておるのも、永遠に生き続け、この国を支配せんがためじゃ」

「なるほど……これですべての謎が解けた。礼を言うぞ」

「礼など言うには及ばぬ。貴様たちはここで死ぬのだからな」

そう言うと、刑部卿局と天寿院は身の丈十尺（約三メートル）ほどもある巨大な狸の姿へと変じた。そして、遠くに向かって、

「八百八匹のわが眷属たちよ。ここにおるものどもを殺してしまえ！」

どこに隠れていたのか、塀を乗り越えて狸が続々と庭に入り込んできた。化ける力はないにしても、ただの狸ではない。大きさは狼ほどもある。目を爛々《らんらん》と輝かせ、牙を鳴らし、熱い息を吐きながら、広間へ上ってきた。その数は、たしかに八百八匹ほどもおりそうだ。保科正之と松平信綱は刀を抜いた。信綱が正之に、

「早う宿直《とのい》のものたちに知らせてくだされ！」

刑部狸が、

「そうはさせぬ」

そう叫んで、正之と信綱に咬みついた。ふたりは気を失ってその場に倒れた。天井から飛び降りてきた佐助が秀頼のまえに立ち、痛そうに顔をしかめながら忍刀を構えた。

「久しぶりだのう。あのころはまさか狸が化けているとは思うておらなんだわい」

刑部狸は右手を上げ、

「かかれ!」

狸たちは一斉に秀頼と佐助に襲い掛かった。佐助も老人のうえ手負いの身である。たちまち壁際に追い詰められてしまった。秀頼は蛇体をくねらせて猛然と狸たちを追い払い、頭突きを食らわせ、長い胴体で締め上げてはいるが、相手が多すぎて追いつかない。刑部狸と千畳狸は高笑いして、

「殺せ!　咬み殺せ!」

そのとき、騒ぎを聞きつけた夜番の侍たちが槍や弓矢を持って広間に走り込んできた。彼らは蛇体の秀頼を見つけると、

「化けものだ!　広間に化けものがおるぞ!」

「殿と伊豆守さまが倒れておられる。この化けものの仕業にちがいない!」

そう叫んで、秀頼に槍を繰り出した。佐助が、

「勘違いするな!　敵は狸だ!」

しかし、侍たちは聞く耳を持たず、いちばん目立つ姿の秀頼を攻撃する。一本の槍の先がずぶ、と秀頼の胴体に刺さった。秀頼は体重をかけてその槍をへし折ったが、

「今だ、弓を射よ!」

四方から矢が射かけられ、秀頼はのたうち回った。佐助はおろおろしながら、

「くそっ……わからぬか!　このお方はおまえたちの敵ではないのだ!」

そう叫んで秀頼を守ろうとしたが、矢は途切れることなく射かけられ、秀頼の胴体に突き刺さっていく。佐助は頭を抱え、

「ああ……もうダメだ……」

刑部狸が、

「あっははは……我らが手を下すこともないようじゃのう。しばらく高みの見物をさせていただくか」

そう言って配下の狸たちとともに壁際に下がろうとしたとき、表門が破られ、大勢の男たちが突入してきた。彼らは玄関へは向かわず、直に広間まえの庭に回り込んだ。手に手に刀や槍を持っているが、武士だけではなく、百姓、町人……さまざまなものが交ざっている。その先頭に立っているのが、

「おお……大助ではないか！」

佐助は破顔した。真田大助は秀頼を心配そうに見て、

「もう少し早う来ればよかったのう。丸橋もおるぞ」

そう言うと、同志のものたちに、

「秀頼さまをお守りいたせ！」

皆は秀頼のまえに回り、侍たちに向かって刀を構えた。佐助が大助に、

「それでよいのか？　徳川を倒すのではなかったのか？」

「皆と相談したが、狸にこの国を売り渡したいと申すものはひとりもおらなんだわい。もう二度とあの戦ばかりの世の中に戻してはならぬ。これでよい。これでよいのだ……」

「わかってくれたか！」

佐助は大助の背中を叩いた。宿直の侍たちは、

「なんだ、おまえたちは……」

「われらわけあって、この蛇神さまをお守りするために推参したる同志の面々。そこもとらの真の敵はそこにおる狸どもだ。こやつらは天寿院さまと刑部卿局に化けて天下擾乱を企んでおる。そのことは保科出羽守さまもご承知だ」

「嘘を申せ。狸が人間に化けるなど、おとぎ話ではないか。とても信じられぬわ」

侍のひとりが吐き捨てるように言ったが、表門の方から声がかかった。

「残念ながらまことのことだ」

それは身なりのよい四十代半ばほどの武士だった。

「あっ……飛驒守さま！」

宿直の侍たちのなかに門人がいたため、その人物が柳生宗冬だとわかった。後ろに柳生忍軍を従えている。

「わしは象の一件を不審に思うたので保科出羽守殿に問いただしたるところ、保科殿

はすべてを語ってくれた。我らは不埒《ふらち》な狸どもを退治するために参ったのだ。——それ、狸どもを倒せ！」

真田大助率いる豊臣家再興組と柳生宗冬率いる柳生忍軍が加勢した。だが狂暴な狸たちは数のうえで勝る。ひとり相手に十四以上の狸がまとわりつき、咬みつくのだからたまらない。刑部狸は声を嗄《か》らせて、

「ここで負けたら我らに明日はないぞ！　殺せ、殺せ、人間どもを殺すのじゃ！」

勝負は互角となり、決着はつかなかった。多くの人間たちが狸に喉を咬み破られ、血を流して倒れていた。一方、狸もかなりの数が斬られて死んでいた。襖は破れ、柱は折れ、広間はたいへんな惨状を呈していた。刑部狸と千畳狸は、

「ひるむでない！　秀頼じゃ。皆で秀頼を倒せ！」

数十四の狸が秀頼にしがみつき、その身体を咬み、引っ掻いていた。秀頼は咆哮し、身体を激しくよじって狸を振り解《ほど》こうとしたが、狸たちは落ちてもまた群がってくる。そこへようやく鉄砲組が到着し、狸たちに向けて発砲を開始した。形勢は一気に逆転し、狸たちは無残にも殺されていく。

「よいか、最後の一匹まで戦うのじゃ！」

刑部狸はそう叫びながら、千畳狸とともにこっそりと広間から庭に下りて逃げようとした。それを見た秀頼は無数の狸を身体中にぶら下げたまま刑部狸に向かって突進

した。

「来るな！　来るな！」

刑部狸と千畳狸は左右に逃げた。秀頼は、

「千の亡きあと千の評判を貶《おとし》め続けたおまえたちだけは許さぬ……！」

そう叫ぶと、口に槍をくわえ、千畳狸の腹を突き刺した。

「ぎゃあっ……！」

同時に秀頼は長い胴体を伸ばして刑部狸に巻きつけると、締め上げた。ばきばきばき……という音が広間に響いた。刑部狸は鬼のような形相で、

「今一歩だったものを……おのれ……おのれ……」

秀頼はなおも締め付ける。

「貴様さえ……夏の陣で……死んでいたら……」

ばきっ、と最後に大きな音がして、刑部狸は首を垂れた。それでもまだ秀頼は刑部狸を放さなかったが、佐助が駆け寄り、

「死にましてございまする」

その言葉でようやく身体をほどいた。ばらばらと鱗が雨のように落ちた。残った狸たちは、刑部狸の神通力がなくなったせいか、もうただの畜類と同じになっており、そのそのそと庭に下りて、虫を食べている。佐助と大助が秀頼の手当てをした。保科正

之と松平信綱も、家臣たちから治療を受けて意識を取り戻した。保科はすぐに秀頼に駆け寄ると、そのまえに平伏した。

「天下を悪しき魔物の手からお守りくださり、ありがたき幸せに存じまする。この保科肥後守、上さまに成り代わりましてお礼を申し上げまする！」

秀頼はあちこちに槍や矢が刺さり、血だらけではあったが、晴れ晴れとした顔つきで、

「うむ……余もすべての謎が解けて満足である。あとは一刻も早う千の……まことの千のもとへ参りたいと思う」

「じつはそれがし、気絶しているあいだに夢を見てございます。諏訪大明神の夢でございました。大明神が申されるには、秀頼さまを諏訪にお迎えしたい、と……」

「なに？」

「いつまた刑部狸のごとき悪魔、外道が現れ、この世を覆さんと謀るやもしれぬゆえ、秀頼さまには、自分の憑代として、今後もなにかあったらそれらを滅ぼすために力を尽くしてほしい、とのことでございました」

「そうか……諏訪大明神がのう……」

佐助が、

「そういたしませ。この世にはまだまだ謎がございまするぞ。それらの『まこと』を

知りとうはございませぬか」

「うーむ……」

「わしもおともいたしますぞ。向こうには甲賀三郎の末裔、望月の一族もおり申す。諏訪の秘湯で傷ついたお身体を癒《いや》されますよう」

大助も、

「それがしも、今後も側近うお仕えしとうございます」

秀頼は考えたあげくに、

「さようか。その方たちがそう言うてくれるなら……今しばらくこの世にとどまり、千の菩提《ぼだい》を弔《とむら》うか……」

秀頼は保科正之に、

「このあとの始末はどうするつもりじゃ」

「はい……天寿院、刑部卿局の両名につきましては身代わりを立て、屋敷に籠もってもらいます」

「ははは……狸と同じ手を使うのじゃな」

「この件にかかわったものたちは固く口留めをし、生涯、徳川家から隠し扶持《ぶち》を与えると約束いたしまする」

「ひとの口に戸は立てられぬ。漏れたらいかがする」

「そのときは……」

正之はにっこり笑って、

「そのときは放っておきまする。秀頼さまさえ姿をお隠しになれば、だれもかかる夢のごとき話、信じますまい」

「そうじゃな。余にとっても、あの夏の日以来のことは夢のようじゃ。いまだに信じられぬ」

そして、中天にかかる月を見上げ、

「『謎解き』という好物を持ち出されては拒みがたいわい。——千よ、もう少し我慢してくれ」

そうつぶやいた。

◇

翌日、保科正之は、自分の屋敷における昨夜の騒ぎについて、上さまご上覧に供するため長崎から買い入れた象を屋敷に入れたところ、急に暴れ出し、たいへんな被害や犠牲が出たため、鉄砲隊によって撃ち殺し、死骸は臭《にお》いがひどかったので庭に埋めた、と説明した。実際は、埋められたのは多数の狸の死骸だった。

数日後の深夜、保科正之の屋敷から一台の巨大な箱に四つの車輪がついた一種の山車《だし》のようなものが諏訪に向けてひそかに出発した。乗りものを曳いている人足たちも、その中身がなにか知らなかった。それには佐助、大助、そして、保科正之の名代として三浦小太郎が付き添っていた。宿役人などに中身を問われても、保科正之の書付を見せれば吟味なく通過できることになっていた。

◇

松平伊豆守は、狸に咬まれた傷がもとで、二年後に死去した。天寿院は六年後に死去したが、屋敷に閉じこもり、ひとまえに出ることはなかった。刑部卿局ののちのことは不明である。天寿院の養子で次期将軍の有力候補とされていた徳川綱重は、将軍家綱より先に亡くなり、五代将軍の座は綱吉のものとなった。保科正之は十三年後に死去したが、生涯、諏訪大明神への帰依の念が篤《あつ》かったという。

本書は書下ろしです。

|著者| 田中啓文　1962年大阪府生まれ。神戸大学卒業。'93年ジャズミステリ短編「落下する緑」で「鮎川哲也の本格推理」に入選、「凶の剣士」で第2回ファンタジーロマン大賞佳作入選しデビュー。2002年「銀河帝国の弘法も筆の誤り」で第33回星雲賞日本短編部門、'09年「渋い夢」で第62回日本推理作家協会賞短編部門を受賞。近著に『文豪宮本武蔵』、『件《くだん》 もの言う牛』、「警視庁陰陽寮オニマル」シリーズ、「十手笛おみく捕物帳」シリーズなど多数。

誰《だれ》が千姫《せんひめ》を殺《ころ》したか　蛇身探偵豊臣秀頼《じゃしんたんていとよとみひでより》

田中啓文《たなかひろふみ》

講談社文庫

定価はカバーに
表示してあります

2023年5月16日第1刷発行

発行者——鈴木章一
発行所——株式会社　講談社
東京都文京区音羽2-12-21　〒112-8001
電話　出版　(03) 5395-3510
　　　販売　(03) 5395-5817
　　　業務　(03) 5395-3615

Printed in Japan

KODANSHA

デザイン—菊地信義
本文データ制作—講談社デジタル製作
印刷———株式会社KPSプロダクツ
製本———株式会社国宝社

ISBN978-4-06-531606-1

講談社文庫刊行の辞

二十一世紀の到来を目睫に望みながら、われわれはいま、人類史上かつて例を見ない巨大な転換期をむかえようとしている。

世界も、日本も、激動の予兆に対する期待とおののきを内に蔵して、未知の時代に歩み入ろうとしている。このときにあたり、創業の人野間清治の「ナショナル・エデュケイター」への志を現代に甦らせようと意図して、われわれはここに古今の文芸作品はいうまでもなく、ひろく人文・社会・自然の諸科学から東西の名著を網羅する、新しい綜合文庫の発刊を決意した。

激動の転換期はまた断絶の時代である。われわれは戦後二十五年間の出版文化のありかたへの深い反省をこめて、この断絶の時代にあえて人間的な持続を求めようとする。いたずらに浮薄な商業主義のあだ花を追い求めることなく、長期にわたって良書に生命をあたえようとつとめるところにしか、今後の出版文化の真の繁栄はあり得ないと信じるからである。

同時にわれわれはこの綜合文庫の刊行を通じて、人文・社会・自然の諸科学が、結局人間の学にほかならないことを立証しようと願っている。かつて知識とは、「汝自身を知る」ことにつきていた。現代社会の瑣末な情報の氾濫のなかから、力強い知識の源泉を掘り起し、技術文明のただなかに、生きた人間の姿を復活させること。それこそわれわれの切なる希求である。

われわれは権威に盲従せず、俗流に媚びることなく、渾然一体となって日本の「草の根」をかたちづくる若く新しい世代の人々に、心をこめてこの新しい綜合文庫をおくり届けたい。それは知識の泉であるとともに感受性のふるさとであり、もっとも有機的に組織され、社会に開かれた万人のための大学をめざしている。大方の支援と協力を衷心より切望してやまない。

一九七一年七月

野間省一

講談社文庫 最新刊

佐々木裕一
赤坂の達磨《だるま》
〈公家武者信平《のぶひら》ことはじめ(十三)〉
達磨先生と呼ばれる元江戸家老が襲撃さる。藩政の混乱に信平は――！ 大人気時代小説シリーズ。

横山光輝
山岡荘八・原作
漫画版 徳川家康 7
関ヶ原の戦に勝った家康は、征夷大将軍に。大坂城の秀頼が引かず冬の陣をむかえる。

輪渡颯介
攫《さら》い鬼
〈怪談飯屋古狸〉
惚《ほ》れたお悌《てい》とは真逆で、怖い話と唐茄子《かぼちゃ》が苦手な虎太《とらた》。お悌の父親亀八《かめはち》を捜し出せるのか!?

田中啓文
誰が千姫を殺したか
〈蛇身探偵豊臣秀頼〉
大坂夏の陣の終結から四十五年。千姫事件の真相とは？ 書下ろし時代本格ミステリ！

秋川滝美
ヒソップ亭 2
〈湯けむり食事処〉
不景気続きの世の中に、旨《うま》い料理としみる酒。新しい仲間を迎え、今日も元気に営業中！

夏原エキジ
Cocoon《コクーン》
〈京都・不死篇5―巡《めぐる》―〉
生きるとは何か。死ぬとは何か。瑠璃《るり》は、黒幕・蘆屋道満《あしやどうまん》と対峙する。新シリーズ最終章！

ナガノ
ちいかわノート
「ちいかわ」と仲間たちが、文庫本仕様のノートになって登場！ 使い方はあなた次第！

講談社タイガ
森らむね
原作／田島列島
脚本／大島里美
小説 水は海に向かって流れる
高校生の直達《なおたつ》が好きになったのは、「恋愛はしない」と決めた女性《ひと》――。10歳差の恋物語！

講談社文芸文庫

李良枝
石の聲 完全版
解説＝李 栄 年譜＝編集部
三十七歳で急逝した芥川賞作家の未完の大作「石の聲」（一～三章）に編集者への手紙、実妹の回想他を併録する。没後三十余年を経て再注目を浴びる、文学の精華。
978-4-06-531743-3
い-3

リービ英雄
日本語の勝利／アイデンティティーズ
解説＝鴻巣友季子
青年期に習得した日本語での小説執筆を志した著者は、随筆や評論も数多く記してきた。日本語の内と外を往還して得た新たな視点で世界を捉えた初期エッセイ集。
978-4-06-530962-9
りC3

講談社文庫　目録

高田崇史　カンナ　戸隠の殺皆
高田崇史　カンナ　鎌倉の血陣
高田崇史　カンナ　天満の葬列
高田崇史　カンナ　出雲の顕在
高田崇史　カンナ　京都の霊前
高田崇史　軍　神　の　血　脈〈楠木正成秘伝〉
高田崇史　神の時空《とき》　鎌倉の地龍
高田崇史　神の時空　倭《やまと》の水霊
高田崇史　神の時空　貴船の沢鬼
高田崇史　神の時空　三輪《みわ》の山祇《やまつみ》
高田崇史　神の時空　嚴島《いつくしま》の烈風
高田崇史　神の時空　伏見稲荷の轟雷
高田崇史　神の時空　五色不動の猛火
高田崇史　神の時空　京の天命
高田崇史　神　の　時　空　前紀〈女神の功罪〉
高田崇史　鬼　棲　む　国、出雲〈古事記異聞〉
高田崇史　オロチの郷、奥出雲〈古事記異聞〉
高田崇史　京の怨霊、元出雲〈古事記異聞〉
高田崇史　鬼統べる国、大和出雲〈古事記異聞〉
高田崇史　源　平　の　怨　霊〈小余綾《こゆるぎ》俊輔の最終講義〉
高田崇史　試験に出ないQED異聞〈高田崇史短編集〉
高田崇史ほか　読んで旅する鎌倉時代
団　鬼六　悦　楽　王〈鬼プロ繁盛記〉
高野和明　13　階　段
高野和明　グレイヴディッガー
高野和明　6時間後に君は死ぬ
大道珠貴　ショッキングピンク
高木　徹　ドキュメント　戦争広告代理店〈情報操作とボスニア紛争〉
田中啓文　件《くだん》〈もの言う牛〉
高嶋哲夫　メ　ル　ト　ダ　ウ　ン
高嶋哲夫　命　の　遺　伝　子
高嶋哲夫　首　都　感　染
高野秀行　西南シルクロードは密林に消える
高野秀行　アジア未知動物紀行　ベトナム・奄美・アフガニスタン
高野秀行　イスラム飲酒紀行
高野秀行　移　民　の　宴〈日本に移り住んだ外国人の不思議な食生活〉
高野秀行　角幡唯介　地図のない場所で眠りたい
田牧大和　花　合　せ〈濱次お役者双六〉
田牧大和　質　草　破　り〈濱次お役者双六　二ます目〉
田牧大和　翔　ぶ　梅〈濱次お役者双六　三ます目〉
田牧大和　半　可　心　中〈濱次お役者双六〉
田牧大和　長　屋　狂　言〈濱次お役者双六〉
田牧大和　錠前破り、銀太
田牧大和　錠前破り、銀太　紅蜆《べにしじみ》
田牧大和　錠前破り、銀太　首魁《しゅかい》
田牧大和　大　福　三　つ　巴〈宝来堂うまいもん番付〉
田中慎弥　完全犯罪の恋
高野史緒　カラマーゾフの妹
高野史緒　翼竜館の宝石商人
高野史緒　大天使はミモザの香り
瀧本哲史　僕は君たちに武器を配りたい〈エッセンシャル版〉
竹吉優輔　襲　名　犯
高田大介　図書館の魔女　第一巻
高田大介　図書館の魔女　第二巻
高田大介　図書館の魔女　第三巻
高田大介　図書館の魔女　第四巻
高田大介　図書館の魔女　烏《からす》の伝言《つてこと》(上)(下)
大門剛明　完　全　無　罪
大門剛明　死　刑　評　決〈「完全無罪」シリーズ〉

橘 もも 原著
沖田×華 原作
安達奈緒子 脚本 小説 透明なゆりかご (上)(下)
橘 もも 原著
ヤマシタトモコ 原作
相沢友子 脚本 さんかく窓の外側は夜〈映画版ノベライズ〉
橘 もも
脚本 三木 聡 大怪獣のあとしまつ〈映画ノベライズ〉
滝口悠生 高架線
髙山文彦 ふたり〈皇后美智子と石牟礼道子〉
高橋弘希 日曜日の人々
武田綾乃 青い春を数えて
谷口雅美 殿、恐れながらブラックでござる
谷口雅美 殿、恐れながらリモートでござる
武川 佑 虎の牙
武内 涼 謀聖 尼子経久伝〈青雲の章〉
武内 涼 謀聖 尼子経久伝〈風雲の章〉
武内 涼 謀聖 尼子経久伝〈瑞雲の章〉
武内 涼 謀聖 尼子経久伝〈雷雲の章〉
立松和平 すらすら読める奥の細道
陳 舜臣 中国五千年 (上)(下)
陳 舜臣 中国の歴史 全七冊
陳 舜臣 小説十八史略 全六冊
千早 茜 森の家
千野隆司 大店の暖簾《のれん》〈下り酒一番〉
千野隆司 分家の始末〈下り酒一番(二)〉
千野隆司 献上の祝酒〈下り酒一番(三)〉
千野隆司 大《おお》酒《ざけ》の合戦〈下り酒一番(四)〉
千野隆司 銘酒の真贋〈下り酒一番(五)〉
千野隆司 追跡
知野《ちの》みさき 江戸は浅草
知野みさき 江戸は浅草2〈盗人探し〉
知野みさき 江戸は浅草3〈桃と桜〉
知野みさき 江戸は浅草4〈冬青《そよご》灯籠《どうろう》〉
崔《チエ》 実《シル》 ジニのパズル
崔 実 pray《プレイ》 human《ヒューマン》
筒井康隆 創作の極意と掟
筒井康隆 読書の極意と掟
筒井康隆 ほか12名 名探偵登場!
都筑道夫 なめくじに聞いてみろ〈新装版〉
辻村深月 冷たい校舎の時は止まる (上)(下)
辻村深月 子どもたちは夜と遊ぶ (上)(下)
辻村深月 凍りのくじら
辻村深月 ぼくのメジャースプーン
辻村深月 スロウハイツの神様 (上)(下)
辻村深月 名前探しの放課後 (上)(下)
辻村深月 ロードムービー
辻村深月 ゼロ、ハチ、ゼロ、ナナ。
辻村深月 V. T. R.
辻村深月 光待つ場所へ
辻村深月 ネオカル日和
辻村深月 島はぼくらと
辻村深月 家族シアター
辻村深月 図書室で暮らしたい
辻村深月 嚙みあわない会話と、ある過去について
新川直司 漫画
辻村深月 原作 コミック 冷たい校舎の時は止まる (上)(下)
津村記久子 ポトスライムの舟
津村記久子 カソウスキの行方
津村記久子 やりたいことは二度寝だけ
津村記久子 二度寝とは、遠くにありて想うもの
恒川光太郎 竜が最後に帰る場所
月村了衛 神《み》子《こ》上《がみ》典《てん》膳《ぜん》

講談社文庫　目録

月村了衛　悪の五輪
辻堂　魁《かい》　落暉《ゆうひ》に燃ゆる〈大岡裁き再吟味〉
辻堂　魁　山桜花〈大岡裁き再吟味〉
フランソワ・デュボワ　太極拳が教えてくれた人生の宝物〈中国・武当山90日間修行の記〉
手塚マキと歌舞伎町ホスト80人 from Smappa! Group　ホスト万葉集〈文庫スペシャル〉
土居良一　海翁伝
鳥羽　亮　金貸し権兵衛〈鶴亀横丁の風来坊〉
鳥羽　亮　提《ちょう》灯《ちん》斬り〈鶴亀横丁の風来坊〉
鳥羽　亮　お京危うし〈鶴亀横丁の風来坊〉
鳥羽　亮　狙われた横丁〈鶴亀横丁の風来坊〉
東郷　隆／上田　信　絵　【絵解き】雑兵足軽たちの戦い〈歴史・時代小説ファン必携〉
堂場瞬一　八月からの手紙
堂場瞬一　壊れる心〈警視庁犯罪被害者支援課〉
堂場瞬一　邪心〈警視庁犯罪被害者支援課2〉
堂場瞬一　二度泣いた少女〈警視庁犯罪被害者支援課3〉
堂場瞬一　身代わりの空(上)(下)〈警視庁犯罪被害者支援課4〉
堂場瞬一　影の守護者〈警視庁犯罪被害者支援課5〉
堂場瞬一　不信の鎖〈警視庁犯罪被害者支援課6〉
堂場瞬一　空白の家族〈警視庁犯罪被害者支援課7〉
堂場瞬一　チェンジ〈警視庁犯罪被害者支援課8〉
堂場瞬一　誤《あやま》ちの絆〈警視庁総合支援課〉
堂場瞬一　傷
堂場瞬一　埋れた牙
堂場瞬一　Killers(上)(下)
堂場瞬一　虹のふもと
堂場瞬一　ネタ元
堂場瞬一　ピットフォール
堂場瞬一　焦土の刑事
堂場瞬一　動乱の刑事
堂場瞬一　沃野の刑事
土橋章宏　超高速！参勤交代
土橋章宏　超高速！参勤交代 リターンズ
戸谷洋志　Jポップで考える哲学〈自分を問い直すための15曲〉
富樫倫太郎　信長の二十四時間
富樫倫太郎　スカーフェイス〈警視庁特別捜査第三係・淵神律子〉
富樫倫太郎　スカーフェイスII　デッドリミット〈警視庁特別捜査第三係・淵神律子〉
富樫倫太郎　スカーフェイスIII　ブラッドライン〈警視庁特別捜査第三係・淵神律子〉
富樫倫太郎　スカーフェイスIV　デストラップ〈警視庁特別捜査第三係・淵神律子〉
豊田　巧　警視庁鉄道捜査班〈鉄血の警視〉
豊田　巧　警視庁鉄道捜査班〈鉄路の牢獄〉
砥《と》上《がみ》裕《ひろ》將《まさ》　線は、僕を描《えが》く
夏樹静子　新装版　二人の夫をもつ女
中井英夫　新装版　虚無への供物(上)(下)
中村敦夫　狙われた羊
中島らも　僕にはわからない
中島らも　今夜、すべてのバーで〈新装版〉
鳴海　章　フェイスブレイカー
鳴海　章　謀略航路
鳴海　章　全能兵器AiCO《アイコ》
中嶋博行　新装版　検察捜査
中村天風　運命を拓く〈天風瞑想録〉
中村天風　叡智のひびき〈天風哲人　箴《しん》言《げん》註《ちゅう》釈《しゃく》〉
中村天風　真理のひびき〈天風哲人　新箴《しん》言《げん》註《ちゅう》釈《しゃく》〉
中山康樹　ジョン・レノンから始まるロック名盤
梨屋アリエ　でりばりぃAge
梨屋アリエ　ピアニッシシモ
中島京子　妻が椎茸だったころ

中島京子ほか　黒い結婚　白い結婚
奈須きのこ　空の境界(上)(中)(下)
中村彰彦　乱世の名将　治世の名臣
長野まゆみ　簞笥のなか
長野まゆみ　レモンタルト
長野まゆみ　チマチマ記
長野まゆみ　冥途あり
長野まゆみ　45°〈ここだけの話〉
長嶋有　夕子ちゃんの近道
長嶋有　佐渡の三人
長嶋有　もう生まれたくない
永嶋恵美　擬態
永井均　内田かずひろ絵　子どものための哲学対話
なかにし礼　戦場のニーナ
なかにし礼　生きる力〈心でがんに克《か》つ〉
なかにし礼　夜の歌(上)(下)
中村文則　最後の命
中村文則　悪と仮面のルール
編/解説中田整一　真珠湾攻撃総隊長の回想〈淵田美津雄自叙伝〉
中田整一　四月七日の桜〈戦艦「大和」と伊藤整一の最期〉
中村江里子　女四世代、ひとつ屋根の下
中野美代子　カスティリオーネの庭
中野孝次　すらすら読める方丈記
中野孝次　すらすら読める徒然草
中山七里　贖罪の奏鳴曲《ソナタ》
中山七里　追憶の夜想曲《ノクターン》
中山七里　恩讐の鎮魂曲《レクイエム》
中山七里　悪徳の輪舞曲《ロンド》
中山七里　復讐の協奏曲《コンチェルト》
長島有里枝　背中の記憶
長浦京　赤《セキ》刃《ジン》
長浦京　リボルバー・リリー
中脇初枝　世界の果てのこどもたち
中脇初枝　神の島のこどもたち
中村ふみ　天空の翼　地上の星
中村ふみ　砂の城　風の姫
中村ふみ　月の都　海の果て
中村ふみ　雪の王　光の剣
中村ふみ　永遠《とわ》の旅人　天地の理《ことわり》
中村ふみ　大地の宝玉　黒翼《こくよく》の夢
中村ふみ　異邦の使者　南天の神々
夏原エヰジ　Cocoon〈修羅の目覚め〉
夏原エヰジ　Cocoon2〈蠱惑の焔〉
夏原エヰジ　Cocoon3〈幽世の祈り〉
夏原エヰジ　Cocoon4〈宿縁の大樹〉
夏原エヰジ　Cocoon5〈瑠璃の浄土〉
夏原エヰジ　連理の宝〈Cocoon外伝〉
夏原エヰジ　Cocoon〈京都・不死篇—蠢《しゅん》—〉
夏原エヰジ　Cocoon〈京都・不死篇2—疼《とう》—〉
夏原エヰジ　Cocoon〈京都・不死篇3—愁《しゅう》—〉
夏原エヰジ　Cocoon〈京都・不死篇4—嗄《か》—〉
長岡弘樹　夏の終わりの時間割
西村京太郎　華麗なる誘拐
西村京太郎　寝台特急「日本海」《メモリー・トレイン》殺人事件
西村京太郎　十津川警部　帰郷・会津若松
西村京太郎　特急「あずさ」《アリバイ・トレイン》殺人事件
西村京太郎　十津川警部の怒り

西村京太郎 宗谷本線殺人事件
西村京太郎 奥能登に吹く殺意の風
西村京太郎 特急「北斗1号《スーサイド・トレイン》」殺人事件
西村京太郎 十津川警部 湖北の幻想
西村京太郎 九州特急「ソニックにちりん」殺人事件
西村京太郎 東京・松島殺人ルート
西村京太郎 新装版 殺しの双曲線
西村京太郎 新装版 名探偵に乾杯
西村京太郎 南伊豆殺人事件
西村京太郎 十津川警部 青い国から来た殺人者
西村京太郎 新装版 天使の傷痕
西村京太郎 新装版 D機関情報
西村京太郎 十津川警部 猫と死体はタンゴ鉄道に乗って
西村京太郎 韓国新幹線を追え
西村京太郎 北リアス線の天使
西村京太郎 十津川警部 長野新幹線の奇妙な犯罪
西村京太郎 上野駅殺人事件
西村京太郎 京都駅殺人事件
西村京太郎 沖縄から愛をこめて
西村京太郎 十津川警部「幻覚」
西村京太郎 函館駅殺人事件
西村京太郎 内房線の猫たち〈異説里見八犬伝〉
西村京太郎 東京駅殺人事件
西村京太郎 長崎駅《ナガサキ・レディ》殺人事件
西村京太郎 十津川警部 愛と絶望の台湾新幹線
西村京太郎 西鹿児島駅殺人事件
西村京太郎 札幌駅殺人事件
西村京太郎 十津川警部 山手線の恋人
西村京太郎 仙台駅殺人事件
西村京太郎 七人の証人〈新装版〉
西村京太郎 十津川警部 両国駅3番ホームの怪談
西村京太郎 午後の脅迫者〈新装版〉
西村京太郎 びわ湖環状線に死す
仁木悦子 猫は知っていた〈新装版〉
新田次郎 新装版 聖職の碑《いしぶみ》
日本文芸家協会編 愛染夢灯籠〈時代小説傑作選〉
日本推理作家協会編 犯人たちの部屋〈ミステリー傑作選〉
日本推理作家協会編 隠された鍵〈ミステリー傑作選〉
日本推理作家協会編 Play《プレイ》 推理遊戯〈ミステリー傑作選〉
日本推理作家協会編 Doubt《ダウト》 きりのない疑惑〈ミステリー傑作選〉
日本推理作家協会編 Bluff《ブラフ》 騙し合いの夜〈ミステリー傑作選〉
日本推理作家協会編 ベスト8ミステリーズ2015
日本推理作家協会編 ベスト6ミステリーズ2016
日本推理作家協会編 ベスト8ミステリーズ2017
日本推理作家協会編 2019ザ・ベストミステリーズ
二階堂黎人 ラン迷宮〈二階堂蘭子探偵集〉
二階堂黎人 増加博士の事件簿
二階堂黎人 巨大幽霊マンモス事件
新美敬子 猫のハローワーク
新美敬子 猫のハローワーク2
新美敬子 世界のまどねこ
西澤保彦 新装版 七回死んだ男
西澤保彦 人格転移の殺人
西村健 ビンゴ
西村健 地の底のヤマ(上)(下)
西村健 光陰の刃《やいば》(上)(下)
西村健 目撃

楡　周平　修羅の宴(上)(下)
楡　周平　バ　ル　ス
楡　周平　サリエルの命題
西尾維新　クビキリサイクル〈青色サヴァンと戯言遣い〉
西尾維新　クビシメロマンチスト〈人間失格・零崎人識〉
西尾維新　クビツリハイスクール〈戯言遣いの弟子〉
西尾維新　サイコロジカル(上)〈兎吊木垓輔の戯言殺し〉(下)〈曳かれ者の小唄〉
西尾維新　ヒトクイマジカル〈殺戮奇術の匂宮兄妹〉
西尾維新　ネコソギラジカル(上)〈十三階段〉
西尾維新　ネコソギラジカル(中)〈赤き征裁vs.橙なる種〉
西尾維新　ネコソギラジカル(下)〈青色サヴァンと戯言遣い〉
西尾維新　ダブルダウン勘繰郎《かんぐろう》　トリプルプレイ助悪郎《スケアクロウ》
西尾維新　零崎双識の人間試験
西尾維新　零崎軋識《ぜろざききししき》の人間ノック
西尾維新　零崎曲識の人間人間
西尾維新　零崎人識の人間関係　匂宮出夢との関係
西尾維新　零崎人識の人間関係　無桐伊織との関係
西尾維新　零崎人識の人間関係　零崎双識との関係
西尾維新　零崎人識の人間関係　戯言遣いとの関係
西尾維新　xxxHOLiC アナザーホリック　ランドルト環《かん》エアロゾル
西尾維新　難　民　探　偵
西尾維新　少女不十分
西尾維新　本　題〈西尾維新対談集〉
西尾維新　掟上今日子《おきてがみきょうこ》の備忘録
西尾維新　掟上今日子の推薦文
西尾維新　掟上今日子の挑戦状
西尾維新　掟上今日子の遺言書
西尾維新　掟上今日子の退職願
西尾維新　掟上今日子の婚姻届
西尾維新　掟上今日子の家計簿
西尾維新　掟上今日子の旅行記
西尾維新　新本格魔法少女りすか
西尾維新　新本格魔法少女りすか2
西尾維新　新本格魔法少女りすか3
西尾維新　新本格魔法少女りすか4
西尾維新　人類最強の初恋
西尾維新　人類最強の純愛
西尾維新　人類最強のときめき
西尾維新　人類最強の sweetheart
西尾維新　りぽぐら！
西尾維新　悲　鳴　伝
西尾維新　悲　痛　伝
西尾維新　悲　惨　伝
西村賢太　どうで死ぬ身の一踊り
西村賢太　夢　魔　去　り　ぬ
西村賢太　藤澤清造追影
西村賢太　瓦　礫　の　死　角
西川善文　ザ・ラストバンカー〈西川善文回顧録〉
西川　司　向日葵《ひまわり》のかっちゃん
西　加奈子　舞　台
丹羽宇一郎　民主化する中国〈習近平がいま本当に考えていること〉
貫井徳郎　新装版 修羅の終わり(上)(下)
貫井徳郎　妖　奇　切　断　譜
額賀　澪　完　パ　ケ！
A・ネルソン　「ネルソンさん、あなたは人を殺しましたか？」
法月綸太郎　法月綸太郎の冒険
法月綸太郎　新装版 密　閉　教　室

講談社文庫　目録

法月綸太郎　怪盗グリフィン、絶体絶命
法月綸太郎　怪盗グリフィン対ラトウィッジ機関
法月綸太郎　キングを探せ
法月綸太郎　名探偵傑作短篇集　法月綸太郎篇
法月綸太郎　新装版 頼子のために
法月綸太郎　誰《たそ》彼《がれ》〈新装版〉
法月綸太郎　法月綸太郎の消息
法月綸太郎　雪　密　室〈新装版〉
乃南アサ　不　発　弾
乃南アサ　地のはてから(上)(下)
乃南アサ　チーム・オベリベリ(上)(下)
野沢　尚　破線のマリス
野沢　尚　深　紅
野村克也
宮本慎也　師　弟
乗《のり》代《しろ》雄《ゆう》介《すけ》　十《じゅう》七《しち》八《はち》より
乗代雄介　本物の読書家
乗代雄介　最高の任務
橋本　治　九十八歳になった私
原田泰治　わたしの信州
原田泰治
原田武雄　泰治が歩く〈原田泰治の物語〉
林　真理子　みんなの秘密
林　真理子　ミスキャスト
林　真理子　ミルキー
林　真理子　新装版 星に願いを
林　真理子　野心と美貌〈中年心得帳〉
林　真理子　正　妻(上)(下)
林　真理子　大《お》原《はら》御《ご》幸《こう》〈慶喜と美賀子〉
林　真理子　さくら、さくら〈帯に生きた家族の物語〉
林　真理子　過剰な二人〈おとなが恋して〈新装版〉〉
林　真理子
見城　徹　スメル男〈新装版〉

原田宗典　スメル男〈新装版〉
帚木蓬生　日　御　子(上)(下)
帚木蓬生　襲　来(上)(下)
坂東眞砂子　欲　情
畑村洋太郎　失敗学のすすめ
畑村洋太郎　失敗学実践講義〈文庫増補版〉
はやみねかおる　都《ま》会《ち》のトム&ソーヤ(1)
はやみねかおる　都《ま》会《ち》のトム&ソーヤ(2)〈乱!　RUN!　ラン!〉
はやみねかおる　都《ま》会《ち》のトム&ソーヤ(3)〈いつになったら作戦《ミッション》終了?〉
はやみねかおる　都《ま》会《ち》のトム&ソーヤ(4)〈四重奏《カルテット》〉
はやみねかおる　都《ま》会《ち》のトム&ソーヤ(5)〈IN《イン》塀戸《VADE》〉(上)(下)
はやみねかおる　都《ま》会《ち》のトム&ソーヤ(6)〈ぼくの家へおいで〉
はやみねかおる　都《ま》会《ち》のトム&ソーヤ(7)〈怪人は夢に舞う〈理論編〉〉
はやみねかおる　都《ま》会《ち》のトム&ソーヤ(8)〈怪人は夢に舞う〈実践編〉〉
はやみねかおる　都《ま》会《ち》のトム&ソーヤ(9)〈前夜祭《EVE》　内人《ないと》side〉
はやみねかおる　都《ま》会《ち》のトム&ソーヤ(10)〈前夜祭《EVE》　創也《そうや》side〉
原　武史　滝山コミューン一九七四
濱　嘉之　警視庁情報官〈シークレット・オフィサー〉
濱　嘉之　警視庁情報官　ハニートラップ
濱　嘉之　警視庁情報官　トリックスター
濱　嘉之　警視庁情報官　ブラックドナー
濱　嘉之　警視庁情報官　サイバージハード
濱　嘉之　警視庁情報官　ゴーストマネー
濱　嘉之　警視庁情報官　ノースブリザード
濱　嘉之　ヒトイチ　警視庁人事一課監察係
濱　嘉之　ヒトイチ　画像解析〈警視庁人事一課監察係〉
濱　嘉之　ヒトイチ　内部告発〈警視庁人事一課監察係《デカ》〉
濱　嘉之　新装版 院　内　刑　事

2023年 3 月15日現在